CB123953

# SCHMIDT LIBERTADO

LOUIS BEGLEY

# Schmidt libertado

*Tradução*
Sergio Tellaroli

COMPANHIA DAS LETRAS

Copyright © 2000 by Louis Begley

*Título original*
Schmidt delivered

*Capa*
Silvia Ribeiro

*Foto da capa*
*Baía, bruma da manhã*, de Joel Meyerowitz

*Preparação*
Otacílio Nunes Jr.

*Revisão*
Carmen S. da Costa
Isabel Jorge Cury

Dados Internacionais de Catalogação na Publicação (CIP)
(Câmara Brasileira do Livro, SP, Brasil)

---

Begley, Louis, 1934-
Schmidt libertado / Louis Begley ; tradução Sergio Tellaroli. — São Paulo: Companhia das Letras, 2002.

Título original: Schmidt delivered
ISBN 85-359-0295-3

1. Romance norte-americano I. Título.

02-5342 CDD-813

---

Índice para catálogo sistemático:
1. Romances : Literatura norte-americana 813

[2002]
Todos os direitos desta edição reservados à
EDITORA SCHWARCZ LTDA.
Rua Bandeira Paulista 702 cj. 32
04532-002 — São Paulo — SP
Telefone (11) 3167-0801
Fax (11) 3167-0814
www.companhiadasletras.com.br

*Para N. e, mais tarde, J.*

*Vedrò mentr'io sospiro*
*Felice il servo mio?*
LE NOZZE DI FIGARO

# SCHMIDT LIBERTADO

# 1.

Sim, sou eu. Alô? Alô? Sim, aqui é Schmidtie.

Ele tinha derrubado o telefone do criado-mudo e agora tateava embaixo da cama, em busca do fone. As pessoas não deviam ligar para um senhor aposentado antes das nove da manhã. Ou será que era notícia ruim? Charlotte!

Espero não ter ligado numa hora imprópria.

A voz do outro lado era grave e agradável, com uma ponta de dureza misteriosa na entonação.

Você não se lembra de mim.

Me desculpe, mas não sou bom em reconhecer vozes.

Olha, não tem mesmo por que você me reconhecer, embora as pessoas costumem se lembrar da minha voz. Sou Michael Mansour. Pois é, neste país pronuncio "Man-sou-er", em vez de "Man-sur". Faço de tudo para facilitar a vida dos nativos. Nós nos encontramos ontem, na festa dos Blackman. Sabe quem sou eu?

Agora Schmidt conseguia localizar-se. Claro, o investidor bilionário que financia os filmes de Gil. Egípcio ou coisa do tipo, mas firme no topo da lista da *Forbes* dos maiores magnatas dos Estados Unidos.

Claro, já li sobre você, mais de uma vez. O rei do fundo do poço.

Ha ha! Gostei dessa — foi uma piada, certo? Mas comprar ações em queda livre é só o modo como ganho dinheiro. Sou amigo do Gil e ele me deu seu telefone. Gostaria que você e sua esposa viessem almoçar conosco no sábado. Na minha casa, à uma e meia, a não ser que você queira dar um mergulho no mar antes de começarmos a beber. Gil diz que você é o melhor amigo dele. Me contou que tipo de advogado você era. Uma pena que nunca tenhamos trabalhado juntos. Seja como for, os amigos de Gil são meus amigos também. Você vem? Não me leve a mal, mas tem certeza de que se lembra do nosso encontro? A propósito, tenho uma piscina também, se você não gosta de mar.

Considerando-se a grandiosidade do sr. Mansour, aquela falta de autoconfiança era até comovente.

Claro que me lembro, Schmidt respondeu, buscando um alto grau de amabilidade. Elaine nos apresentou. Na verdade, a jovem mulher que estava comigo é uma amiga, e não minha esposa. Ela não está aqui no momento. Posso ver com ela e ligar de volta?

Era uma mentirinha inofensiva. Carrie estava bem ali, num sono profundo, a cabeça enterrada embaixo do travesseiro. Quando dormia daquele jeito, eram necessários bem mais do que três toques do telefone e Schmidt falando em voz baixa com o sr. Mansour para acordá-la.

Sua amiga é maravilhosa. E charmosa também. Imaginei que fosse sua esposa, e não sua filha, porque ela não se parece com você. De qualquer modo, parabéns! Gostaria que a trouxesse, mas, se ela estiver ocupada, venha você. Não me faltarão oportunidades de convidar os dois de novo.

Eu ligo de volta.

E, após inteirar-se ainda de que o sr. Mansour já não morava em sua casa de East Hampton, da qual abrira mão em favor da mais recente de suas duas ex-esposas, Schmidt anotou o número do telefone, não encontrável na lista. Não havia motivo para preocupação: guardaria o número apenas para si. Ah, a casa dos Crussel, em Flying Point Road, Water Mill? Sim, sabia onde era, tudo bem. E sabia também que lembranças aquela casa evocava, as quais uma visita poderia dotar de novo significado, não desprovido das cores da amargura renovada, mas não viu razão para mencionar isso ao sr. Mansour àquela hora da manhã.

Os proprietários originais da casa em questão, o sr. e a sra. Crussel, haviam sido clientes importantes da Wood & King, a firma da qual Schmidt fora sócio até se aposentar. Murphy, um colega da área de fundos e patrimônios, cuidava deles, assim como dos modestos negócios de Schmidt e de sua falecida esposa, Mary. Schmidt, porém, cuja especialidade era representar companhias de seguros nos empréstimos que faziam, desfrutava de posição assaz útil, por assim dizer, na qualidade do vizinho dos Crussel que os conhecia socialmente. Coube-lhe, assim, ser o emissário extra-oficial da empresa, encarregado da manutenção e do desenvolvimento dos Crussel como clientes, mediante presença mais freqüente e assídua a seus almoços e jantares do que, em geral, seria de seu feitio. Vez por outra, como se liderasse uma carga de artilharia *à outrance*, havia ido tão longe em sua devoção profissional a ponto de projetar Olga Crussel, esta aos risinhos e gritinhos, na rebentação, segurando-a com ambas as mãos, enquanto ela se debatia nas ondas nada ameaçadoras. Proezas assim estabeleceram para os Crussel sua reputação em termos de galanteria e capacidade ilimitada como nadador; conferiram também autoridade de verdadeira revelação a suas ocasionais e precipitadas garantias de que o colega Murphy sabia o que estava fazendo e era digno de confiança.

Schmidt lembrou-se com prazer de que a casa, agora pertencente ao sr. Mansour, havia sido um dos poucos assuntos em relação aos quais os Crussel não tinham pedido sua opinião. Projetara-a um premiado arquiteto brasileiro, amigo de uma sobrinha dos Crussel. Ela o trouxera consigo para um fim de semana de 4 de Julho, hospedando-se na grande casa de madeira que, à época, se erguia no local e era a casa de praia dos Crussel desde sua chegada a East Hampton. Agarrando a oportunidade de um novo negócio — a despeito da discrição, a imensa fortuna dos Crussel não era desconhecida de especialistas no assunto —, o arquiteto se apressou em rabiscar um esboço daquilo que, fosse ele o proprietário, construiria em lugar da mal-ajambrada residência: uma grande estrutura aquática flutuando livre, correspondendo ao verdadeiro eu interior de Olga Crussel, com salões de recepção e deques para o entretenimento de convidados, além de vista total para o mar e para a baía de Mecox, entre os quais se situava o fabuloso terreno. Olga mordeu a isca. Para um banqueiro suíço cuja família constituía um dos pilares do patriciado de Genebra desde os tempos de Calvino, Jean Crussel era um prodígio de velocidade quando queria tomar uma decisão. Além disso, idolatrava a esposa. A decisão de ir adiante foi tomada no ato, sem sequer um telefonema para Murphy, Schmidt ou mesmo para o decorador de estimação de Olga. A velha casa foi demolida no curso de uma única e terrível semana, mas a construção arrastava-se sem fim. Terminá-la e mudar-se para lá transformou-se numa corrida dos Crussel contra a senilidade e a morte. O casal idoso venceu a primeira bateria: antes que todo um pelotão de atendentes e enfermeiras tivesse de ser convocado para vinte e quatro horas de serviço diário, os Crussel de fato desfrutaram de dois anos de ostentação, festa após festa, na obra arquitetônica do brasileiro, a qual, na opinião de

Schmidt — talvez injusta, porque ele acabara nutrindo grande afeição pela velha casa —, parecia-se com um motel atravessado por um transatlântico que um comandante bêbado e descuidado fizera encalhar na praia.

Jean e Olga não tinham filhos; os herdeiros colaterais possuíam casas de verão perfeitamente adequadas, tanto nas proximidades quanto alhures. Puseram a propriedade à venda e esperaram anos, à moda dos muito ricos, nada dispostos a baixar o preço solicitado. Que um novo proprietário ainda mais rico houvesse, afinal, posto dinheiro vivo no bolso dos herdeiros e, era de se supor, estivesse pronto a despejar novos milhões naquela duna estuprada, só podia ser muito bom para as empreiteiras locais, bem como para comerciantes nova-iorquinos, londrinos e parisienses. Talvez, até mesmo para a economia mundial. Schmidt imaginava que o sr. Mansour já tivesse expurgado diversas das astuciosas melhorias feitas por Jean Crussel, tão logo o brasileiro, ocupado com a elaboração de novas obras-primas, lhe voltara as costas: controles remotos que faziam subir e descer as persianas dos quartos, dispositivos reguladores das lâminas, sem a intervenção humana, de acordo com o ângulo do sol, rampas de alumínio e superfícies antiderrapantes posicionadas estrategicamente no interior da casa e nos deques, a fim de evitar uma queda capaz de estilhaçar ossos descalcificados, e o salão-cabaré com pista de dança circular, na qual Jean e Olga praticavam todo dia o tango e o *paso doble*, sob a vigilância da adolescente instrutora de uma renomada escola de dança. É possível que tenha até mandado fazer um novo deque, na extremidade mais rasa da piscina, destinado a esconder as duas jacuzzis cor-de-rosa. Era onde, magros feito palitos, marido e mulher banhavam-se nus, às vezes na companhia de outros octogenários, erguendo seus rostos francos e ditosos em direção ao sol da manhã. O caráter revolucionário de tudo isso, pensou Schmidt, ainda não foi devidamente percebido e admirado.

Devia cutucar Carrie e acordá-la? Decidiu não fazê-lo. Em vez disso, avançou a mão com cuidado por baixo das cobertas, deslizando-a sobre um seio e tateando rumo ao sovaco, úmido do sono; deixou-a ali enquanto, com o nariz, revirava a abundância de cachos negros sobre o travesseiro; então, levantou-se da cama em silêncio. Era uma pena. Naquele exato momento, conseguiria, e sem o auxílio que Carrie se dispunha a lhe dar, ainda que gemendo de impaciência. Reprovado na ida para a cama, prova de recuperação pela manhã: desencorajadoras eram tanto a simetria quanto a suspeita de que, se a acordasse, ela poderia atribuir a situação satisfatória antes à bexiga do que à libido. Vestiu a calça e a camisa, esperou até chegar à escada para calçar os sapatos, espremeu quatro laranjas, para que Carrie pudesse tomar seu suco de imediato, caso descesse antes de ele voltar, não bebeu nem um golinho, porque preferia fazê-lo ao lado dela, no café-da-manhã, e partiu de carro para o correio e, depois, para a confeitaria, onde, quando estava em Bridgehampton, ia buscar o *New York Times* toda manhã, desde que ele e a pobre Mary haviam começado a freqüentar a região. O restante da pequena excursão visava à compra de croissants, uma importante mudança em sua rotina. Até que Carrie decidisse, no início da longa convalescença de Schmidt, que, a despeito do preço ultrajante, os croissants fresquinhos do Sesame — onde uma amiga dela, ex-colega garçonete no O'Henry's, começara a trabalhar — levantariam o moral dele, Schmidt invariavelmente comia metade de um *muffin* inglês no café-da-manhã, recoberto de fina camada de geléia amarga de laranja. A outra metade, guardava para o dia seguinte. Sem dúvida, a nova dieta constituía imenso progresso nos hábitos gastronômicos. Ensejava, ademais, freqüentes encontros fortuitos com Gil Blackman, cujo vício matinal eram os *scones*, e revelara a Schmidt um espetáculo diário que ele julgou material perfeito para um daqueles filmes da pesada — ou francamente obscenos, como diriam alguns — que Gil andava fazendo.

Fosse dado a ousadias, Schmidt teria apresentado a ele um argumento por escrito. Faltam poucos minutos para as nove. As peruas Mercedes, os Range Rover, BMW e Jaguar reúnem-se no chão de cascalho defronte à porta trancada do Sesame. Homens com barba de dois dias beijam mulheres usando trajes que lembram camisolas de algodão e chinelos de dedo. Elas vieram direto da cama, pode-se sentir o cheiro, antes mesmo de escovarem os dentes. Vê-se também um Toyota, que parece fora de lugar. O motorista bem poderia ser invisível. Não beija ninguém, ninguém o cumprimenta. Na verdade, estacionou mais para o lado, bloqueando o caminho, alvo, portanto, de caras feias. De modo quase imperceptível, uma fila se forma. Às nove em ponto, a porta se abre. Melhor ir devagar. Deus o livre da suspeita de que você pode estar querendo cortar caminho. Aquela multidão o esquartejaria, pedaço por pedaço. A coisa ali é séria. Agora, nem todas as mulheres vestem roupa de dormir: a elas vieram se juntar outras, em trajes de passeio, desprovidas de seios e cujos cabelos parecem ter sido mergulhados em cloro, mulheres em roupa de ginástica tão molhada que dá até a impressão de que estiveram correndo de fato, bem como sujeitos gordos, com peitos e bifocais com aro de tartaruga, além de uniformes brancos de tênis que poderão ou não chegar a ver a cor de uma quadra. Menininhas mais parecendo putas baratas, com esmalte descascado nas unhas das mãos e dos pés, choramingam por rosquinhas. Tomates, dois deles custando o que a barraca de frutas, cem metros abaixo, cobraria por oito de tamanho idêntico; pequenos potes de plástico, cinco dólares cada, com azeite e vinagre, sal e pimenta alojados no fundo, é só agitar e derramar o molho sobre os tomates ou a alface com rúcula, também disponível em saquinhos a um dólar por folha; salsichas pré-cozidas, prontas para comer tão logo aquecidas (supondo-se que se encontre um par de mãos para enfiá-las numa frigideira ou no forno; do contrário, esqueça: sirva-as "à temperatura ambiente"); água mineral e suco de frutas em garrafinhas que parecem de champanhe, para consumo no local ou no Range Rover à espera. Maços de notas de cem dólares. Me dá um quilo disto, me dá duzentos e cinqüenta gramas daquilo. Ordens assim são latidas aos rapazes e garotas de imperturbável polidez, atrás do balcão, como se inexistisse outro modo de se dirigir às pessoas além do imperativo. Rapazes e garotas anotam tudo direitinho. Um velhote magricela e esquisito, lábios finos e olhos azuis que já viram dias melhores, apanha, acanhado, dois croissants do cesto. Hesita. A compra é demasiado insignificante. Melhor seria enfiá-los no bolso da jaqueta de algodão e sair, em vez de incomodar a casa por uma transação de quatro dólares? Loucura, ele não vai roubar, mas mostrar respeito. Uma das mulheres ossudas o deixa voltar à fila. Ele deposita os croissants no balcão, pede queijo de cabra fresco de Vermont e, porque gosta e é caro o bastante, também uma boa fatia de queijo inglês.

Schmidt, porém, não escreve sua versão da caverna de Ali Babá nem conta ao amigo Gil a respeito. Apesar dos modos bruscos, o sr. Blackman é muito sensível. Schmidt teme ofendê-lo com seu ponto de vista acerca dos procedimentos matutinos de que ambos participam com tanta regularidade.

Está de volta à própria cozinha, tomando café-da-manhã com Carrie. A presença dela é um milagre. Pleno de devoção, Schmidt sabe que ela está nua por baixo do roupão de banho masculino de seda vermelha, feito para ela pelo camiseiro da *place* Vendôme que era o preferido do pai dele. As medidas foram tomadas em Paris, durante as férias de verão. Não há recurso daquele corpo lívido e magnífico que ainda não tenha sido explorado pelos olhos, lábios e mãos de Schmidt. A voz, rouca e cansada, mas terna como a de uma mãe a amamentar o filho e murmurar-lhe seu amor, inunda-lhe a mente. Quando a estação de rádio que ouve no carro toca uma canção de Billie Holiday, Carrie se faz tão presente que ele cora. Prudência, acima de tudo, prudência. Contudo, tendo-a beijado em ambas as faces, a mão dele logra encontrar seu caminho sob a seda, tocando a base dos seios e, então, os mamilos, que enrijecem de imediato. A mão quer descer em direção à barriga lisinha. Ele a impede, já reconfortado. Se ela se lembra de como foi na cama a noite passada, o perdoou. Ou esqueceu — caiu no sono bem antes dele.

Ei, Schmidtie, uma mulher telefonou. Disse que é a secretária do sr. Mansour e perguntou se tínhamos fax. Quer passar as instruções de como chegar à casa dele. Eu disse que você ligaria de volta. Quem é esse sr. Mansour?

Um homem muito rico, amigo de Gil. Você o viu lá. Careca, meio baixinho e bronzeado. Uma espécie de judeu-egípcio, acho. Ou talvez seja marroquino.

Ah, vi, sim. Aquele que ficou ao lado do Gil a maior parte do tempo? O sujeito que despia todas as mulheres com os olhos?

Com certeza, e sobretudo você. Ele telefonou logo de manhã, convidando para um almoço no sábado. Eu disse que ia perguntar se você queria ir. Ele se divorciou há pouco tempo. Talvez isso faça parte do esforço para encher sua nova vida social de caras novas. Ou talvez não. Ele tem tanto dinheiro que pode encomendar até os convidados ao bufê.

E pensa que somos casados?

Foi o que pensou. Expliquei que não somos.

E, mesmo assim, quer os dois? O sr. Schmidt e sua namorada porto-riquenha?

Claro que sim. Só quer o enfadonho sr. Schmidt porque ele vai levar sua deliciosa namorada. Acha você linda. Me disse isso. Todo mundo acha. Linda e adorável, de enlouquecer.

Não me venha com onda, Schmidtie. Ele me convidou porque pensa que sou sua esposa. Ei, espere aí, não é nem isso! Ele me quer para servir as mesas!

Quantas variações daquela conversa já tinham tido? Algo assim como ficar ouvindo *Greensleeves* sem parar, quando a secretária do dentista nos pede para esperar um pouco.

Carrie, disse ele, você não deveria pensar assim. Você é uma jovem e maravilhosa cidadã americana. Se acredita mesmo nessa besteira de que as pessoas olham de cima para você, porque está vivendo com um velho que não é seu marido, vamos dar um jeito nisso. Por favor, aceite tornar-se a linda, adorável e regulamentada sra. Schmidtie Schmidt! Você só precisa dizer sim. Meu pessoal e eu cuidaremos do resto.

Ela desviou o rosto. Uma tarde, quase dois anos antes, estavam na varanda dos fundos — Schmidt mal se recuperara do acidente —, ele tomou a mão dela e sussurrou Por favor, case comigo. Tudo parecia em ordem. Bryan, o namorado de meio período de Carrie, fora afastado do caminho, despachado com astúcia para trabalhar na casa que Schmidt herdara em Palm Beach, com a missão de restaurar-lhe a forma original. Tinha simplesmente arquivado aquele sujeito repugnante por prazo indeterminado! Nem ele nem seu predecessor, o sr. Wilson, voltariam a tocar o corpo de Carrie. No caso do sr. Wilson, cujo corpo ricocheteara no pára-brisa do carro destruído de Schmidt, ele gostava de pensar que se tratava de arquivo morto.

Carrie o fitou com um vazio no olhar, como fizera dois anos antes, mas, ainda assim, Schmidt passou a expor os argumentos a seu favor.

Escute, tudo se encaixa. Charlotte tem seu Jon Riker. Estão casados. Ele a transformou numa mulher honesta. É ele quem diz, não eu! Dei a ela dinheiro, além de móveis e prataria tirados desta casa. É tudo o que ela quer — pelo menos por enquanto. Eles vão se afastar de mim, cada vez mais. Que motivo a gente tem para não se casar? Ora, vamos lá, às vezes eu até acho que você me ama. Talvez tanto quanto amava o sr. Wilson!

Como ocorria sempre que ele exibia a falta de discernimento ou o mau gosto de mencionar o sr. Wilson, ou quando era ela própria quem o fazia, grossas lágrimas brotaram dos cantos dos olhos de Carrie, escorrendo pelos flancos do nariz. Ele as enxugou com beijos.

Caramba, ela disse, o que está acontecendo com você? Você sabe que eu te amo. Amo desde a primeira vez. Escute, eu praticamente te estuprei! Quero viver com você. Mas não posso me casar com você. Deus do céu, você é mais de quarenta anos mais velho! Até sua filha é mais velha do que eu. O que vai acontecer quando a gente não conseguir mais? Vou ficar deitada na cama à noite, me bolinando enquanto você lê?

Espero que não seja assim por um bom tempo, respondeu ele. Lembra que você me perguntou se as pessoas podiam se amar sem fazer sexo o tempo todo? Eu disse que sim. Elas se acostumam a demonstrar amor de outras maneiras, dão prazer uma à outra.

E de que maneira? Me comendo com os dedos? Não, obrigada, isso eu já experimentei, quando o do sr. Wilson não levantava de jeito nenhum, não importava o que eu fizesse. Ei, Schmidtie, estamos bem assim. Deixa como está.

Claro, ele deixaria tudo como estava, pelo menos para evitar ser lembrado de que ela estava certíssima e da desolação que o aguardava mais adiante, se não tivesse a sorte de morrer logo. Mas aquele assunto tinha uma maneira esquisita de se impor, toda vez, por exemplo, que surgia qualquer coisa relacionada a dinheiro. Logo depois de ela vir morar com ele — e volta e meia desde então —, Schmidt lhe dissera que ela não precisava ser garçonete; levaria uma eternidade até economizar o bastante para fazer faculdade. Claro, ele sabia que estava exagerando. Para Schmidt, havia muito mais em jogo do que a data em que ela receberia o diploma. Por que não parar, argumentou ele, e me deixar pagar o curso? Por que recusar minha ajuda? A resposta era, sempre: Você está querendo me transformar numa trambiqueira, atrás de um golpe do baú. Com regularidade igualmente monótona, ele então dizia que aquilo era um absurdo; afinal, já estavam vivendo na mesma casa e comendo a mesma comida, como se fossem marido e mulher. O mínimo que ele podia fazer era possibilitar a ela desfrutar os privilégios a que sua esposa teria direito naturalmente. Ela balançava a cabeça e respondia Não sou sua esposa. Charlotte e Jon vão dizer que já tinham me sacado desde o início, que estou atrás do seu dinheiro!

A inspiração lhe veio certa vez, ao final de uma daquelas conversas enfadonhas. Ele a fisgaria presenteando-a com um minúsculo BMW conversível, o carro que ela julgava o mais legal do mundo. O gerente de vendas veio entregá-lo em casa em pessoa, durante o almoço, e, conforme o combinado, deixou as chaves sobre o assento. Tão logo terminaram de comer, Schmidt a chamou: Escute, tem uma coisa lá na entrada que eu quero mostrar para você.

De início, ela ficou parada ali, fitando o carrinho com uma cara muito séria. Foi somente depois de ele repetir duas vezes Vai lá, é seu, que ela lhe pediu permissão com o olhar, abriu a porta do lado do motorista, acomodou seu corpo com delicadeza, como se o chassi fosse se quebrar ao menor movimento em falso, e deslizou as mãos pelo volante, pelo painel reluzente, pelo couro negro.

Por que você não vai dar uma voltinha?, ele perguntou. Tomamos o café quando voltar.

Em vez disso, ela desceu do carro. Quando terminou de beijá-lo, na ponta dos pés, os braços em torno do pescoço, ela sussurrou Oh, Schmidtie, querido, isso é terrível, não posso dizer não para este carro. Vem comigo. Vamos levar essa gracinha para dar um passeio.

Ela baixou a capota. Em algum ponto deserto da estrada, indo de Sag Harbor para East Hampton, depois da entrada para Cedar Point, ela afundou o pé no acelerador, em busca do mundo inteiro, como uma criança diante da árvore de Natal do Rockefeller Center. O carro disparou. Schmidt esperou até que o velocímetro voltasse à marca dos cem e fez a proposta: Não seria legal ir e voltar da faculdade em Southampton neste carro? Isso me deixaria muito feliz, bem que eu queria uma universitariazinha lá em casa. Assim, a gente continuaria morando aqui. Ouvi dizer que o curso de psicologia é muito bom. Você poderia se formar e fazer uma especialização como assistente social. Se é que ainda tem interesse nisso. Eles também oferecem cursos de teatro e redação criativa. Que tal?

Schmidt prendeu a respiração, enquanto ela fazia uma careta. Que, pouco a pouco, foi se transformando num sorriso, até que ela disse:

Ei, você vai ter uma universitária morando em casa! Deve ser melhor do que comer a garçonete. Porra, Schmidtie. Você vem me perguntar agora? Como é que eu posso dizer não?

Grande idéia, porque dera certo. Ela gostou da faculdade e até deixou que ele a ajudasse nos trabalhos. Um convite do sr. Mansour não era bem a mais romântica das situações para insistir na demanda. Não obstante, lá estava ele, tentando de novo.

Carrie, meu amor, disse, engolindo o último pedaço de croissant. Acabei de pedir você em casamento outra vez. Não vai dizer nada?

É, vou. Superobrigada, Schmidtie, mas deixa para lá, por favor. Estamos bem do jeito que estamos. Nada mudou. Você é velho demais. Eu sou nova demais. Charlotte ia ter um ataque do coração. E seus amigos iam surtar.

Os Blackman adoram você, arriscou Schmidtie. E são, na prática, os únicos amigos que tenho.

Aquilo era verdade. Todos o tinham abandonado, depois da morte de Mary, ou ele havia parado de vê-los.

Nenhuma resposta.

Mas e o ilustre sr. Mansour? Digo que sim?

Fora um erro ter contado a Carrie que Mansour era muito rico. Aquilo provocara apenas sua timidez, e não sua curiosidade. Talvez fosse menos assustador encontrar aquele sujeito em terreno conhecido e familiar. Assim, Schmidt acrescentou Você prefere convidá-lo para vir jantar aqui? Ou almoçar, num dia que você não tiver aula?

Schmidtie, o que está acontecendo com você? Merda na cabeça? Eu não sei receber. Como é a casa desse cara?

É em Water Mill. À beira da praia, bem moderna e, na minha opinião, grande demais, uma bela estupidez. Eu conhecia o casal de velhos que construiu aquilo. Antes da senilidade deles, eu costumava ir visitar os dois com bastante freqüência. Já morreram.

Está bem. Eu vou. Mas você me diz o que vestir.

Schmidt discou o número. Uma voz masculina, com sotaque mediterrâneo reconhecível, informou-o de que se tratava da residência do sr. Mansour.

Você poderia, por favor, dizer ao sr. Mansour que o sr. Schmidt e a srta. Gorchuck — ainda tinha dificuldade de reprimir a risadinha quando lhe pediam para soletrar o nome dela, o que quase sempre era necessário — terão o maior prazer em comparecer ao almoço no sábado?

Alguém, talvez a meticulosa secretária do sr. Mansour, fizera um bom trabalho. Em vez de deixar escapar um risinho ou demonstrar surpresa, a voz respondeu Direi ao sr. Mansour, e desligou.

Carrie estava indo também. Não precisara de muito tempo para se vestir, porque não estava usando nada sob a calça jeans e a camisa, e penteou os cabelos com os dedos. Ah, "esse valente vibrar livre"! Desceu correndo as escadas, dois degraus de cada vez, lançou um beijo estalado na direção de Schmidt e já se fora. Curso de cinema. Matriculara-se num curso especial de verão. Estava indo para um *workshop*. Não voltaria até o meio da tarde.

Cada mudança na rotina de Schmidt era como uma montanha que, de início, ele não desejava escalar, ainda que o resultado pudesse ser uma melhoria, fosse ela maior conforto e eficiência ou mais valor para seu dinheiro. Isso se aplicava sobretudo em se tratando de separar-se de um empregado ou decepcionar um comerciante. Assim, não dispensara a brigada de loquazes, familiares e obesas faxineiras polonesas, cuja chegada, nas manhãs de quarta-feira, trajando roupa esporte de cores bizarras, decerto escolhidas para combinar com a pintura de seus carros beberrões, anunciava a passagem pela casa de um benevolente furacão, que, de fato, levava consigo a poeira, mas, de resto, pouco tinha a ver com faxina; no período entre a morte de Mary e a chegada de Carrie, as polonesas haviam constituído o principal contato de Schmidt com o mundo exterior. Da mesma forma, ele seguia comprando frutas e verduras do comerciante que "sempre" as vendera para ele; pilhas para a lanterna, pregos, parafusos e pequenos apetrechos domésticos, da mesma loja de ferragens na rua principal; vinhos e bebidas em geral, da loja de um rapaz cujos pais, antes da aposentadoria na Flórida, abasteciam a cidade do melhor em gêneros alimentícios e carnes. Pouco interessava a Schmidt o fato de a maior parte dos antigos moradores preferir os produtos pouca coisa mais frescos da barraca de beira de estrada, em que uma Virgem de Fra Angelico trazida à vida, vestindo camiseta na qual se lia OI!, saia jeans e tênis imundos, pesava tomates e batatas novinhas, sorrindo por sobre um bem-ordenado arranjo de melões e que tais, plantados no campo adjacente pelo namorado, um desses viciados em academia, com olhos e maçãs do rosto chupados. Era, de fato, mais provável encontrar Schmidt no culto da manhã de sábado na sinagoga de Sag Harbor do que comprando um aspirador de pó ou uma garrafa de bourbon no shopping na saída de Bridgehampton. Exemplos dessa sua obstinação em pequenas coisas multiplicavam-se. Enquanto lavava a louça do café-da-manhã — uma tarefa que não lhe desagradava nem um pouco, mas que tomava tempo —, refletia sobre as vantagens de contratar uma governanta (a palavra "criada" tendo sido banida com tal força que até Schmidt se curvava àquela interdição), alguém que o libertasse daquele e de outros afazeres domésticos, como fazer a cama e recolher as roupas do chão do banheiro, quando, como naquela manhã, Carrie saía em disparada, ou como fazer compras, pôr a mesa para as refeições e, talvez, até cozinhar. Poderia também contratar um casal. O homem iria buscar o jornal e a correspondência, cuidaria do jardim, poliria cada peça de bronze e enceraria cada superfície de madeira não revestida da casa; de modo geral, deveria esforçar-se por produzir aquela impressão de perfeito equilíbrio que Schmidt jamais lograra alcançar, fosse na casa ou na propriedade ao redor, uma condição que impeliria até mesmo o mais agudo e perspicaz dos olhares a admitir que pedra alguma na entrada nem peça alguma da mobília do jardim jamais sofrera qualquer perturbação. O espaço sobre a garagem poderia ser arranjado para abrigar um casal assim.

Schmidt depositou o último prato na lavadora e foi verificar o jardim e a piscina. Na certa, havia algo de errado com o filtro de água. Não lhe agradava a cauda de bolhinhas minúsculas retornando à piscina. Era melhor chamar o serviço de manutenção e certificar-se de que não estava entrando ar no sistema. Outro telefonema irritante, que lhe tomaria tempo e alguma outra pessoa poderia fazer em seu lugar, talvez o tal marido, misto de mordomo e caseiro. A dificuldade, se alguma havia, não estava no fato de que uma governanta em período integral olharia de cima para a brigada polonesa, solicitando a pronta demissão das senhoras — um ato de deslealdade que Schmidt não tinha a menor intenção de cometer. Ele sabia que podia ser severo o suficiente para impor a sra. Nowak e suas colegas a quem quer que contratasse. As polonesas integrariam o acordo, viriam com a casa, como parte do contrato. O obstáculo eram os sentimentos de Carrie. A consciência de classe das madames do Clube Colonial era rudimentar em comparação com a de Carrie. A recusa, por exemplo, a pôr os pés no O'Henry's ou a fazer compras em Bridgehampton, Schmidt a lia como um claro sinal: a pobre criança não se julgava um sucesso aos olhos das ex-colegas e do exército de nativas a encher o tanque do carro dela ou dele, a aparar os gramados, limpar as piscinas, consertar o encanamento, pintar venezianas ou desempenhar qualquer das tarefas — de resto, a preços exorbitantes — necessárias ao pleno gozo da vida por parte de Schmidt. Longe disso, Carrie acreditava, não sem razão, ser vista como uma traidora de sua classe. A expressão era dele, notou Schmidt, e não era do tipo que ela ou as ex-colegas empregariam: decerto teriam recorrido a algum sinônimo atualizado para "cadela". Claro: uma garçonete porto-riquenha vem do Brooklyn para os Hamptons, com o intuito de embolsar boas gorjetas e, depois de um ano, se cansa dos pratos recobertos de sobras de carne, fritas não comidas, e até mesmo de transar com Bryan ou algum outro garanhão local. Então, encontra emprego melhor — deitar-se com um rico velhote, alguém que os nativos e o lumpemproletariado migrante consideram lícito roubar até o último tostão, mas com quem é vetada qualquer confraternização. Essa, decerto, havia sido a análise inicial feita pela brigada polonesa. Mas as senhoras acostumaram-se com Carrie durante a convalescença de Schmidt, e Carrie com elas. Qualquer que tivesse sido o primeiro julgamento moral ou social da brigada, ele tinha certeza de que as polonesas não podiam deixar de ver que Carrie era boa gente e cuidava bem dele. Contudo, enquanto vivessem naquele lugar, estando ainda tão fresca a memória popular da história de ambos, como fazer com que Carrie se visse como a dona da casa e se sentisse à vontade diante de novas contratações?

Tão logo se recuperou do acidente, Schmidt mandou construir um muro de um metro e meio em torno da piscina, com tijolos envelhecidos de cores delicadas. O deque de lajotas deu lugar a mais tijolos envelhecidos; trepadeiras e arbustos de rosas, vermelhas e cor-de-rosa, foram plantados do lado de dentro do muro. Um presente que ele se deu pelo pronto restabelecimento. As roseiras prosperaram e estavam agora em flor. Bogard, o jardineiro, ficava de olho em eventuais ninhos de marimbondo. Até ali, tinham tido sorte: nem marimbondos nem abelhas haviam aparecido. Schmidt testou a temperatura da água com a mão. Perfeita para ele, mas um pouco gelada para Carrie. Era um belo mês de julho, ainda que um pouco frio. Schmidt ligou o aquecedor, relutante — em parte porque jamais esquecera o comentário de um editor, amigo de Mary, segundo o qual uma manhã inteira aquecendo a piscina custava o mesmo que o melhor assento na ópera; em parte porque gostava da água gelada e não lhe desagradaria manter os outros (à exceção de Carrie) fora dela; e, além disso, não gostava do barulho —, despiu-se na cabine ao lado da casa da piscina, mergulhou e começou a nadar de uma ponta à outra. Desistira de contar fazia muito tempo. O esforço em manter o curso o distraía de quaisquer outros pensamentos. Em vez disso, guiava-se pelo relógio suspenso na parede de tijolos. Sua intenção era nadar rápido por trinta minutos, todo dia, a não ser que uma chuva muito forte tornasse absurdo entrar na água ou que ouvisse trovões nas proximidades.

Era, de fato, ruim só poder contar com a companhia de Gil e Elaine Blackman, e, para o gosto de Schmidt, Gil parecia por vezes íntimo demais com Carrie. Nos velhos tempos, ele gostava, tinha até orgulho do círculo de editores e escritores em torno de Mary. Certamente, preferia-o ao mundo também fechado dos advogados de Wall Street, e não conhecia ninguém mais em Bridgehampton e adjacências, a não ser os eternos Blackman. Bem antes de Carrie, os amigos de Mary o haviam feito sentir que, sem o prestígio dela, em nome do qual perdoavam a presença quase sempre silenciosa de Schmidt nos almoços e jantares, ele já não lhes era de utilidade alguma. A maior parte dos advogados que conhecia compunha-se de sócios de firmas de advocacia de primeira classe em Nova York, como aquela na qual trabalhara, não mais que um punhado de gente formada na universidade de Columbia ou de Nova York; um número menor ainda — dois ou três colegas de turma e um ex-sócio — chegara a juiz federal. Não mantivera contato. E as esposas deles, como eram medonhas! À parte as poucas que não perderam a beleza ao envelhecer — aquelas que haviam conservado a segurança e o bom humor que uma aparência estonteante na juventude garante para o resto da vida —, a única coisa boa que se podia dizer a respeito das demais é que eram mulheres. E Schmidt decididamente preferia mulheres a homens.

Tinha ex-colegas, sócios ainda na ativa ou já aposentados da Wood & King que gostavam dele e com os quais poderia restabelecer alguma espécie de vínculo? De modo geral, Schmidt julgava que os sentimentos dessa gente para com ele eram de uma agradável benevolência. A exceção, claro, era o marido de Charlotte, Jon Riker. Se, por algum milagre, aquele sujeito tivesse a chance de apertar um botão e eletrocutar o sogro na própria piscina, não haveria força grande o bastante, pensou Schmidt, nem mesmo o sócio-presidente da Wood & King, capaz de manter o dedo gordo do genro longe de um tal botão. Na prática, nada disso importava. Os velhos companheiros de advocacia não passavam verões ou fins de semana nem perto dali, e, para surpresa de Schmidt — até ele perceber que ela não fazia lá muita questão de morar mais perto do Brooklyn ou dos pais —, Carrie não demonstrara interesse na sugestão casual de comprarem um apartamento em Nova York. E, se o fizessem, como ele apresentaria o casal? Promoveria uma rodada de coquetéis, jantares íntimos e idas ao teatro? Em geral, estava acostumado a ver seus parceiros na hora do almoço. As esposas, ele as via duas vezes por ano, em jantares da firma para sócios e cônjuges — desde que haviam começado a admitir mulheres na sociedade, cônjuges já não eram necessariamente esposas — e nos eventos da empresa para todos os advogados e respectivos amantes, independentemente de orientação sexual, destinados a promover a boa camaradagem mediante um dia de tênis, golfe e bebidas. Mary julgara conveniente manter distância da firma, e Schmidt não tinha certeza se, no que dependesse dele, teria preferido ser mais gregário. Ainda que Carrie não fizesse parte do quadro, teria sido difícil, talvez impossível, superar o antigo distanciamento, tornar-se um dos rapazes. Basta imaginar Jack e Dorothy DeForrest — ou mesmo Lew Brenner, o "homem do mundo" da W & K, e sua esposa, Tina — convidados para um jantar íntimo na novíssima cobertura de Schmidtie, para conhecer a srta. Carrie Gorchuck. Passariam sem problemas pelo jantar, o cafezinho e o brandy, embora os homens pudessem se sentir demasiado inquietos para, conforme o costume, se reunir a um canto da sala de estar e conversar sobre as finanças da empresa; depois disso, porém, que alvoroço! Schmidt com uma garota mais nova que a própria filha, sim, mais nova que a mulher de Jon Riker! Não, não é advogada, eu perguntei o que ela fazia, e ela foi logo dizendo: era garçonete, até o bode velho aparecer e fazer com que valesse a pena parar de trabalhar. Bonita ela é, não há dúvida —

aqui, dependendo do falante, algum detalhe plástico poderia ser acrescentado —, mas, sabe como é, um tanto escurinha. De origem hispânica. É, porto-riquenha. Era bom que não precisassem encarar a questão. Os sócios bem mais jovens — e, com certeza, os demais advogados da firma — julgariam a nova senhora Schmidt um avião. Mas o que Schmidt representava para eles, ou eles para Schmidt?

Na piscina, ele executou uma virada muito correta e olhou para cima, em direção ao relógio. Vinte e cinco minutos. Prosseguir por mais cinco minutos era insuportável, não porque fosse difícil, mas porque era chato demais. Outra derrota diária. Nadar menos, não fazer os exercícios para endurecer a barriga, dormir com *Declínio e queda do Império Romano* nas mãos. Schmidt saiu da piscina, enxugou-se e, com a toalha enrolada na cintura — por hábito apenas, já que não havia o menor risco de uma visita não anunciada surpreendê-lo em sua nudez —, deitou-se ao sol. Era mesmo simples assim: tanto quanto Carrie, ele era um *déclassé*. Como, no fundo, a última coisa que queria era juntar-se de novo a sua classe — ainda que o preço não fosse abrir mão de Carrie —, tinha de buscar vida social em outra parte. Deus meu, não entre garçonetes e ajudantes do O'Henry's, ou entre os equatorianos e dominicanos tagarelas que podavam suas sebes e recolhiam os galhos quebrados das árvores. Para os primeiros, era velho demais; quanto aos últimos, não falavam inglês. Tampouco entre aquelas figuras engraçadas, homens e mulheres com sorrisos tamanho-família, que vendiam imóveis por ali, faziam seguro ou consertavam seus dentes numa emergência, se não desse para ir a Nova York. Eram demasiado sem graça. Tinha de encontrar pessoas que não pertencessem a classe alguma e que, indiferentes à perda de status de Schmidt, ou mesmo ignorantes demais para percebê-la, poderiam ser atraídos por sua disponibilidade e estilo. Afinal, aquela era a suposta vantagem de uma aposentadoria confortável.

Quer almoçar com Schmidt? Ele vai. Precisa completar uma mesa na festa beneficente em prol da ópera, a mil e quinhentos dólares por cabeça? Schmidt está enviando o cheque pelo correio. A beleza de Carrie não poderia resolver o problema para eles? Na juventude de Schmidt, talvez eles fossem adotados por membros do café-soçaite, como os armadores gregos que haviam sido clientes de seu pai. Existia ainda o café-soçaite, agora que El Morocco e o Copacabana haviam desaparecido, e o clube 21 passava de mão em mão, feito carro usado? Algum contato com as matérias sobre "estilos de vida", que se haviam disseminado no *New York Times* como doença maligna, e um mergulho furtivo e ocasional num semanário nova-iorquino que se especializara no estudo dos ricos e vulgares, com relatos de autoria de jovens cujos pais Schmidt conhecera, levavam-no a acreditar que, sim, existia uma tal subclasse, toda ela exterior à sociedade, tal como ele a conhecera outrora, uma subclasse composta de *parvenus* — não tão belos ou à-toa —, sentados em montanhas de ações particularmente cobiçadas, de companhias que haviam fundado ou comprado em baixa. Com seus bilhões e seu toque levantino, Michael Mansour decerto era um deles. Talvez outros amigos dos Blackman também se encaixassem no perfil. Era questão de averiguar.

O telefone tocou no interior da casa. Deixa tocar. Até recentemente, quando a impiedosa insistência de Carrie o compelira à aquisição, Schmidt não tinha secretária eletrônica, adepto da teoria de que, se alguém precisasse de fato falar com ele, não teria dificuldade em ligar de novo. Agora, porém, na qualidade de proprietário de um tal dispositivo, vingava-se ouvindo as mensagens só muito raramente — quando acreditava que alguma delas pudesse ser de Carrie. O telefone continuou a tocar. Era alguém persistente, que calculara a possibilidade de ele estar no jardim. Se corresse, poderia talvez responder a tempo, mas talvez não. Permaneceu deitado em sua cadeira. Carrie não iria ligar: estava na aula e não tinha o costume de telefonar. E se fosse Charlotte? Planejara ligar para ela, um pouco mais tarde. Qualquer outra pessoa não interessava; afinal, não havia grande possibilidade de se tratar de algum novo trabalho ou, milagre dos milagres, de um novo cliente. Ele teria gostado de limpar a ficha de seus últimos dez anos de atuação profissional, antes que a doença de Mary o levasse à aposentadoria precoce: uma carga de trabalho cada vez menor, um sentimento de desamparo (embora ele nada tivesse feito para perder clientes; como teria podido evitar que sua especialidade tivesse o mesmo destino do telex?), de culpa e de vergonha por não ter tido cérebro, energia ou força de vontade suficientes para dar a volta por cima em alguma outra área. Era exatamente o que tinha feito um certo número de colegas, advogados da área financeira que conhecia e respeitava. No jargão do ofício, tinham se "reequipado". Solidão e não saber o que fazer com o tempo livre eram um preço barato a se pagar pela aposentadoria precoce, pela libertação. Além disso, mais dois ou três anos, e ele teria tido de deixar a empresa do mesmo jeito. E sem o milagre que era ter Carrie a consolá-lo. As perspectivas na Wood & King não eram de que alguém fosse lhe sugerir permanecer na ativa além da idade para a aposentadoria compulsória. Teria alguém chegado a pensar em apelidar a data-limite de "dia do velório"? Na verdade, era provável que os sócios mais jovens tivessem se mexido para botá-lo para fora, não houvesse ele facilitado a vida de todo mundo, negociando sua própria saída. A falta de imaginação das pessoas era um prodígio de tão espantosa: aqueles sócios, já na casa dos quarenta ou começo dos cinqüenta, será que não previam que o mesmo que faziam aos mais velhos seria feito a eles dali a não muitos anos? E, provavelmente, de forma ainda mais brutal. Schmidt e seus contemporâneos haviam sido criados numa tradição de respeito quase filial aos mais velhos. Se tinham falhado na transmissão de um simulacro medianamente eficaz dessa tradição à geração seguinte de sócios, ao menos não lhes tinham oferecido o espetáculo sórdido do parricídio. Mas, de todo modo, os jovens muito brilhantes hoje na firma, as superestrelas que, dizem, entram de sola na sociedade, exigindo admissão como se fosse direito de primogenitura, teriam recebido farto treinamento naquele esporte sangrento, e da parte daqueles sentados nas primeiras fileiras. Se Schmidt vivesse o bastante, ainda teria o prazer de vê-los enrabar os putos arrogantes que queriam botar no seu rabo. Quem sabe, até o próprio Jon Riker — Schmidt não se importava com o fato de que seria impróprio sentar-se ali e rir, vendo o genro levar no rabo.

Chega de sol. Um último mergulho na piscina, cinco minutos nadando. Controlar a raiva. Devia aprender a rir e a se livrar da carranca que lhe gravava as linhas amargas em torno da boca. No fim, era um sujeito de sorte. Tinha bastante dinheiro. Não lhe cabia um daqueles segundos casamentos por reembolso postal, com a viúva de algum colega de escola ou uma divorciada ostentando horas de cirurgia no rosto renovado — e, menos ainda, a amargura do celibato. "Preta, mas formosa" era sua garota selvagem, seu lírio do vale; toda noite, ele repousa a cabeça entre seus seios perfumados. Mas, quanto tempo levaria até que ela se cansasse de seu velho e flácido amante?

De novo, o telefone. Schmidt estava próximo à porta da varanda. Schmidtie, pelo amor de Deus, pare com a costumeira ladainha do velho gagá; atravesse a varanda, entre na sala de estar e atenda o telefone. Ah, é Charlotte. É tão raro ela ligar. Telefonar era tarefa dele. Conversas empertigadas; Schmidt escolhia o momento certo para elas, de modo a poder fazer algo logo em seguida — beber uma bela dose, por exemplo — que amortecesse a sensação de desconsolo.

O tempo está bom por aí?, ela perguntou. Que bom. Em Nova York, está um horror. Terrível.

Depois de dois ou três comentários semelhantes, Schmidt entendeu que ela estava ligando por alguma razão, mas precisava dar voltas até chegar ao assunto. Ele ficou esperando pelo "a propósito".

Pai, vai alguém aí este fim de semana?

Não, ninguém.

Estava pensando, talvez eu vá até aí.

A velha, mas ainda inesquecida sensação de que ele iria se derreter como uma bola de neve, deixando apenas uma poça d'água no verniz brilhante do soalho de madeira, bem no ponto em que agora se encontrava.

Isso é maravilhoso, respondeu. Acho que ouvi no rádio que vai fazer tempo bom. Você e o Jon não vão para Claverack?

Eu não vou. Dele, não sei. Se não tiver problema, vou até aí, sozinha.

Filhinha, está acontecendo alguma coisa?

Um monte. Preciso falar com você, mas não daqui do escritório.

Tudo bem, amor. Você quer mesmo esperar até sexta à noite? Você poderia tirar uma folga na sexta e vir na quinta à tarde. Ou eu poderia ir a Nova York amanhã e almoçar com você.

Não, pai, obrigado. É complicado demais. Sexta-feira está bom. Saio do trabalho e pego o ônibus das seis. Aquela garota ainda mora aí?

Carrie. Sim, é claro.

Então, prefiro ficar na casa da piscina.

Como você quiser.

Silêncio do outro lado da linha. O que fazer?

Amor, arriscou ele, me avise se você mudar de idéia e quiser vir antes. A propósito, a Carrie e eu vamos almoçar fora no sábado. Na casa de um sujeito chamado Mansour. Michael Mansour. Você sabe, o tal financista que está sempre nos jornais. Imagine que ele foi comprar justo a velha casa dos Crussel. Quer que eu diga a ele que você irá conosco?

Acho que não, pai. Prefiro ficar de fora dos seus compromissos. Tudo o que eu quero é um pouco de sol e uma conversa com você, está bem?

Ahá! O problema entre ela e o Jon, fosse qual fosse, não tinha arranhado sua postura habitual. Não quis a namoradinha porto-riquenha do papai no seu casamento e, agora, recusa-se a dividir com ela o teto paterno. Tudo bem. Ele e a pobre Mary não tinham equipado a casa da piscina com o propósito específico de facilitar aos jovens as visitas de fim de semana?

Claro. Cuide-se!

Schmidt subiu para se barbear. No corredor, do outro lado do quarto que ele dividia com Carrie, ficava o antigo quarto de Charlotte, o qual, depois da morte de Mary, ela compartilhava com Jon nos fins de semana. Até que ela e Schmidt brigaram. Os dois nunca mais tinham aparecido, a não ser para visitá-lo no hospital. Ou será que eles tinham vindo principalmente para pegar o Volkswagen na garagem, que Schmidt dera a Charlotte, e contar a prataria, aquela da qual ele tinha dito aos dois que não pretendia se separar, enquanto estivesse vivo? Schmidt jogou a lâmina velha no lixo e encaixou outra, nova, no aparelho de barbear. Barbeou o rosto mais uma vez, devagar e com cuidado, sentindo a pele com o indicador de tempos em tempos, para verificar a maciez. Não era o momento de fazer um inventário de antigos insultos. Mas tinha-se de partir do princípio de que ela se comportara mal, e de que os Riker — *mère, père et fils* — eram deploráveis. Não era aquela a primeira vez — de outras ocasiões, não se lembrava — que, como adulta, ela recorria a ele por causa de uma possível mágoa? Se é que estava acontecendo alguma coisa — achava difícil imaginar que fosse coisa séria, provavelmente algo a ver com o fato de Jon trabalhar demais ou de "eles" não terem conseguido engravidar, coisa que, até onde Schmidt sabia, não andava lá muito em moda. Se havia algum problema, só podia ser a família de Riker pegando no pé dela. Nesse caso, ele não podia deixar transparecer o menor traço de satisfação. Uma oportunidade inestimável e, até aquele momento, inédita de consertar o estrago entre ele e Charlotte: era, talvez, o que tinha diante de si. Se pelo menos Carrie desse uma mão. De início, a pretensão absurda chocou-o. Aquilo era coisa que lhe cabia esperar de Mary, não de sua jovem amante. Mas Schmidt não conhecia outro ser vivo dotado de tato tão refinado e inato, ninguém cuja benevolência fosse tão profunda.

# 2.

Vamos no meu carro.

Ele não queria contar a ela que uma nuvem imensa, ainda invisível em Bridgehampton, estava se formando sobre sua cabeça. Não até saber mais sobre seu formato, não até ter tido outra conversa com Charlotte. Estava indo para a praia com Carrie, para a caminhada diária. Ela mantinha seu mini-BMW tão limpo que, em geral, preferia pegar o carro dele. Para que serve uma perua, senão para encher de areia? E de brinquedos de praia, ele poderia ter acrescentado. Mas o fim de tarde estava tão sereno e delicioso que ela queria dirigir com a capota abaixada.

Ei, na hora de voltar, não esqueça de limpar a areia dos pés antes de entrar no carro. Use a toalha.

Prometo.

Carrie, a menina desamparada, ligada àquela sua única posse como uma dona de casa mirim. Vê-la daquele jeito era uma triste injeção de prazer, semelhante à sensação dos velhos tempos, quando alguma atitude ou gesto de Charlotte demonstrava em cores vívidas que ela era uma garota e tanto, que Mary e ele, embora não mais que crianças — e, ademais, uma órfã, no caso de Mary —, a haviam criado muito bem. O fato de Carrie dirigir rápido demais o pequeno conversível era outra história; se estivessem no carro dele, deslizariam sossegados, como convinha a uma dama ao volante de uma enorme perua Volvo. Uma coisa compensava a outra. Portanto, Schmidtie, evite comentários sobre pessoas em carrinhos vermelhos, rasgando estradinhas secundárias a oitenta por hora. Os pneus protestaram quando ela pisou no freio, ante a visão plena do mar. Lá estava ele, esperando, azul e negro, pequenas ondas delineando-o na praia, como os sulcos que outrora delineavam os campos de batata estendendo-se até a duna, antes que os fazendeiros vendessem tudo, para dar lugar às casas de praia dos ricos.

Dia magnífico. Que bom que você voltou cedo.

A areia era macia, sulcada pelos pneus dos carros. Schmidt deu um pique desajeitado até a água, para experimentar a temperatura.

Não está gelada, gritou. Vamos nadar um pouco, depois da caminhada. Não dá para perder a oportunidade.

Você nada. Eu acho que morreria afogada.

De jeito nenhum. Eu seguro você.

Nem pensar.

Ela amontoou bonitinho as toalhas, desvencilhou-se da malha de ginástica e tomou a mão dele.

Ei, o que você está esperando? Que tal me dar um beijo?

Ela usava o mais minúsculo dos biquínis. Barbantes em torno da cintura e entre as pernas, segurando um triângulo vermelho de pano. Dois triângulos menores do mesmo tecido, também presos a barbantes, cobriam-lhe os bicos dos seios. Um bronzeado uniforme, voluptuoso; lascivo convite a sonhar com as horas que ela passava deitada nua ao sol. Ele a contemplou com orgulho, notando que até os pés estavam morenos. Uma selvagem deusa virgem;

não, uma puta do templo, assistindo adeptos dos mistérios orientais. Quando ela desatou o lenço de algodão com que cobrira a cabeça para dirigir ao ar livre, seus cabelos, uma massa de minúsculos caracóis, transformaram-se num halo negro a contornar-lhe o rosto.

Nativos em festa, dois casais da idade de Schmidt; os demais, gente mais jovem, decerto a prole, acompanhada de noras e genros, todos confortáveis em cadeiras de praia, bebendo cerveja direto da lata. Os homens mais velhos são grandes, não mais altos que Schmidt, mas mais pesados, com belas barrigas sob a camiseta e estúpidos rostos loiros. Técnicos aposentados da companhia telefônica ou gerentes de algum supermercado do shopping. Esposas aptas ao trabalho nas caixas, como supervisoras, consertando as cagadas das adolescentes negras nas máquinas registradoras. Têm aspecto azedo, mas pertencem à última geração que aprendeu a contar. Sacos de batatinhas e uma tigela de molho verde passam de mão em mão. Será que os mais jovens aspiram àquela mesma vida, à longevidade numa sociedade que tem cada vez menos lugar para os velhos? Será que arquitetaram novas maneiras de obter êxito na era da informação? Ao lado dos nativos, um isopor com mais cerveja gelada e uma churrasqueira. Os pedaços de carvão revestem-se de uma fina cinza branca. Estão prontos para receber os frangos cortados pela metade e as tiras de lingüiça, esparramados sobre a mesa coberta por uma toalha de plástico. Essa boa gente trouxe sua montanha de coisas na caminhonete e nas duas minivans estacionadas a alguns passos de distância, demasiado próximo da duna e dos outrora muitos maçaricos que se aninhavam ali. Conhecidos de Schmidt, honrados moradores do lago Georgica vociferariam retumbante protesto contra aqueles caipiras. Schmidt não se sente apto a receber os insultos que poderiam gritar de volta. Havia um meio-termo: intensificou seu olhar. Como se houvessem ensaiado, as cabeças se voltaram para examinar Carrie e Schmidt. Que olhem. Isso é guerra de classes, nada a ver com proteção ambiental. Obrigado pela atenção, sra. Mahoney e sr. O'Toole; sintam-se à vontade para, da primeira fila, apreciar o espetáculo de um pai na praia com sua filha, que não se parece muito com ele. Esperem só pela surpresa. Tudo o que tenho a fazer é girá-la quarenta e cinco graus e enfiar a língua em sua boca. Então, prestem atenção: ela vai colar seu corpo ao meu, enquanto passo a mão por suas costas, nádegas e, sim, até mesmo rego abaixo.

Schmidt procura Carrie. Erguendo-se sobre dedos magníficos, ela deposita um beijinho casto nos lábios dele.

Vamos, Schmidtie: é só, por enquanto. Aquela gente está olhando. Vamos embora daqui.

Eu te amo do fundo do coração.

Tenho um segredo para te contar: também te amo.

Para além do alcance da maré, a areia estava melhor: macia, fresca e bem firme. Caminhavam depressa, de mãos dadas. Podia-se até sentir vontade de correr. Lá adiante, a uma distância que parecia grande, viam-se figurinhas humanas acompanhadas de pontos negros animados, seus cachorros, correndo ao redor dos donos.

Charlotte ligou. Assim que você saiu. Está vindo este fim de semana.

É mesmo?

É. Você se importa? Ela disse que ficaria na casa da piscina.

Não me importo. Puxa, não é pouca coisa. Primeira vez que eles vêm. Aniversário de casamento ou coisa do tipo?

Não, não. E não é "eles". Ela vem sozinha. Deve haver algo errado entre ela e Jon. Ela não quis comentar por telefone.

Ih, Schmidtie, talvez eu devesse ir para outro lugar, enquanto ela estiver aí, hein? Seria uma preocupação a menos.

Sem quebrar o ritmo da caminhada, ela ergueu a mão dele até os lábios. Ah, como ele a adorava.

Para onde você iria?

Eu podia pedir aos Blackman, ela arriscou, cuidadosa. Quanto a minha amiga, não sei.

Ela se referia à garçonete do O'Henry's que morava em Springs. Talvez o namorado, que andara dando cantadas importunas em Carrie, estivesse morando com ela. Era fato que não tinham mesmo ninguém a quem recorrer.

Os Blackman iriam adorar receber você, mas, se não se importa, eu preferia que você ficasse. Você sabe, para me fazer companhia, garantir que eu não vou botar tudo a perder. Charlotte já está grandinha, pode perfeitamente se acostumar com você.

E também com o estrago que Jon Riker havia feito. Era melhor não pensar nisso. Desviar os olhos, tapar o nariz e deixar estar. Até agora, graças a Deus, ninguém pediu a opinião dele ou sua ajuda; mas pode ser que ainda aconteça. Charlotte precisa saber de tudo. Se fosse apenas uma questão de Jon estar tendo um caso, seria tentador aconselhá-la a ignorar. Algo assim como: Escute, Charlotte, Jon é um idiota, um idiota com um cérebro de advogado, nada mais. Não há nada de muito inédito em um sujeito como ele fazer uma farrinha com uma advogada atraente — depois de passarem centenas de horas trabalhando juntos, noite e madrugada adentro. Mas era esse o caso? Aquela mulher e Riker tinham sido atirados nos braços um do outro de forma irresistível, ou será que era ele quem estava sempre à caça, incapaz de um mínimo de discrição? Jovens mulheres pós-feministas, como Charlotte, ignoravam escapadelas dos maridos? Um idiota, um imbecil moral que pode ter derrubado o teto sobre a própria cabeça e prejudicado a firma! Imperdoável. Onde se encaixava essa conclusão numa união sacramentada para o bem e para o mal? Schmidt não tinha bem certeza se aquela antiquada promessa fora feita, na bizarra cerimônia judaica que Charlotte e Jon haviam maquinado e que ele próprio observara à enorme distância interposta pelos analgésicos entre ele, noiva, noivo e os pais deste último. Que dor os analgésicos aliviaram? Aquela remanescente do acidente ou a de sua raiva ante aquele procedimento?

Diz-se que, até o dia do Juízo Final — quando seu entendimento se extinguirá por completo —, as almas dos pecadores destinados ao inferno terão apenas um obscuro vislumbre da forma que tomará o futuro distante, contemplando-o como que na penumbra. Depois, já não haverá cognição. É por isso que o inferno fervilha de tanta fofoca, sombras ávidas de dar pena por extrair notícias frescas dos recém-chegados. Assim é também com os pais de filhos e filhas crescidos: as vidas de suas crianças tornam-se opacas, inacessíveis a eles, que vasculham toda e qualquer pista, desesperados por entender e esquecidos da própria impotência. Havia uma rouquidão inusual na voz de Jack DeForrest — colega de classe na faculdade de direito, antigo sócio e melhor amigo, agora cumprindo seu último ano como sócio-presidente da Wood & King —, um sinal de fúria crescente, mas ainda silenciosa e contida. Schmidt telefonara ao grande homem, pensando em perguntar como ia a empresa e em deixar que qualquer referência ao problema entre Charlotte e Jon Riker emergisse de modo natural e espontâneo. Claro, eram pequenas as chances de descobrir alguma coisa de útil apenas xeretando na W & K. Ao mesmo tempo, porém, o velho hábito de fazer das tripas coração quando o bem-estar de um cliente estava em jogo o impedia de não fazer coisa alguma; Schmidt simplesmente não podia esperar até a conversa que haveria de ter com Charlotte no sábado — supunha que, por mais que tentasse, aquela conversa não aconteceria na sexta à noite. Não depois da viagem de ônibus desde Nova York, não antes de dar a Charlotte a oportunidade de um mergulho na piscina, não quando se sentassem para um jantar tardio, com Carrie à mesa.

Mas que belo genro você foi arrumar, Schmidtie, vociferou o potentado. Meus parabéns! O que foi mesmo que você disse sobre ele, quando ele se candidatou a sócio? Uma inteligência luminosa? Um verdadeiro estrategista? Instinto de matador? Quanto a esse último item, você acertou na mosca — ele está matando a porra da firma e matando a mim também! Você sabe que guardamos as avaliações escritas dos candidatos admitidos. Para ser exato, devo dizer que eu as guardo. Prerrogativa do sócio-presidente, você sabe. Elas são bastante úteis em momentos como este. Suponho que você esteja ligando para se desculpar com a empresa e comigo.

Do que você está falando? Liguei para dar um oi, porque faz séculos que não nos falamos. Não acompanho o trabalho do Jon, mas você, Lew Brenner e todo mundo com quem tenho contato, vocês sempre me disseram que ele vai indo superbem, que está se firmando como advogado.

Ah, claro, estou esquecendo que Charlotte, a filha-modelo, e você não andam às mil maravilhas. Já são dois gols contra, Schmidtie. Sua margem de erro está se esgotando.

Jack, você está falando comigo num tom que considero ofensivo e enigmático. É uma combinação ruim. Que motivo você tem para criticar o Jon?

Você não sabe mesmo? Bom, não importa. Espere até segunda-feira e você verá. Continua recebendo o *Wall Street Journal*? Dez dias atrás, saiu uma nota sobre o processo contra a Wilco que poderia ter te alertado. A matéria que vão publicar na segunda vai contar tudo o que você precisa saber.

Eu compro o *Wall Street* de tempos em tempos, na confeitaria. Com certeza, vou comprar na segunda. Agora, você poderia, por favor, me dizer do que se trata?

Titica, Schmidtie, mera titica. Nada que possa perturbar o sossego de um milionário aposentado, que soube sair da firma quando tudo ia bem. Nós éramos — e estou usando o passado de propósito — consultores jurídicos dos Balser, os controladores da Wilco. Você com certeza sabe quem são os Balser, não é? Claro, perdoe-me: nessa sua nova vida, é provável que almoce com eles duas vezes por semana! São clientes de Lew Brenner e donos de tudo que se vê no Canadá. Já eram clientes quando você ainda estava no barco. A Suntech, aquele pessoal que, no ano passado, vendeu sua companhia de sistemas de navegação para a Wilco em troca de ações, processou os Balser e toda a antiga diretoria da Wilco. Mais ou menos o que se podia esperar de uma empresa como a Suntech. Acusações de fraude e de manipulação do preço das ações, além de estupro e incesto, claro, e isso só porque as ações estão lá embaixo. Bem lá embaixo, para falar a verdade. E conseguiram deixar a Comissão de Valores Mobiliários irritada a ponto de dar início a uma investigação por conta própria. Pusemos o seu Jon Riker para cuidar do caso. O ramo de falências anda parado, de modo que nós o estamos usando como uma espécie de pau para toda obra em questões comerciais. Lembra? Você escreveu que ele estava plenamente qualificado! Na verdade, tenho de admitir: não houve problema nenhum com a qualidade do trabalho. Ele redigiu um tremendo arrazoado, demolindo a maioria das alegações da Suntech, e conseguiu permissão da corte para mantê-lo, junto com os demais documentos do caso, sob segredo de justiça, baseado no fato de que os documentos continham segredos comerciais e declarações comprometedoras acerca de terceiros, partes não vinculadas ao processo. A decisão da corte sobre a confidencialidade foi, claro, promulgada. Mas seu genro tinha lá um casinho em curso com uma advogada que estava representando outra companhia, uma empresa que nada tinha a ver com a história, mas que está sendo processada pela Suntech, e, aliás, com base em acusações bastante semelhantes. A mulher é sócia-adjunta da Wolff & Wolff. Até aí, não há dúvida.

Se ao menos pudesse fazê-lo parar, pensou Schmidt, se ao menos pudesse voltar àquele momento anterior, pouco antes de começar a ouvir aquela história toda.

DeForrest continuou: bem-apessoada, pelo que sei. Uma garota judia. Srta. Vogel. Pássaros do mesmo ninho, você sabe. Vai ler sobre isso no *Wall Street* também. Parece que ele deu a ela uma cópia do arrazoado e da documentação complementar, violando — entende o que estou dizendo, não é, Schmidtie? —, violando a própria ordem judicial que conseguira da corte. Ninguém teria ficado sabendo de coisa nenhuma se a história houvesse terminado ali: na cama. Mas a srta. Vogel fabricou seu próprio arrazoado, valendo-se de argumentação extraída diretamente daquele que o Riker tinha sob segredo de justiça, e apresentou-o na disputa de seu cliente com a Suntech. Os advogados da Suntech — nada menos do que o pessoal da Crumfeld, que está representando a empresa nos dois casos, o da Wilco e o da srta. Vogel — leram o documento, e a merda foi parar no ventilador. Você está entendendo, não está, Schmidtie? Não havia como apresentar aqueles argumentos sem conhecimento prévio do arrazoado do Riker e da documentação complementar. As premissas nem estariam ali. De onde veio a informação da srta. Vogel, isso ficou tão evidente para os advogados da Crumfeld que eles foram solicitar à corte que designasse um magistrado especial, com o intuito de investigar o vazamento. Agora, adivinhe só! Seu genro teve a cara-de-pau de, diante do magistrado, negar que tivesse passado o arrazoado à vagabunda! Só que a srta. Vogel é melhor advogada que ele. E disse ao magistrado que, sim, havia tido oportunidade de estudar o arrazoado e a documentação complementar, mas que não sabia serem confidenciais. Não continham nenhuma indicação. E, quer saber de uma coisa? O magistrado acreditou nela. Eu também acredito. Aquele imbecil do Riker deve ter dado a ela os documentos sem o carimbo de SEGREDO DE JUSTIÇA!

Oh!

É isso aí. Os Balser tiraram a W & K do caso do qual Riker estava tratando — não deve ter sido uma decisão difícil — e de todas as outras pendências que estavam com Lew, envolvendo companhias em perfeito estado de saúde. Perdemos um belo naco dos nossos negócios, para não falar no constrangimento profissional. Lew está apoplético. Os Balser nos disseram que vão processar a Wood & King e que o valor exigido dependerá do que vai acontecer na ação judicial movida pela Suntech. Já devolvemos a eles todos os honorários cobrados até agora, cancelamos o que faltava cobrar e nos oferecemos para pagar os custos da substituição da consultoria jurídica, até que a nova passe a funcionar a contento. A corte tem ainda de decidir o destino do Riker. Se você quer saber minha opinião, o juiz vai puni-lo por desrespeito. E os sócios da W & K vão se reunir na semana que vem para botá-lo no olho da rua.

Não seria melhor chamar alguém de fora primeiro, para dar uma olhada na situação? Um juiz aposentado, como Tony Dixon?

Agradeço a sugestão. Você sempre foi ingênuo, Schmidtie, e não mudou nada. Buzz Williams está nos ajudando. Isso é tarefa para um ex-promotor. Ele não bota muita fé na história do Riker. Basta somar dois e dois: está dormindo com a srta. Vogel, a srta. Vogel leu o arrazoado. Um exemplo de *prima facie*, único no gênero. É assim que Buzz vê as coisas.

Eu sinto muito, muitíssimo.

Bom, só pode sentir. Nunca gostei daquele camarada. Procedência errada, valores errados, nunca me senti à vontade com ele aqui.

Era o fim. Se DeForrest e boa parte dos rapazes já tinham tomado uma decisão, e se tinham alguém como Williams em quem se apoiar, Riker já era na firma. Nada que este ingênuo sócio aposentado dissesse poderia ajudar. Além disso, Buzz Williams sem dúvida tinha feito um bom trabalho e eles estavam certos.

Olhe, Schmidt disse a Carrie: levaram embora o guindaste.

Esguia, a máquina trabalhara durante semanas, empilhando matacões — micenianos — e erigindo uma barreira entre a casa dos Jackson, na extremidade do lago Georgica, e as ondas que chanfravam a praia e a duna sobre a qual a casa se empoleirava perigosamente. Mais abaixo, vastas extensões de plástico preto, cujas pontas haviam sido enfiadas de forma absurda nas fendas entre os matacões, presas por pedras menores. Em poucos dias, seria a vez de os tratores despejarem a montanha de areia, trazida sabe Deus de onde, até os matacões desaparecerem de vista sob uma superfície lisa e macia, pronta a receber uma camada de grama-da-praia. A barreira agüentaria para sempre, ou até a próxima tempestade.

Ei, esse cara está gastando uma fortuna. Que panaca! Por que ele não desloca a casa ou coisa do tipo?

Não pode. Não há espaço suficiente no terreno dele. Ele não tem escolha.

Que merda, Schmidtie. Você quer dizer que ele vai ficar fazendo isso toda hora, como uma criança construindo castelinho de areia?

A não ser que desista e deixe a casa cair. O que você faria?

Eu me mudaria para a sua casa, bobão.

E se minha casa caísse?

Ei, o que há com você? Eu é que estou despencando, não a sua casa. Nós vamos andar até Montauk, lá na outra ponta?

Tinham chegado ao píer feito de pedras tão gigantescas quanto as do sr. Jackson, jogadas no mar antes de Schmidt conhecer aquela praia. As tempestades as haviam deixado em paz, talvez porque fossem inúteis. Tanto esforço para nada. Schmidt passou o braço pela cintura de Carrie e, sentindo-se de súbito cansado, sussurrou Vamos para casa. Outro dia, a gente vai nadar. E, ciente de que a variedade, como dizem, afasta a tristeza, acrescentou Vou te levar para jantar fora.

Ela pede camarão ao molho picante, *steak au poivre* e uma torta de framboesa. Schmidt gosta de vê-la comer. Onde ela aprendeu aquelas maneiras simples e naturais, aquela elegância tão completa? Observando os alegres farristas do O'Henry's? Pouco provável. À exceção de uns poucos excêntricos, dentre os quais ele próprio, é claro, são um bando de gente repulsiva, sem um pingo de boas maneiras. Talvez tenha aprendido num curso intensivo sobre filmes antigos versando sobre dinheiro antigo, com ênfase especial nas duas Hepburn, Katharine e Audrey, Leslie Caron e Ingrid Bergman. Ou seria um dom concedido por Deus, como o de arremessar com perfeição no beisebol, ou o talento do moleque da favela para chutar uma bola de futebol? O fabuloso e saudável apetite de Carrie é outro talento natural: não é nada enjoada para comer, nem tem nenhuma preocupação com calorias em excesso. Serão queimadas como numa labareda, quando ela faz amor, por exemplo. Schmidt recosta-se na cadeira. O momento é agora. Ele gostaria de poder fumar naquele restaurante, mas, embora seja tarde e o lugar esteja com a lotação pela metade, as velhotas ranzinzas da outra mesa ralhariam com ele. Um brandy? Carrie poderia beber um golinho do dele. Quando Charlotte estava na faculdade — sim, já naquela época —, e ele a levava a um restaurante em Boston, sozinha ou com amigos, um conflito logo se anunciava. Ela precisava mesmo caprichar tanto na roupa? Ia ter de voltar lá pelas dez, para terminar de escrever o trabalho para o dia seguinte? E por que ele pedira aquele terceiro café, se ninguém mais estava bebendo cafezinho? Questões insignificantes e de fácil resolução, se ele mantivesse a boca fechada ou, ao menos, sorridente. Por que não podia proceder exatamente daquele jeito? Afinal, eram conflitos que não envolviam elevadas questões de princípios; expressavam apenas a recusa de Charlotte a ser afável. Ele podia, com sinceridade, alegar que era sempre agradável, jamais se deixando perturbar? Teria gostado que ela fosse supercarinhosa com ele, como certas filhas que vira nos filmes antigos que estudara, gostaria que fosse como Carrie, sexo à parte. Às vezes, Charlotte conseguia ser assim, e então, de repente, tornavam-se grandes amigos. A maior parte do tempo, porém, ela dava a impressão de que ele a irritava. E não era verdade que ela o irritava também?

Naquele exato instante, a porto-riquenha supercarinhosa fez-se ouvir: Schmidtie, você quer que eu cozinhe na sexta ou quer trazer Charlotte aqui, ou ir com ela ao self-service?

"Aqui" era o hotel em Sag Harbor, com uma adega de vinhos que Schmidt invejava e um estoque de charutos de primeira linha que ele adoraria poder fumar *in loco*. Malditos abolicionistas do tabaco. Por que essa gente rabugenta não fica em casa ou usa máscara de gás na hora de sair? Durante dois séculos, fumar charutos sempre marcou o final de uma refeição. Onde tinham aprendido que aquilo estragava o sabor da comida? O self-service eram outros quinhentos, um templo do atum malcozido, preto por fora, não exatamente cru por dentro, uma vez vencida a crosta de pimenta, e do shiitake em folhas de espinafre, a uma duvidosa temperatura ambiente — a *bête noire* de Schmidt, dada sua convicção de que atum devia ser saboreado cru ou diretamente da lata —, além das quinze variedades de água mineral. A clientela dividia-se entre gordos e anoréxicos, lembretes vivos de que não adianta: está tudo nos genes. Se não se tem o metabolismo certo, só resta desistir. Não há por que se dar o trabalho de moer os joelhos correndo pela rua ao sol do meio-dia, calçando tênis profissionais de corrida, a trezentos dólares o par.

Isto aqui vai estar lotado e barulhento, ele respondeu. O self-service e tudo o mais também. Por que não fazemos algo simples, em casa mesmo? Compro um frango assado ou um pato e queijos. Ela costumava gostar de queijo. Quem sabe? Talvez ainda goste. Se não gostar, comemos nós dois.

Não seria legal. Não na primeira noite dela com a gente. Vou fazer um jantar. Não tenho aula na sexta à tarde e posso ir fazer compras a caminho de casa. Tipo festa surpresa.

Amor da minha vida. Só não se ofenda se, no final das contas, ela não puder comer isso ou aquilo. Sempre foi enjoada. E sabe-se lá que tipo de dieta anda fazendo agora.

Não se preocupe. Ei, Schmidtie, nunca te vi tão triste. É por causa do problema entre os dois?

Só pode ser. Não tenho outro motivo.

Eles não têm filhos, e você não adora o sujeito. Deviam se separar, talvez. É barra, mas você terá Charlotte de volta.

Não quero pensar assim. Aliás, não acredito muito nisso. Desconfio que, não importa o que aconteça — de bom ou ruim —, só vai nos afastar ainda mais. Ela vai pensar que, bem lá dentro de mim, vou adorar a desgraça, porque, mais uma vez, eu tinha avisado. E talvez tenha razão. Talvez ela me conheça bem. E tem mais: se a tiver de volta, o que faço com ela? Vivo tratando Charlotte do jeito errado. Ficar no telefone comigo, me contando o que anda fazendo, pensando, essas coisas do dia-a-dia, não é o que ela quer. Isso é o que ela fazia com a mãe. Comigo, normalmente procura briga. Você nunca viu a Charlotte aparecer por aqui para saber se o paizão está bem, não é?

Isso é por minha causa. Ela sabe que estou aqui. Se eu for embora, ela virá.

Nunca. Você é o amor da minha vida. Se você me deixar, vai ter de ser porque não me ama mais ou porque ama outra pessoa.

Ei, lembra? Lembra quando te pedi para me dizer que queria que eu fosse fiel, e você se recusou? Aquilo doeu, viu? Schmidtie, não vai haver ninguém mais. Não enquanto você me quiser.

Então não se preocupe com o que Charlotte pensa.

*C'est moi pour lui, lui pour moi pour la vie*... Era seu pardalzinho, um que ele já nem esperava ter. Schmidt tomou a mão comprida pousada na mesa, perto da sua, e beijou-lhe a palma. Em vez de enxugar uma lágrima, talvez já a caminho, ele piscou e assoou o nariz. Estava desesperadamente feliz ao lado dela, era uma sorte fabulosa.

O garçom, com seu perfil de guerreiro sioux — espessos cabelos negros, presos num rabo-de-cavalo —, trouxe a conta e deu uma bela olhada em Carrie, enquanto Schmidt contava notas de vinte dólares. Carne chama carne. Será que essa bela e fiel garota pensa que Schmidt a quer, se tudo o que ele tem a oferecer são carícias geriátricas? A não ser que o tédio de viver ao lado de um senhor à moda antiga, aposentado e arrastando-se por entre as próprias memórias, faça o serviço primeiro. Erga as mãos para o céu, Schmidtie: em pouco tempo, você estará sozinho de verdade.

# 3.

Ei, quer ver o que eu cozinhei?

Carrie pusera a cabeça para fora da porta da cozinha, a fim de chamá-lo no jardim, onde Schmidt ocupava-se em dar uma bronca em Jim Bogard, por causa do modo como seus homens haviam aparado os canteiros de flores. Queria um traçado limpo, retilíneo. Em vez disso, via agora curvas suaves, como se os homens tivessem desenhado um gráfico da rentabilidade das ações durante uma semana de calmaria no mercado. E por que não haviam recoberto as raízes, se ele tinha enfatizado que queria um aspecto de asseio e frescor? Não que fosse tão importante: o estado de espírito de Charlotte não lhe permitiria notar a diferença. Ainda assim, ter as coisas em ordem era importante para ele, pelo prazer que dava aos olhos e como prova de que não se descuidara de si próprio ou da casa. Schmidt deixou Bogard rabiscando em seu bloco de notas e prometendo que o erro seria corrigido naquela mesma tarde. Que jeito mais estranho de escrever, para um homenzinho valente e atarracado: maiúsculas enormes, terminando em floreios maneiristas e seguidas por uma letrinha pequena demais para que

Schmidt pudesse distingui-la sem seus óculos de leitura. Mas, pelo menos, Bogard não pertencia àquele gênero insuportável de faz-tudo e jardineiro que se recusa a anotar o que o cliente deseja, prometendo que irá se lembrar. Ao longo de toda a sua vida profissional, Schmidt jamais tolerara que um jovem advogado viesse a seu escritório sem um lápis e um bloco de notas. Por que se preocupar em explicar o problema ou dar instruções se, em cinco minutos, tudo o que havia dito era esquecido ou distorcido? Não tomar notas durante uma reunião? Mãos preguiçosas, muito preguiçosas.

O cardápio consistia em lasanha de peixe, seguida de salada verde e musse de framboesa. Carrie já tinha pronta uma pequena porção da lasanha num prato de sobremesa, que passou a ele.

Tome, experimente. Mas cuidado, está fervendo.

Carrie, está uma delícia. Se foi você quem fez, então é uma cozinheira de mão-cheia. De onde você tirou essa idéia?

Estava, de fato, extraordinária, com uma leve pitada de noz-moscada. Tendo-a visto grelhar hambúrgueres e costeletas de carneiro no fogão da cozinha — isso era tudo o que ele permitia a ela preparar, e, mesmo assim, apenas muito raramente, desconfiado do que ela poderia fazer com a comida e preferindo a qualidade conhecida e confiável de seu próprio e limitado repertório —, nada indicava que Carrie poderia ser uma fabulosa mestre-cuca.

Surpresa! Surpresa! Quer provar a musse?

Schmidt provou. Também nesse caso havia uma pequena porção já separada e esperando por ele.

Fantástico! Por que você não bola pratos assim para nós, toda noite? E como é que você sabe preparar essas coisas?

A sra. Gorchuck. Minha mãe.

O que tem ela?

Eu não te contei, Schmidtie? Até se aposentar, ela era cozinheira de um restaurante italiano perto da Atlantic Avenue. Olha, ela é capaz de cozinhar qualquer coisa.

Mas por que você escondeu o ouro?

Seu bobo. Não cozinho para você porque você está sempre de avental, cozinhando para mim. E ainda lava os pratos. É um belo trato. Por que eu iria querer mudar isso?

Bom, pois acabou. O novo trato é que eu continuo lavando os pratos e você cuida do resto. Nunca mais vamos a um restaurante.

Prefiro o trato que já tenho. Schmidtie, você acha que ela vai gostar? Talvez você possa dizer que encomendamos a comida. Se ela souber que foi uma estúpida garçonete porto-riquenha quem preparou, vai pensar que boa coisa não pode ser. Além disso, vai achar que estou, tipo, me metendo em tudo nesta casa. Vai surtar.

Não, Carrie não aprendera boas maneiras vendo filmes antigos. A sra. Gorchuck as ensinara a ela, assim como as receitas, e talentos que Brillat-Savarin julgaria dignos de nota; fizera isso nos dias de folga do restaurante de esquina, em algum ponto dos míticos cortiços de hispânicos e negros, antes cheios de judeus, que se estendiam até o infinito depois de Brooklyn Heights, o único pedaço do bairro natal de Carrie que Schmidt já havia visitado; ou o fizera nos finais de noite, depois da viagem para casa no metrô coberto de pichações, ainda que morta de cansaço por causa do calor do fogão, os antebraços cobertos de queimaduras até os cotovelos. Também lhe ensinara a modéstia verdadeira, e a ter o tato de uma princesa, coisas preciosas do coração, mais valiosas do que modos, se é que coisas assim podem ser ensinadas. Ou teriam sido elas a contribuição do sr. Gorchuck — funcionário aposentado da secretaria municipal de educação, cujas antigas funções ali eram um mistério — à notável criação de sua filha única? Durante os vôos mais ousados de seu humor idiossincrático, Schmidt por vezes imaginava que o sr. Gorchuck, descendente de príncipes moscovitas e generais czaristas, fora o culpado por sua própria e inadequada união, de modo que, naquelas veias correndo delicadas pela pele parda de Carrie, o mais azul dos sangues da estepe misturava-se ao matungo porto-riquenho. Menos fantasiosa, mas também atraente, era a idéia de que Carrie poderia ser filha adotiva, talvez enjeitada, cuja graça natural os Gorchuck haviam carinhosamente permitido que florescesse. De qualquer modo, as opiniões acerca da importância relativa da criação e dos genes estavam mudando, e o próprio papel e significado da criação era alvo de questionamento. A Schmidt, parecia que o caso de Carrie clamava por uma investigação científica. Sua investigação pessoal não fora muito longe. Sugestões ocasionais, tanto veladas quanto explícitas, sinalizando que ele deveria, sim, conhecer os pais dela e que gostaria de visitar a casa dos Gorchuck (conforme as palavras dele, decorrentes, antes, de um arraigado modo de dizer, embora ele se desse conta de que o lar dos Gorchuck era provavelmente um apartamento num prediozinho sem elevador), ou de recebê-los em sua própria — uma perspectiva, claro, que o enchia de pavor —, haviam sido descartadas com um vago meu-Deus-Schmidtie-eles-estão-bem, o que ele interpretou como um outro modo de dizer "não enche". Supunha que Carrie havia comunicado ao sr. e à sra. Gorchuck que estava vivendo com um homem em East Hampton e já não trabalhava no O'Henry's, mas não necessariamente que se tratava de um sujeito rico e mais velho que o pai dela. Essa haveria de ser a explicação simples para a recusa de Carrie em apresentar-lhe os Gorchuck. Não podia crer que a valente e apaixonada Carrie tinha vergonha deles. Contudo, Schmidt não sabia lá muita coisa, nem mesmo a idade do pai e se, de fato, era aposentado. Aposentado! Claro que era. Na prática, os funcionários municipais da cidade de Nova York podiam se aposentar com salário integral já no primeiro dia de trabalho. Ali estava um assunto que era melhor evitar na presença de Schmidt, a não ser que se quisesse ouvir um sermão.

Amorzinho, eu já disse a você que com Charlotte nunca se sabe. Faz tanto tempo que não compartilhamos uma refeição que não faço a menor idéia de como anda sua lista de pratos aprovados. Peixe e massa costumavam figurar nela. Não se preocupe. O que ela não quiser comer, como eu.

Nossa, Schmidtie, você não precisa fazer isso. Já sou crescidinha. Posso suportar esse baque.

Schmidt a puxou para si, pôs as mãos em seus seios, esperou até que os mamilos enrijecessem e apertou-os. Deus do céu. Prenúncios de uma ereção. Esfregou-se nos quadris de Carrie.

Mais tarde, Schmidtie. Deixa ele guardadinho nas calças até à noite, quando a gente estiver na cama. Ei, preciso pôr a musse na geladeira. Vou deixar a massa esfriando para, depois, requentá-la bem devagar; assim, você pode comer quando quiser. A não ser que queira a comida à temperatura ambiente. Minha mãe gosta, como quando ela cozinha para uma festa ou coisa do tipo.

À tardinha, esperando por Charlotte no terminal de ônibus, Schmidt buscava manter o pensamento naquela conversa e no modo como Carrie arrumara a mesa do jantar na cozinha, porque, como eram apenas eles três, seria aconchegante jantar ali. À espreita nos arredores, viam-se motoristas de táxi chamados com antecedência ou esperando encontrar um passageiro não destinado a nenhum dos colegas, um homem de pernas peludas vestindo shorts e com tênis sujos, duas secretárias tamanho-família, com vozes nova-iorquinas e cabelos afofados para cima, e outros tipos indistinguíveis de inquilinos de verão, que Schmidt preferiu não examinar. Tinha vacilado. Não concordara com Charlotte, que propusera telefonar assim que chegasse, de modo que não fosse necessário ele ficar esperando ali até a chegada do ônibus. Uma vez que não havia como saber se ele chegaria no horário, era o que faziam os residentes — a não ser, talvez, pelos amantes mais ardentes ou alguém à espera de uma criança ou de um passageiro demasiado enfermo para ir até o telefone e esperar que viessem apanhá-lo. Mas, e se ela tivesse esquecido o costume local e levasse a mal o fato de ele não estar ali, de prontidão, para saudar o retorno da filha pródiga? O risco não valia a pena.

Naquele exato instante, chegou um ônibus proveniente de Nova York, uma visão que causou grande perturbação nos sentimentos de Schmidt. As luzes no teto, acesas pelo motorista, revelavam figuras indistintas, pessoas em pé juntando seus pertences e erguendo os braços em direção aos maleiros. Ávido, ele as examinava uma a uma. Tantos anos atrás — seriam mesmo vinte anos? —, esperara num grupo de pais da Brearley School pelo ônibus que trazia a classe inteira de volta de uma excursão, e quando as meninas foram descendo, uma a uma, ele percebeu que não conseguia evocar o rosto de Charlotte. Era como se o tivesse esquecido. Naquele momento, então, ela apareceu a seu lado, enlaçando-o com os braços. Schmidt sabia que não reconhecê-la sob aquela luz fraca, através dos vidros escurecidos do ônibus e com os veranistas rodopiando em torno, era algo diferente, perfeitamente compreensível, mas a ansiedade gerada pelo temor de uma desastrosa perda de memória, de não se lembrar da silhueta ou mesmo do rosto de Charlotte, era a mesma. O último passageiro desembarcou. Nem sinal dela.

Este é o ônibus das seis?, perguntou ao motorista.

Nada disso, é o das cinco e meia. O tráfego está horrível.

A que horas você acha que chega o das seis?

Me diz você. Talvez leve quinze minutos, talvez leve mais tempo.

Aquele era o pior dos mundos. Se Schmidt fosse para casa, com o propósito de voltar dali a meia hora — e acreditando no realismo da estimativa do motorista —, estaria perdendo de quinze a vinte minutos na viagem de ida e volta. Além disso, o ônibus das seis podia ser mais rápido e chegar a Bridgehampton antes de ele voltar, caso em que Charlotte o estaria esperando na calçada, soltando fumaça. A não ser que ligasse para casa. Nesse caso, ela e Carrie teriam o primeiro de uma previsível série de diálogos rabugentos. A vantagem de ir para casa, porém, era que ele poderia abraçar Carrie e ser abraçado por ela, e beber uma bela dose de bourbon. A idéia do abraço de Carrie era, em si, tão imediatamente reconfortante que Schmidt se viu capaz de adiar sua realização física por um breve espaço de tempo. Doses de bourbon, ele poderia conseguir no O'Henry's. Poderia pedi-las da ponta do balcão e, a cada três ou quatro minutos, dar uns poucos passos em direção à calçada, para ficar de olho no ponto de ônibus e na rua. Mas, primeiro, era melhor ligar para Carrie e contar que o ônibus estava atrasado.

A voz rouca respondeu: Legal. Dá um oi para o Pete. Vou lavar a cabeça. Não se preocupe, bobinho: vou estar pronta. Não vou nem perder tempo secando os cabelos, só isso.

Pete, o barman, pisca para Schmidt. Os velhos de casa no O'Henry's costumam piscar para ele — quando entra no restaurante ou quando o encontram na rua. Por que não? Schmidt é o velho esquisito que saiu dali levando a sorte grande. O de sempre, Schmidt? É, um duplo, com bastante gelo. O álcool alivia a tensão, como mergulhar numa onda. Esquecimento e absolvição. Os nós vão se dissolvendo, um a um. O lugar está lotado e o barulho é insuportável: um coro enlouquecido, cantando num crescendo. O bramido invade a calçada lá fora. Pete tem outra pergunta para Schmidt, mas não há como ouvir o que ele diz. Schmidt sorri de volta e dá de ombros. Gestos funcionam, não há dúvida. Pete serve-lhe outra dose. Ela acaba de descer goela abaixo quando Schmidt registra as formas gigantescas do ônibus desacelerando e estacionando junto à calçada.

Era impossível confundir a filha; como ele pôde acreditar nisso, ainda que por um momento? O rosto franco e robusto, um pouco cansado, mas belíssimo; os fartos cabelos loiros presos atrás da cabeça; o andar de amazona, embora ela esteja carregando bagagem de mão e uma pesada maleta, as quais Schmidt lhe toma das mãos, no prolongamento de um gesto que teve início com um beijo. Uma rápida e furtiva olhadela nas roupas. Deploráveis: uma paródia, talvez constrangida, de um terno masculino cinza, riscadinho, com duas fileiras de botões; o casaquinho, ridículo de tão comprido, agravando a sensaboria da saia, que termina mais de dez centímetros além do joelho; os ombros, ostentando pesado enchimento, largos demais. E pesados sapatos pretos de salto alto e grosso. Por que alguém se veste dessa maneira, sobretudo num belíssimo dia de verão, ao final do qual vai sair da cidade em direção à praia? Mistérios da moda e das aspirações insatisfeitas. É problema dela, Schmidtie, você não tem nada com isso.

Estou tão feliz por ver você, meu docinho. Seja bem-vinda. O carro está do outro lado da rua.

É bom sair da cidade. Você não precisava vir me buscar, não é? Eu podia pegar um táxi.

Nem me passou pela cabeça.

Não passou mesmo, e, se tivesse passado, Schmidt teria rejeitado aquele pensamento com indignação. Estaria ela dando sinais de uma inédita consideração, que, estranhamente, beira a humildade? Ou apenas disparando uma primeira salva, destinada a chacoalhar o velhote, colocá-lo em seu lugar? Se é assim, qual o propósito? O mais provável é que não seja nada disso: está pouco se lixando. Pegou o ônibus porque tem uma coisa sobre a qual quer conversar com ele pessoalmente, e é só: nada capaz de fazer o coração dela disparar. Irritado com o silêncio, mas não disposto a quebrá-lo, Schmidt liga o rádio do carro. *Rigoletto* é o que se ouve, sua passagem preferida, quando o velho palhaço suplica a Marullo e seus comparsas que digam o que fizeram com Gilda, raptada.

Pai, dá para desligar isso?

Claro.

O nome dela é Carrie, certo? Ela vai estar lá?

Carrie Gorchuck. Vai, está em casa, sim. Na verdade, preparou um delicioso jantar para nós.

Não sei se vou querer comer.

Como quiser. Se eu fosse você, daria um mergulho na piscina, me livraria desse terno de Al Capone e voltaria para o jantar — querendo comer ou não. Do contrário, estará me ofendendo bastante. E, por favor, não responda para mim.

Claro, pai. E obrigada pelo elogio simpático a minhas roupas.

São legais, querida. Eu só estava tentando fazer graça. Você me conhece, e conhece meu senso de humor.

Não se preocupe.

Isso era para evitar que ele carregasse a bagagem dela. Schmidt assentiu, embora ela não se voltasse para receber a resposta, e esperou ao lado do carro. Que bela noite! Com a lua perdida em algum ponto de um céu enfim negro, as estrelas nem sequer enfrentavam competição. Em desfile, lá estavam todas as constelações que Schmidt conhecia. Nem um único mosquito, e, no entanto, a brisa que soprava do oceano era tão leve que ele mal podia senti-la. Uma porta bateu. Decerto, a porta de tela da casa da piscina. Desperdício mais infeliz — por que ele não refreara a piada ao menos uma vez na vida? Agora, de nada adiantava segui-la e pedir paz: ela nem ouviria. O melhor era ter paciência. A não ser que ela tivesse se empanturrado de amendoins e *pretzels* a bordo do ônibus — o que não era seu estilo —, ele podia contar com a fome depois daquela viagem. O que acabaria por trazê-la à mesa. Por sorte, ele não havia abastecido a geladeira da casa da piscina. E se, ainda assim, ela se mostrasse ruim o bastante para agüentar, ele a despacharia para Nova York no dia seguinte, logo que acordasse. Será que Carrie o acusaria de ter pirado de vez ou o cumprimentaria pela firmeza de caráter?

* * *

Aqui estou eu.

Quando Charlotte anunciou sua presença na cozinha daquela maneira, eles já tinham começado a jantar. O lugar dela estava posto; Carrie detivera Schmidt quando ele ameaçou retirar prato e talheres. Por que espantá-la assim?, perguntou. E se ela estiver tomando um banho ou chateada ou sei lá o quê? A comida já esfriou mesmo.

Muito bem. Então, sente-se e sirva-se. Vou servir o vinho. Acho que você já conhece a Carrie.

Oi, Charlotte.

Ah, sim.

Charlotte cobriu seu copo de vinho com a mão, buscou a jarra de água e reconsiderou.

Tem Perrier ou alguma água mineral?

Na geladeira. Você sabe que a água aqui vem do nosso poço.

Está bem, então vou beber água da torneira. Desde quando vocês servem o jantar na cozinha?

Sempre que o número de convidados é pequeno e não haja ninguém servindo à mesa. Você se importa? Pensei que gostasse desta cozinha.

Ah, sim, claro. O que é isso aqui na travessa? Algum tipo de massa?

Lasanha de peixe, Charlotte.

E aquilo ali é arroz? Vou querer só arroz. Massa e arroz juntos. Não é meio estranho? Outra inovação?

Não é comum, mas fica gostoso.

Ah, sim, acredito em você.

O que ele deveria fazer? Dar um tapa em Charlotte? Levantar-se da mesa? Primeiro, chamar um táxi para levá-la de volta a Nova York e, depois, dar-lhe uma surra? A expressão de Carrie, ele a conhecia bem dos tempos de restaurante: um sorriso sonhador, distante, que iluminava seu rosto enquanto ela anotava os pedidos de um bando de brucutus ou quando um freguês impaciente estalava os dedos, pedindo a conta. Quando ela ficava daquele jeito, só um irresistível acesso de risinho nervoso era capaz de quebrar-lhe a compostura. Schmidt julgou que o acesso era iminente, mas, em vez disso, ela se dirigiu a Charlotte: É, é uma das idéias da minha mãe. No restaurante em que ela cozinhava, eles servem lasanha com arroz. É um tipo de especialidade italiana.

É mesmo? Sua mãe é uma *chef*?

*Chef*? Não. Ela cozinhava para um restaurante perto de casa, no Brooklyn. Muitos italianos vão comer lá. Nada de especial, não era como o O'Henry's. Pois é, ela trabalhou lá, até as varizes piorarem muito. E a pressão também. Foi por isso que eu larguei a faculdade. Quando ela parou de trabalhar, meus pais não puderam mais pagar.

Ele não tinha por que se preocupar. Carrie sabia cuidar de si. Tinha sido daquele mesmo jeito que ela havia contado a ele a breve história de sua vida, com palavras simples, casuais, apoiada no encosto de uma cadeira vazia, enquanto ele comia o hambúrguer com fritas que ela lhe servira. Nem uma única pitada de autocompaixão ou de desejo de ser quem não era. Conhecia o que considerava ser seu lugar e, sem estardalhaço, calculava a posição dos outros em relação a ele. Mas valia muito mais do que sua modéstia lhe permitia computar.

Que pena. E foi por isso que você veio para Bridgehampton?

Isso mesmo. Deixei a faculdade no Brooklyn, depois de um ano, e consegui o emprego no O'Henry's, para juntar dinheiro e voltar a estudar. Talvez em dois ou três anos. Mas, agora, Schmidt está me ajudando, e eu estou fazendo a faculdade em Southampton. Estou cursando assistência social, mas, um dia, quero fazer cinema.

Disse aquilo e corou. Num instante, Schmidt sentia o pé nu, que, por baixo da mesa, vencera a distância até a perna de sua calça e esfregava-lhe agora a panturrilha. Com cautela, retribuiu a carícia.

Talvez eu devesse ter feito cinema também. Às vezes, parece que metade dos meus colegas de classe está em Hollywood, fazendo uma coisa ou outra, a maioria escrevendo roteiros. Acho que é tarde demais para mim. Gil Blackman, o amigo do papai, talvez possa te ajudar. Se é que eles ainda são amigos.

É, ele me falou sobre isso. Melhor eu terminar a faculdade primeiro. Assim, talvez consiga um emprego por minha própria conta. Puxa, seria uma boa!

Isso nunca acontece nos círculos que meu pai freqüenta. Lembra, pai, quando você me mandou para aquele encontro com o sr. Ogglethorpe — o homem que iria me ajudar a arrumar um emprego? Parecia impossível acreditar que alguma empresa de relações públicas pudesse ao menos sonhar em me contratar, a não ser que meu pai, o grande sr. Schmidt da Wood & King, mexesse os pauzinhos! Meu Deus, como eu odiava isso. Era a mesma coisa com minha mãe, que nunca me deixava em paz. Cada emprego de verão que eu conseguia tinha de ser alguma coisa arranjada por ela. Em geral, uma vaga de estagiária num jornalzinho empolado do interior.

Sua expressão era de terrível tristeza, mas de triunfo também.

Você adorava aqueles empregos, Charlotte.

Claro, com aquele carimbo na testa de filha do amigo do dono do jornal. Alguém com quem era melhor não mexer, se o sujeito sabia onde morava o perigo. E hospedada na casa do próprio manda-chuva, um daqueles autores pré-Alzheimer da mamãe.

Ha! Uma espetada indelicada, pela qual Schmidt não esperava. Ela estava falando do trabalho em Pittsfield, num jornal de primeira linha, liberal à época, de propriedade de Jay Kane. Jay ficara famoso ao se enfiar na campanha para o Senado e nos protestos contra a guerra de Ed Brooke. Aquela cascavel-mirim ficara na casa de Jay e de sua esposa, Sue, que tinha sido colega de quarto de Mary na Milton Academy, em Boston. Mary tinha publicado *Jogos perigosos*, de Jay, uns dois anos antes daquele verão que Charlotte passou trabalhando no jornal, quando o livro ainda estava nas listas de best-sellers, deixando Jay ainda mais rico. Como chover no molhado. Schmidt lembrava-se dos telefonemas de Charlotte — preocupado com uma certa falta de fôlego na voz dela —, comentando os feitos glamourosos na casa dos Kane. Ele teria podido jurar, à época, que ela estava se divertindo como nunca.

Carrie tomou a palavra. Puxa, bem que eu queria ter tido esse tipo de problema. Então, esse sujeito, Oggle-não-sei-o-quê, te deu um emprego.

Nem pensar. Eu já podia me ver pelo resto da vida como sua assistente, encarregada de enviar cartões de aniversário a congressistas e respectivas esposas. Para que mais serviria a srta. Schmidt, incapaz até de conseguir um emprego por conta própria? Muito obrigada! O emprego, eu consegui sozinha, por intermédio do serviço de colocação da faculdade, como todo mundo. Só que papai pensa que é uma merda, porque trabalho como relações-públicas para a indústria do cigarro! Fazer lobby para redução de impostos, como Dick Ogglethorpe, tudo bem.

Oh, já mudei de opinião, acredite. De qualquer modo, agora que seus clientes disseram ao Congresso não acreditar que cigarro vicia, você pode ficar sem trabalho. Todo mundo vai reconhecer que eles são apenas homens de negócios simpaticíssimos. Nem vão mais precisar de relações-públicas!

Muito engraçado. Você acha que só posso trabalhar com cigarros. É, você sempre me deu mesmo a maior força.

Não, de jeito nenhum. Posso perfeitamente imaginar você lutando com a mesma desenvoltura pela causa dos salgadinhos — ou pelo meio ambiente. É tudo a mesma coisa. Nada mais do que pegar um caso, representar um cliente.

Era o que você pensava sobre seus clientes também, quando você ainda tinha clientes. Puxa, esta lasanha está ótima. Você fez tudo sozinha, mesmo?

Só o recheio, não a massa. A massa, eu comprei do italiano no shopping. Mas teria feito a massa também, se tivesse tido mais tempo. Minha mãe me ensinou.

Legal.

Charlotte serviu-se de mais uma porção, sem se importar em passar a travessa para Carrie ou Schmidt, e ergueu seu copo.

Carrie o encheu. Você gosta? Foi seu pai quem comprou. Disse que o vinho seria italiano.

Típico. Sempre guardando os bons vinhos para ocasiões especiais. Este até que está bonzinho.

Outro golpe baixo. Como os vinhos tintos franceses do ano em que ela nascera não estavam à altura, Schmidt estocara caixas da melhor safra seguinte para beber na véspera do casamento de Charlotte, por ocasião do jantar de ensaio geral, e também para quando ela tivesse o primeiro filho. A primeira ocasião, ele perdera: ou os Riker, que haviam tomado para si os preparativos, não tinham dado um tal jantar ou não o haviam convidado para ele. Restava esperar que o vinho agüentasse até a chegada do primogênito.

Para mim, esta é uma ocasião especial, Charlotte, disse Schmidt, e o vinho é um grande chianti, não é um vinho "bonzinho". Podemos fazer um carneiro para o jantar de amanhã e abrir um borgonha.

Se eu ainda estiver aqui.

Era o momento para uma nova visita do pé de Carrie à perna de Schmidt. E ali ele permaneceu, delicado, mas em ação, até que ela se levantou para tirar os pratos.

Vou fazer um café. Vocês não querem conversar na biblioteca, enquanto eu limpo tudo? Levo o café para vocês.

Obrigada, Carrie, mas estou arrebentada. Nada de café nem de conversar com meu pai hoje. Não vou conseguir, a não ser que descanse. Amanhã de manhã, se não tiver problema.

Tem certeza, Charlotte? Você não vai dormir melhor, se conversarmos um pouco antes de você ir para a cama?

Não, pai, a conversa pode esperar.

Schmidt desceu cedo as escadas, com cuidado para não interromper o sono de Carrie. O lençol do seu lado da cama confirmou a lembrança, enredada em sonhos, de como a noite terminara. O flanco mais exposto e vulnerável de sua posição estava seguro, por enquanto; sentia-se capaz de enfrentar o que quer que fosse. Charlotte devia ter acordado ainda mais cedo. Schmidt havia cumprido sua rotina matinal e estava começando a ler o *New York Times* quando ela entrou na cozinha, vestindo roupa de ginástica. Manchas de suor, cabelos presos atrás, alta e em forma. Era como se lembrava dela, quando pensava naquela manhã em sua distante vida pregressa, em que Charlotte contara a ele que ia se casar com John Riker.

Fui correr.

Estou vendo. Fiz suco de laranja para você. Ainda está no espremedor. Chá ou café? O chá já está na mesa. Se quiser café, a máquina está prontinha para fazer. É só ligar.

Vou tomar chá.

Um croissant?

Tem iogurte?

Na geladeira. Experimente os croissants. São muito bons.

Não como croissant.

Ah. Tente ficar na sua. Ouça sem fazer nenhum barulho. De volta ao artigo que estava lendo no jornal. Tinha sido puro absurdo azucriná-lo com aquela acusação de anti-semitismo. Havia alguns judeus de quem ele gostava e outros, incluindo-se aí membros selecionados da família Riker, de quem não gostava. Em geral, não notava uns nem outros. Decerto, desejava aos judeus em geral e ao Estado de Israel toda a sorte do mundo. Naquele exato momento, tirava o chapéu para Rabin — talvez essa não fosse a melhor metáfora — pela disposição de aproximar-se fisicamente de Arafat, um falastrão barbudo com dentes ruins, provavelmente malcheiroso. Devia ser duro agüentar ficar na mesma sala com ele, e ainda mais encenando aqueles abraços levantinos. Mesmo em se tratando de árabes, suas antipatias eram individualizadas; nada de preconceito racial. Não tinha coisíssima nenhuma contra o rei Hussein. Os árabes deviam ser examinados um a um, assim como os judeus e todo o resto do mundo. Isso não significava ignorar as características do grupo, como a retórica odiosa dos árabes — e dos judeus. Sempre exagerando. Incapazes de se conter.

Pai, podemos conversar?

Claro.

Quando ela vai descer?

Carrie? Não sei. Da última vez que a vi, estava num sono profundo.

Claro. Mas a gente pode conversar em outro lugar?

Como você quiser. Na verdade, a Carrie é bastante discreta. É provável que se mantenha longe da cozinha, se vir que estamos conversando. De todo modo, não vai se importar. Vamos para a varanda dos fundos.

A velha roseira na beira do gramado jamais exibira melhor aspecto. Schmidt decidiu fixar os olhos nela, para manter-se firme no chão, aterrado.

Olha, esta vai ser uma conversa sobre negócios. Suponho que seus investimentos estejam indo bem no mercado. Estou certa?

Acho que sim.

Ela ficou em silêncio. Schmidt, então, seguiu tagarelando: O pessoal da Romberg continua cuidando deles, e estão fazendo um bom trabalho. De tempos em tempos, faço uma visita a Herb Stein, só para ter certeza de que ele não perdeu nenhum parafuso nem anda bebendo demais. Afora isso, não presto muita atenção. Na verdade, vendi aqueles dois fundos pequenos em que tinha investido por conta própria. Lembra? Estava sempre procurando por eles nos cadernos de finanças. Tiveram uma boa valorização, e foi assim que paguei pelo conversível que dei a Carrie.

Ótimo para ela. Então, você não perdeu todo o seu dinheiro — ou melhor, o dinheiro que você herdou da sua madrasta.

O dinheiro da Bonnie? Ah, não, de jeito nenhum. Mas doei boa parte do que ela me deixou ao hospital em Palm Beach. A casa inclusive.

Schmidt preferiria não ter se lembrado da casa. Murphy, seu advogado, o havia instado a doá-la para alguma instituição de caridade e, do ponto de vista dos negócios, tinha sido um bom conselho. Como não gostava de Palm Beach, Schmidt jamais a utilizaria, e os custos de manutenção — incluído o salário pago como um tributo a Bryan — eram absurdos. Como parte do trato, conseguiu que o diretor do hospital mantivesse Bryan em sua folha de pagamentos, como uma espécie de faz-tudo do centro de conferências em que seria transformada a casa de Bonnie. Mas, quando deu a notícia a Bryan pelo telefone, o traste não pareceu gostar. Trabalhar para o hospital não era o que tinha em mente. O que andava pensando e o que poderia estar pretendendo? Se pelo menos

Schmidt estivesse com um de seus blocos amarelos de notas à mão, rabiscaria um lembrete para que desse uma verificada na situação.

Ah, é? E quanto você doou?

Basicamente, fiquei com aquilo que meu pai havia deixado para ela, ou seja, tudo o que tinha quando morreu, mais a remuneração média proveniente dos investimentos dela. Achei que tinha direito a isso. Mas o dinheiro que ela herdou de Sozon — o primeiro marido —, aí era outra história. Julguei que não era direito ficar com ele e, por isso, doei ao hospital.

Bastante generoso, pai. Não sabia que você tinha se tornado um filantropo.

Nem um pouco. Só me pareceu a coisa certa a fazer: honrá-la pelo que ela fez por mim, e nem tinha obrigação de fazer.

Eu espero sinceramente que você não tenha doado muito, porque vou ter de pedir dinheiro a você.

Para você e Jon se agüentarem até que ele resolva as coisas?

Isso não tem nada a ver com o Jon. Se for mesmo necessário, podemos falar sobre ele depois. Puxa, o Jon não sai da sua cabeça, não é? Pai, a questão é que estou cansada de trabalhar para os outros. A Marden Bush é legal, eu ainda estou aprendendo e, acredite, representar a indústria do tabaco não é um beco sem saída, como representar outros tipos de instituições.

Aquelas alfinetadas gratuitas nunca iriam ter fim? Essa, Schmidt tendia a crer, tinha sido preparada com antecedência. Por outro lado, podia também ter sido coisa de momento. Tendo vivido cinco — ou seriam seis? — anos com Jon Riker, ela devia ter ouvido muitas histórias sobre como a clientela de Schmidt, companhias de seguro atuando como agências de empréstimos para grandes empresas, tinha desaparecido, até que, na avaliação de Riker e de seus comparsas, Schmidt se tornara um daqueles sócios antigos que sobrecarregam a firma, sugando rendimentos de outros, mais merecedores, sobretudo da nova geração. Considerando-se que ela estava para lhe pedir alguma coisa — muita coisa, ele podia apostar —, talvez acabasse por perceber como seria sábio conter a língua uma vez na vida. Contudo, ela o conhecia bem o bastante para saber que, no fim, pouca importância teria ofendê-lo mais ou menos. Era possível que acreditasse estar procedendo como uma pessoa adulta, independente, capaz de arrancar o que lhe cabia sem precisar ser simpática ou agradecida.

Entendo.

Charlotte prosseguiu: Tem um cara muito legal na empresa, com quem trabalho numa série de campanhas. Ele é muito bom: acabam de promovê-lo a diretor-gerente. E nós andamos conversando sobre sair e começar um negócio próprio. Você sabe, montar nossa própria empresa. Começar aos poucos e ir crescendo no ramo, coisa do tipo. Você nunca fez isso, mas um monte de gente faz. O normal hoje não é ficar numa mesma empresa até o fim da vida.

Fez uma pausa, como se pretendesse conceder a Schmidt o mesmo tempo para a resposta. Um resmungo, algo entre "ah" e "sei", pareceu-lhe reação suficiente, e prudente o bastante.

Você não parece muito interessado.

Ah, mas estou, sim. E o que você espera fazer? Oferecer o mesmo tipo de serviço para os mesmos clientes que tem agora? Isso é viável? Suponho que a Marden Bush tenha algum tipo de norma coibindo competição desse tipo, algo que com certeza se aplicaria a um diretor-gerente, se não a você.

Harry verificou isso. É o nome do meu futuro sócio: Harry Polk. Queremos atuar na organização de eventos especiais, eventos para levantar fundos, seminários, coisas assim, e aí não há nenhum impedimento. Foi o que os advogados disseram a ele. De qualquer modo, pediríamos uma permissão, para nos garantir e fazer com que a empresa se sinta participando. É uma boa estratégia, se queremos que eles nos repassem trabalho. E poderiam fazer isso. A Marden Bush não tem uma estrutura voltada para a promoção de eventos.

Schmidt sorriu para ela. Polk, Polk. Interessante, mas melhor não tirar conclusões apressadas sobre família e origens. Pode ser a forma abreviada de um nome como Polski ou Pohlstein. Ou coisa do tipo — se lhe era lícito tomar emprestada a fascinante expressão tão empregada por Carrie e Charlotte. Era engraçado como o fato de as pessoas pertencerem à mesma geração parecia transcender diferenças de classe e criação. Por que não dizer as coisas com todas as letras? Schmidt sabia que aquela expressão já não podia ser utilizada numa conversa educada, mas não estava falando, apenas pensando.

A questão é que precisamos de algum dinheiro para começar. Para montar o novo escritório e como capital inicial. Você está disposto a ajudar?

Espere aí. Estou sempre disposto a ajudar você, mas há algumas coisas que preciso saber. Primeiro: quanto você quer de mim? Segundo: quanto dinheiro você tem, juntando suas economias com o que sua mãe te deixou? Terceiro: e seu sócio, o sr. Polk, ele tem dinheiro para investir nessa empreitada? E onde é que o Jon entra nisso? Eu suponho que você tenha se dado conta de que ele está envolvido num problema muito sério. Financeiro, inclusive.

Ela anunciou a soma. Era ainda maior do que Schmidt esperava.

Isso não tem nada a ver com o Jon, continuou ela: você não vai estar aliviando a barra do inimigo. Acontece que o que você me pagou pela minha parte desta casa não foi suficiente para pagar a casa em Claverack, as reformas de lá e o apartamento em Nova York, o que me fez gastar o dinheiro da mamãe e a maior parte das minhas economias também. Tenho todos os registros e comprovantes comigo, se você quiser dar uma olhada. Harry tem algum dinheiro vivo. O restante, pôs num *loft* que comprou há uns dois ou três anos, e nas reformas. Ele acha que pode levantar um empréstimo, com o imóvel como garantia, mas não dá para conseguir muito. No momento, eu vou precisar ser a sócia que entra com o dinheiro!

Sei. Você percebe, espero, que, quando comprei o resíduo do bem legado — isso que você chama de sua parte da casa —, paguei nada mais, nada menos que o preço de mercado. Falando francamente, nunca me passou pela cabeça que o que eu paguei haveria de ser suficiente para você comprar e remodelar aquela casa no campo, a fim de poder morar perto dos Riker, e ainda um apartamento em Nova York. Os Riker não iam dar a você e ao Jon o dinheiro para o apartamento? Lembro-me de você ter dito que a idéia era essa.

É, mas o Jon decidiu que não queria pegar tanto dinheiro dos pais. Não precisa me olhar com essa cara. Renata achou que ele fez bem. Ela disse que, se ele pegasse o dinheiro da mãe — teria de ser dinheiro dela, porque Myron não tem muito —, isso aumentaria o sentimento de dependência que ele já tem. Então, pedimos emprestado ao banco tudo o que podíamos, e eu completei com o dinheiro da mamãe.

Muitas eram as vantagens que se podia extrair do exercício da profissão de psicanalista. Como isso servira para atormentar o pai da mulher com quem seu filho iria se casar, essa vantagem Schmidt já vira em ação. A presente era novidade: a doutora podia voltar atrás em seu compromisso com o filho e a nora e, no fim, convencê-los de que estava lhes fazendo um grande favor. Capacitando-os! Essa era, com certeza, a palavra da moda.

Entendo, respondeu Schmidt.

De imediato, lamentou estar se repetindo. Estava na hora de quebrar o hábito daquelas respostas automáticas. Elas fortaleciam os nervos, mas manter os olhos na roseira teria produzido o mesmo efeito. Não havia saída. Por mais que detestasse, era melhor continuar com suas perguntas.

E o que você e o Jon fizeram quanto à escritura dessas propriedades — quero dizer: quem é dono do quê? Suponho que a casa em Claverack esteja no seu nome, mas e o apartamento? Os dois são responsáveis pelo dinheiro emprestado do banco?

Nós achamos que devíamos pôr em nome dos dois, tanto a casa quanto o apartamento. Acho que assinei o empréstimo também. Puxa, pai, dá um tempo! Não é assim que as pessoas casadas fazem?

Nem sempre; não quando o desequilíbrio financeiro é tão grande. Isso é uma coisa que vocês vão ter de resolver, já que, ao que parece, estão tendo problemas. Estão? Como vão as coisas entre você e o Jon? O que ele pretende fazer? Eu não compreendo por que você está evitando um assunto que, de fato, parece bastante urgente.

Pai, não podemos deixar isso para depois? Estou tentando conversar sobre meu trabalho e minha vida.

Vindos de dentro da casa, Schmidt ouviu ruídos bem-vindos e felizes. O barulho do espremedor elétrico girando. O rádio da cozinha sintonizado na estação da Universidade de Southampton. Carrie estava de pé. Sua alvorada de dedos rosados e instintos de grande dama. Ela entenderia que estavam tendo uma conversa de pai para filha na varanda e não arriscaria aproximar-se, a não ser que o papo fosse tão longe a ponto de os instintos dela lhe dizerem que estava na hora de ir resgatá-lo. Não seria possível contar com aquilo tão logo, mas ele poderia dar uma escapadinha, sob o pretexto de ir buscar um copo d'água, abraçar Carrie e enfiar a mão pelo decote escuro, ainda quente da cama.

Eu só estou tentando formar um quadro completo da situação, e acho que o que está acontecendo a vocês, a você e ao Jon, como casal, está bem no centro dele. Tive uma conversa com Jack

DeForrest alguns dias atrás. O que ele me contou não foi apenas aborrecido: me balançou de verdade. O Jon está metido numa tremenda encrenca. Então, acho que vamos ter de falar disso mais cedo ou mais tarde, e, francamente, não entendo como você pode falar em largar o emprego e começar um negócio próprio sem levar o Jon em consideração.

Depois, pai. Será que eu não consigo fazer você entender que vamos falar disso depois?

Consegue. Isso eu já entendi. O que você quer, então? Um empréstimo? Ou quer que eu invista no negócio? Seja qual for o caso, acho que eu deveria, primeiro, conhecer seu sócio, o sr. Polk, e dar uma olhada no *business plan* de vocês. Suponho que tenham feito um? Com certeza, o sr. Polk vai precisar, se quer conseguir um empréstimo no banco. Eu acredito que poderia fazer qualquer uma das duas coisas, contanto que o projeto de vocês faça sentido.

Schmidt não se lembrou de imediato de quando fora a última vez que ela lhe lançara um olhar daqueles. Ah, sim, tinha sido quando ele lhe dissera que Mary e ele não tinham dinheiro para comprar um cavalo de caça, com sérias possibilidades de participar de exposições, e menos ainda para manter um cavalo daqueles na cidade. E depois disso? Nunca mais, talvez; é possível que ele tenha despedaçado para sempre as ilusões dela com aquela recusa. Mas, desta vez, não estava dizendo não; achou que estava dizendo sim. Qual era o problema?

Puxa, pai, não pode ser verdade uma coisa dessas, não posso acreditar. Não pensei que estava diante de um banqueiro. Pensei que estivesse falando com meu pai, que é rico o bastante para dar BMWs de presente. É, fui burra o suficiente para acreditar que, como meu pai só tem uma filha — que sou eu, lembra? —, ele poderia simplesmente me dar o dinheiro de presente, sem vir com essa de querer minha parte numa casa ou me fazer um empréstimo ou investir no meu negócio. Não entendo você. Pensa que

Harry e eu queremos que você seja proprietário da nossa empresa? Desse jeito, estaríamos trabalhando para você. E, não sei o que Harry acharia disso, mas eu preferiria trabalhar para a Marden Bush.

Ah.

Os olhos dela encheram-se de lágrimas.

Ora, vamos, Charlotte. Não podemos discutir o assunto com calma? Afinal, estamos, sim, falando de negócios.

Esquece. É como disse a Renata. Você precisa ter controle sobre a minha vida. Se eu deixo, está tudo maravilhoso. Mas, se não deixo, aí você vira Schmidtie, o Huno.

Sim, dra. Renata Riker. Por que ele não a estrangulara à vista de toda a multidão vespertina na Quinta Avenida, depois de seu primeiro e único almoço *tête-à-tête* com ela? Socorro, socorro! Vozes lhe disseram que era melhor acabar com aquela charlatã antes que ela acabasse com ele. Nenhum júri americano levaria mais de cinco minutos para absolvê-lo: legítima defesa ou, na pior das hipóteses, inimputável por motivo de insanidade. Era possível que nem fosse a julgamento. Agora, era tarde demais.

Escute, disse ele, o que você está pedindo é muito dinheiro. Ainda assim, está certa em imaginar que posso dá-lo a você e continuar vivendo como vivo.

Ela soltou um risinho de desprezo.

Calma, Schmidt aconselhou a Schmidtie, o Huno. Não ligue.

O problema é que o imposto sobre doações ainda não foi abolido, prosseguiu. Se eu fizer uma doação, vou ter de pagar ao governo federal e ao estado de Nova York um imposto de mais de setenta por cento sobre o que você quer que eu lhe dê. Também isso não é o fim do mundo, embora, somando a doação ao imposto sobre a doação, signifique despender de repente uma enorme quantia em dinheiro, que eu não contava gastar. Por outro lado, você é minha única filha, e suponho que ninguém possa culpá-la por esperar herdar o que tenho. Mas isso quando eu morrer, e não já. Aliás, haverá um imposto sobre a herança também, quando eu bater as botas de fato. É por isso que alguns tributaristas diriam que é mais inteligente fazer doações e pagar o imposto sobre elas, porque, então, o dinheiro empregado para pagar o imposto não estará na minha herança e não será taxado depois da minha morte.

Puxa, uau!

Não precisa ser sarcástica. É um bom aconselhamento tributário, embora eu não tenha certeza de que se aplique a meu caso. Tenho boa saúde e parece que puxei a meu pai, que viveu até ficar bem velhinho. Pode ser que eu precise de todo o meu dinheiro para pagar um asilo!

Impossível dizer se ela estava ouvindo. A raiva em seu rosto transformara-se em melancolia entediada. Mas, que diabo, ele bem que podia terminar seu discurso. Tentando não ouvir as próprias palavras — o discurso, admitiu para si mesmo, era cansativo —, ele prosseguiu: Principalmente se o negócio que você e o sr. Polk pretendem começar não decolar. Sendo esse o caso, se eu te fizesse um empréstimo a você ou investisse na empresa, não pagaria o imposto sobre doação e poderia, talvez, deduzir a perda do empréstimo ou investimento. É assim que pessoas sensatas planejam seus negócios.

Entendi. Vamos deixar o resto para lá. Vou falar com Harry. Talvez a gente resolva ficar onde está.

Isso, fale com ele. E pense no que eu disse. Olhe, amorzinho, ponha na sua cabeça, por favor, que, se você decidir que não quer um empréstimo ou não quer que eu invista na empresa de vocês, mas prefere que eu faça a doação, o dinheiro é seu, é só dizer, com ou sem imposto. Mas, primeiro, quero conhecer Harry Polk, e não acho absurdo querer ver o *business plan*. É para sua proteção. As pessoas costumavam pagar um dinheirão por minha opinião nesse tipo de coisa. Para você, é de graça.

Muito engraçado. Suponho que eu ainda deva dizer muito obrigada.

Você bem que poderia, e não há de quê. Para quando é essa história toda?

Pensamos em comunicar nossa saída, digamos, semana que vem e, então, tirar umas férias. Estou arrebentada.

E você viria para cá? Eu adoraria.

Pai!

Foi só uma idéia.

Era melhor mesmo que ele parasse com aquelas frases e idéias automáticas. Aquela, em particular, tinha sido horrível. Como ele pôde supor que Charlotte iria querer passar umas duas semanas com ele e Carrie, e como pôde fazer a oferta sem antes consultar Carrie? Era provável que ela dissesse Legal, mas, e se não dissesse, e se, em vez disso, dissesse Você deve estar brincando comigo! E aí? Como voltar atrás sem arranjar confusão? Ele tinha de admitir que Charlotte lhe salvara o dia.

Tudo bem. Estávamos pensando em ir a um clube de tênis em Aspen, mas Harry não sabe se vai dar para escapar. Depende das crianças.

Oh.

Ele é divorciado e tem dois garotos, um com sete, outro com cinco anos. Se a mulher dele conseguir uma folguinha mais para o fim do mês, ele vai ficar com as crianças, numa casa que eles dividem na região de Berkshire. Os garotos são umas gracinhas. É por isso, também, que o Harry não tem muito dinheiro. Paga pensão para a mulher e auxílio às crianças.

E, ainda assim, ele tem certeza de que faz sentido largar um emprego fixo para começar um negócio próprio?

Pai, é uma chance e tanto. Nós sabemos que vamos conseguir. O Harry nunca vai sair do buraco, a não ser que comece a ganhar dinheiro de verdade com alguma coisa que seja dele.

Entendo.

Entendia perfeitamente. Um sujeito divorciado, com dois filhos, obrigações com a esposa e dinheiro nenhum no banco, querendo o dinheiro de Charlotte para dar início a um novo negócio. Enquanto isso, por que não tirar umas férias juntos num clube de tênis? Não havia muita ambigüidade na situação, nem era preciso investigar muito. Quem sabe Charlotte não optasse por lhe dar ainda mais detalhes. Mas ela não fez menção de prosseguir falando.

Assim sendo, ele continuou: Está bem, quero mesmo conhecê-lo. Quanto antes, melhor. Escute, Charlotte, podemos falar sobre o Jon agora? Eu disse a você que falei com Jack DeForrest. Nem sei por onde começar.

Tudo bem, o Jon é um bundão. Mas ele não deu o arrazoado para aquela vaca: ela roubou o documento da valise dele, e ele está ferrado demais para denunciar a moça. Esse é o problema, resumindo a história, e é um problema dele. Eu vou deixar o Jon. Você teria alguma outra sugestão? Tem mais alguma coisa que você deseja saber? Com certeza, deve estar feliz, porque estava certo sobre ele.

Não, não estava feliz; graças a Deus, não estava. Não tinha se tornado uma bruxa má e vingativa. Não jogara nenhum feitiço nem torcera por vingança daquele tipo. Levara a sério aquela parte do conselho de Renata, a charlatã, ouvido durante a imperdoável e presunçosa preleção familiar que ela lhe fizera quando se conheceram, logo após o almoço do dia de Ação de Graças, do qual a filha e o imbecil do noivo o haviam chantageado para que participasse. Sim, desenvolvera verdadeiro ódio por Jon Riker. Além disso, Renata talvez estivesse certa — e Jon também, se ela estava apenas repetindo fielmente o que ele lhe dissera — ao afirmar que, no fundo, Schmidt sempre nutrira antipatia por aquele sujeito, mesmo quando trabalhava bem a seu lado na Wood & King e forçara a barra para torná-lo um dos sócios. A decisão dos dois de se casarem num restaurante medonho do SoHo, e não na casa da família; a recusa de Charlotte a usar o vestido de casamento da mãe, o modo como ela o insultara (de que outra forma descrever as palavras dela, afirmando que o casamento seria efetuado apenas por um rabino e que planejava converter-se ao judaísmo?); a calúnia de Jon, que Charlotte ousara jogar na cara do pai, segundo a qual Schmidt era conhecido pela firma toda como anti-semita — tudo isso, e muito mais, era motivo de ressentimento. Mas nada disso era capaz de fazê-lo exultar ao ouvir Charlotte, fria como um pepino, fazer pouco de seu casamento e dispensar o marido com um epíteto vulgar. Nada o havia preparado para semelhante desgraça. Devia estar cego.

Eu sinto muito, muito mesmo. Pobre Charlotte. Você já contou ao Jon o que pretende fazer?

Sente muito? Você não suportava o cara. Devia estar dizendo vá com Deus. Não, não precisei contar a ele. É um bundão, mas não é burro. O problema é que ele se recusa a sair do apartamento. E eu tenho de dormir no quarto de hóspedes, porque ele se recusa a sair da minha cama também. O Harry diz que eu preciso é de um advogado, e urgente. Você acha que a Wood & King aceitaria o caso, já que o estão mandando embora mesmo? Ele já tem advogado, um sujeito com um sobrenome italiano — Cacciatore, ou coisa do tipo.

Schmidt suspirou. Acho que seria um tanto embaraçoso algum dos advogados da empresa representar você contra ele, respondeu. Pelo seu modo de falar, e considerando-se que tanto o apartamento quanto a casa em Claverack pertencem a vocês dois, não acredito que será uma separação amigável, dessas que a gente só precisa de um advogado para assessorar nos impostos e registrar o que as partes combinaram. Se você quiser, ligo para o Murphy e peço uma indicação. Você deve se lembrar dele: é o sócio da firma que fez o testamento de sua mãe e o meu. Ele conhece um bocado de advogados especializados em divórcio.

Eu me lembro do sr. Murphy. Mas ele não é o que eu quero, de qualquer forma. Quero um judeu da pesada, que o Jon e o tal de Cacciatore não possam enrolar. Por mim, ficaria com o advogado do Harry, mas ele não acha que o sujeito fez lá um grande trabalho. Você acha que dá para eu ir morar com o Harry? Estou cheia de ter o Jon por perto, mas não quero dar a ele a possibilidade de dizer que a culpa é minha, se eu deixar o apartamento e for morar com o Harry.

Hoje em dia, acho que não faz diferença. Mas seria melhor verificar. O Murphy sabe. Vou perguntar a ele, quando conversarmos sobre um advogado para você. Charlotte, fiquei aqui imaginando, quando você mencionou o clube de tênis, mas agora me parece mais do que claro: suponho que você esteja tendo um caso com o sr. Polk; é de antes de o Jon começar a sair com a tal mulher?

Você quer dizer Debbie Vogel?

A advogada. A que está no centro do problema com o arrazoado.

O meu caso começou antes, mas que diferença faz? O Jon estava trepando com uma das assistentes depois do expediente, no próprio escritório, no chão ou em cima da mesa. A mulher do Dennis me contou. Todo mundo sabia disso.

Schmidt ouviu os passos de Carrie no hall de entrada. Querida, chamou. Charlotte e eu estamos quase terminando. Quer fazer um café? Poderíamos tomar um cafezinho aqui fora.

Para mim, não, disse Charlotte.

Coitadinha da minha menina. Esteve casada por tão pouco tempo, você e o Jon se conheciam tão bem, estavam juntos fazia anos: para que casar, se é para ter mais alguém?

Você deve estar brincando. É tão difícil admitir que as pessoas façam sexo? Ainda mais você, vivendo com essa garota! Vou lhe perguntar umas coisinhas. Por que você traía minha mãe? Você acha que eu não sei que você comia minha *baby-sitter* vietnamita, bem nesta casa, debaixo do nariz da mamãe? Por favor, me explique essa. Pelo amor de Deus, você cantou até a Renata! Não pôde resistir, não é? Se você quer saber, os homens são uns merdas. Ah, bárbaro, agora me olha como se os olhos fossem saltar fora. Entendi. Acho que acabo de detonar minhas chances de conseguir aquele dinheiro. Que idiota que eu sou.

A voz dela chegava até ele de muito longe. Uma outra voz, bem mais débil e próxima, sussurrava Não se preocupe, pare de contar seu dinheiro; logo, logo vai ser mesmo tudo dela. Era extraordinário como ela o deixava cansado. Schmidt balançou a cabeça, como se tivesse água no ouvido, e tranqüilizou-a: O dinheiro está à sua disposição, Charlotte; basta me dizer para que conta você quer que eu mande transferir.

E, ao ver que ela se acalmara e estava para dizer alguma coisa, supostamente agradecer-lhe, Schmidt ergueu a mão e acrescentou: Chega de discursos, por favor.

Um homem tem de agüentar seu nariz, seus olhos, cabelos, dentes e a textura de sua pele, mesmo que sejam ruins — pragas da hereditariedade, sempre a lembrá-lo de sua origem. Schmidt não estava longe de acreditar que herdara também os piores traços de caráter dos pais. Procurava por eles em seu comportamento, imaginando, quando estava para fazer uma coisa ou outra, se pelo menos daquela vez conseguiria libertar-se do pesadelo recorrente. Em geral, falhava. Fazia-o do mesmo modo como, na adolescência, atentava para as espinhas ao redor da boca, pronto a espremê-las entre as unhas dos indicadores, até que o pus fosse expelido, precedendo uma gota de sangue fresco. O bordão olha-o-que-você-fez-comigo fora especialidade de sua mãe, dirigido com igual facilidade contra o pai de Schmidt ou contra ele próprio. Séria, pálida e trêmula, uma vez que estava sempre se recuperando de uma doença ou outra, mãos geladas e vermelhas nas juntas, ela deslizava de um cômodo a outro, suspirando e balançando a cabeça com inexprimível assombro. Mas as pessoas se acostumam a ruídos contínuos de fundo — uma torneira pingando, um vizinho assistindo ao jogo na TV —, e logo deixam de ouvi-los. Assim sendo, a intervalos irregulares, os suspiros da mãe começaram a aumentar de volume, mais parecendo soluços abafados. Ah, ela se levantava da cama e, como sempre, vestia um daqueles robes de andar pela casa, para não gastar suas roupas melhores, e, naqueles trajes, aparecia para as refeições, mas não para comer ou falar. A ferida era demasiado profunda — sentado à mesa com ela, um ou outro dos culpados, Schmidt ou seu pai, sabia muito bem que ferida era aquela e como fora aberta. E aquilo podia prolongar-se por dias, até que o pai, deliberada e implacavelmente, perpetrava ofensa ainda maior, esmagando com a mão a taça de cristal com o vinho, por exemplo, vinho tinto esparramado por toda a toalha branca de linho — um truque admirável, pois ele nunca se cortava —, ou sentando-se à mesa com um mandado judicial, a hipoteca de um navio, documentos que ficava corrigindo enquanto comia, parando apenas para ser servido. Então, como se do nada, desfazia-se o transe em que ela se encontrava. Recuperavam a fala, tão sombria e malévola quanto o silêncio que a precedera.

Para que suas próprias ofensas fossem perdoadas, Schmidt tinha de rastejar. No caso do pai, altivo e em geral impassível, eram os acessos de fúria que afligiam: absurdos em sua imprevisibilidade, a violência dos insultos que vociferava, e seu modo de esquecer quase de imediato o que dissera ou fizera. Ao passo que a mãe jamais esquecia ou perdoava coisa alguma. Cada ferida era plantada e cuidada com ternura, como uma semente, até dar seu fruto venenoso. E o que Schmidt podia dizer em seu favor? Tinha usado de boa-fé para tratar de dinheiro com Charlotte? Não a maltratara? A história dos fundos que dera a ela pelo resíduo da casa, o dinheiro que ela gastara em Claverack e no apartamento de Nova York, o pagamento a ela que permanecera teimosamente entalado em sua garganta — no fim, era tudo invenção dele, nascida da raiva e de um rancor digno de seus pais. Não tinha sido uma transação necessária: ele fizera aquilo porque não gostava do futuro genro. Se ele e aquele advogado judeu iriam começar a passar feriados e fins de semana sob um mesmo teto, Schmidt queria ao menos ser capaz de subjugá-lo, uma ambição difícil de realizar por completo, enquanto a esposa do judeu, sua própria filha, fosse proprietária de parte da casa. O dispendioso e desnecessário estratagema se voltara contra seu inventor. Quem sabe? Se tivesse mantido a boca fechada, se não tivesse forçado a barra, Charlotte e Jon poderiam ter usado aquela casa para os fins de semana. Então, talvez ele tivesse podido ajudá-los a serem mais prudentes. Afinal, conhecia tão bem a W & K. Também ali, porém, havia permitido que ressentimentos causados por afrontas mais do que palpáveis atrapalhassem suas amizades, por mais mornas que fossem, velhos tiques que poderiam ter levado um Lew Brenner, um Mike Woolsey ou mesmo o próprio Jack DeForrest a dar uma ligada ou chamá-lo de lado, depois de um almoço da firma — na verdade, Schmidt não se dera o trabalho de comparecer a um único daqueles almoços desde que saíra, batendo a porta —, e dizer: Schmidtie, eu sei que não é da minha conta e que é ruim a gente se meter, mas o Jon deveria tomar mais cuidado, as pessoas andam cochichando, talvez fosse melhor você dar uma espiada na situação. Para bom entendedor... Se tivesse ouvido o galo cantar, com certeza teria entendido. De todo modo, pouco importava o que ouvisse ou soubesse: não tinha a habilidade e a paciência necessárias para poder ajudar. Entregara a filha aos lobos.

# 4.

Não, não tinha havido muitas mudanças na casa dos Crussel que Schmidt pudesse apontar, depois de mais de um mês de visitas periódicas e recorrentes ao sr. Mansour; e, no entanto, a impressão era diferente. Apesar de todo o esforço despendido pelo decorador do velho casal para contê-los, Jean e Olga sempre acabavam fazendo as coisas à sua maneira, de modo que seus arranjos exibiam um misterioso potencial evocativo tanto das lojas de um e noventa e nove de tempos remotos quanto dos mais atualizados catálogos recebidos via correio. Mas as orelhas em pé dos duendes de outrora não tinham vez sob o regime do sr. Mansour. O deque sobre o qual Schmidt se encontrava era, em si, o mesmo vasto retângulo do branco mais puro e ofuscante, sem um grãozinho de areia, um arranhãozinho a macular-lhe a superfície, empoleirado sobre uma duna repleta de rosas rugosas e relvados verdes e prateados. O truque, a diferença, talvez estivesse apenas na disposição do enxame de cadeiras de todos os tipos e tamanhos, sofazinhos, mesas e guarda-sóis: de início, essas obras de arte em aço, alumínio, tela e linho transmitiam uma impressão de arbitrariedade, como se tivessem sido deixadas ali por negligêngia de uma empresa de mudanças que, num instante, voltaria para carregá-las até o lugar certo. A um olhar mais demorado, porém, revelavam refinamento seguro e calculado. E assim era com o restante da casa e suas caprichosas dependências.

A praia, é claro, permanece, e no entanto muda dia após dia, revelando-se agora, em pleno horário de almoço, corroída com brutalidade pelos temporais e marés da semana. Schmidt tirou os óculos de sol e examina de novo o mar, desejando ver suas cores verdadeiras. Um homem vestindo roupas pretas e largas, as águas a lamber-lhe os pés de quando em vez, permanecia parado ali, em atitude invariável desde que Schmidt chegara, fazia um bom tempo. Talvez também estivesse atento ao veleiro longínquo, pouco mais do que uma nervosa pincelada de tinta branca na borda do horizonte, quase imóvel, lutando contra um vento oeste. Para onde estava indo? Para a marina da próxima e modesta Shinnecock, onde os índios, antes da chegada dos brancos, já haviam cavado uma passagem ligando o oceano à baía? Para Nova Jersey? Rumo aos pilares de Hércules? De repente, como se houvesse decidido abandonar a embarcação distante a seu próprio destino, talvez buscando recuperar o tempo perdido, o homem encolheu os ombros e começou a caminhar com grande energia para leste. Um anseio, talvez relacionado àquela ação abrupta, acometeu Schmidt: um anseio por ausência, por uma vida não semeada de erros de sua própria autoria. Reconheceu a infantilidade e bebeu o resto de seu gim com tônica. De acordo com Manuel, o mordomo com sotaque mediterrâneo, o sr. Mansour estava em conferência telefônica com Londres, fazia horas. E Carrie o deixara na mão. Tinham combinado que ela viria direto da faculdade, depois da última aula. Em vez disso, ela deixara um recado para Schmidt com um dos onipresentes seguranças do sr. Mansour. Estava a caminho do Brooklyn, para uma visita aos pais, e não sabia ao certo quando voltaria. Mas não era uma emergência, ele não devia se preocupar. Ligaria para ele, em casa, no final da tarde. O que significava, Schmidt entendeu, que ela provavelmente passaria a noite no Brooklyn. Não tinham conversado sobre nada daquilo. Se não era uma emergência, por que ela não podia ter avisado com antecedência, por que não ligara para casa entre uma aula e outra, antes que ele saísse?

Schmidt não tinha certeza se estava em condições de almoçar sozinho com o sr. Mansour. De todo modo, tinha tomado um chá-de-cadeira mais longo do que seria decente. Que essa opinião talvez fosse compartilhada por Manuel, isso ocorreu a Schmidt quando este lhe trouxe outro drinque e avisou que passaria novo bilhete ao sr. Mansour acerca do almoço. A preocupação daquele simpático serviçal era quase embaraçosa, e Schmidt ponderou se não seria melhor recusar o gim com tônica e partir — talvez deixando ele próprio um bilhete, sugerindo tentarem novo encontro em algum outro dia, quando o sr. Mansour estivesse menos ocupado. Não tinha dúvida de que era inconveniente interromper uma conferência telefônica com Londres, onde já eram quase sete da noite; quando o sr. Mansour terminasse seu almoço, estariam todos à mesa do jantar. Schmidt, porém, já vira tratativas como as de seu anfitrião com os colegas londrinos em número suficiente para ter certeza de que tais considerações inexistiriam, caso ele próprio, Schmidt, fosse um convidado importante, mantido à espera, ou caso o sr. Mansour quisesse dele algo que demandasse o tipo de paparicação a que chamava "encantatória". No fim, aceitou o drinque que Manuel lhe oferecera. Não havia outro lugar aonde quisesse ir naquele exato momento. Tampouco estava disposto a pôr em risco o tipo de diversão propiciado por uma visita ao sr. Mansour — como visita em si e como assunto de conversa com Carrie.

Haviam mergulhado numa camaradagem que Michael Mansour não tardara a chamar de amizade. De fato, Schmidt julgava não ter visto amigos em torno do cavalheiro, não no sentido que atribuía à palavra, e, a julgar pelas aparências, inexistia, afinal, um café-soçaite do qual Michael fosse membro. Em vez disso, ele pertencia, Schmidt concluíra, a uma confraria espiritual menos divertida, mas infinitamente mais exclusiva, com distinções e privilégios que incluíam poder tratar pelo primeiro nome outros bilionários das Américas do Norte, do Sul e da Europa (e mesmo daquelas porções do Oriente Médio em que ter nascido judeu e no Egito não constituía mácula definitiva para alguém como o sr. Mansour, tão rico quanto um xeque árabe), possuir os números de seus telefones residenciais — guardados com particular zelo e não encontráveis na lista telefônica — e estar qualificado para convites (inexplicáveis de outro modo) a visitar suas ilhas no Caribe e seus chalés em Vail ou Gstaad, bem como, é claro, para estar presente em seus casamentos e funerais. O mês de agosto já ia pela metade. O helicóptero de Michael o levava a Nova York apenas para curtas visitas. A conduta dos convidados para almoços e jantares, aos quais Schmidt e Carrie eram solicitados a comparecer quase todo dia — parecia a Schmidt que um novo convite era feito depois de cada refeição com o sr. Mansour, fosse pelo próprio e insistente anfitrião ou pela secretária, em telefonemas pela manhã, bem cedo —, lembrava a Schmidt a de clientes de um romano de riqueza fabulosa, provavelmente um liberto, como Trimálquio, clientes reunidos à espera do momento inevitável em que favores seriam concedidos. Havia cheiro de dinheiro no ar, como o perfume inebriante das sebes de madressilvas que ladeavam a entrada para carros da casa do sr. Mansour.

Peço desculpas pela Carrie, disse ele ao sr. Mansour, quando, por fim, se sentaram à mesa pequena da sala de jantar, que dava para o deque; o vento aumentara a tal ponto que Manuel desaconselhou a refeição ao ar livre.

A salada de lagosta foi servida ao anfitrião com porções extras de maionese. O sr. Mansour repetiu a dose, ponderou a questão e serviu-se de novo de mais maionese.

Esquece. É uma grande garota. Cá entre nós: ela deve estar ficando louca, de tão entediada. Isso, aliás, é outra coisa sobre a qual quero conversar com você. Mas, antes de mais nada, prosseguiu ele, entre uma mordida e outra, o que você vai fazer quanto a seu genro? Pus meu pessoal para dar uma investigada nele. Acho que eu deveria falar com ele e com sua filha, e resolver esse problema para você. Sou, provavelmente, a única pessoa capaz de fazer isso. Você pode querer participar também, para que eu possa reconciliar os três, mas não no primeiro encontro.

Não era a primeira vez que Michael se referia a Jon Riker, que dirá a sua desgraça. Pairando sobre a comida, o rosto perfeitamente oval de Michael, talvez um pouco grande demais para um homem tão compacto, era todo sorrisos, como se tivesse acabado de contar ou ouvir uma piada de primeira. A careca no topo da cabeça reluzia. Ele vestia calça branca de linho e camisa branca de algodão, de mangas compridas. Arregaçadas, para maior conforto; a camisa, aberta no peito a partir do quarto botão, revelava músculos consideráveis. A semelhança com Manuel, o mordomo, era maculada apenas pelo bigode de pontas viradas deste último. Talvez o sr. Mansour tivesse solicitado a ele que deixasse o bigode crescer, assim como era bem capaz de ter pedido ao mordomo que trocasse o próprio nome de Michael para Manuel.

É muito gentil de sua parte preocupar-se com ele.

Esquece. Você não respondeu a minha pergunta. Como venho dizendo o tempo todo, não entendo essa sua atitude.

O homem deveria ter sido dentista. Ou, melhor ainda, a mulher que nos raspa os dentes com uma daquelas brocas modernas que espirram água. Quem mais poderia ser tão incansável e repetitivo em suas investigações?

Não há nada de novo. Nada a acrescentar. Ele teve de deixar a empresa em que eu trabalhava. Acho que não há muito que fazer quanto a isso; com certeza, nada que eu possa fazer, e não tenho idéia de quais são os planos dele agora.

Michael esticou o braço por cima da mesa e apanhou o antebraço de Schmidt. Foi um longo e afetuoso apertão.

Resolvi que quero saber tudo sobre você, tudo o que pode ser descoberto, ele disse. E, depois de uma pausa, acrescentou: Inclusive via Gil Blackman. Para ter uma idéia do contexto. Você não facilita as coisas, se a gente quer ajudar. É um grande amigo que você tem. Gil gosta muito de você, de verdade. Olha, não importa. Posso concluir muita coisa a seu respeito, assim, sem mais. Ele estalou os dedos e continuou: Só na base do instinto e da intuição.

Ah, o sr. Mansour e a sabedoria oriental. Que ele e Gil tivessem conversado sobre Riker, era natural, Schmidt conjecturou. Era mesmo de se imaginar quem não estaria falando sobre o assunto. Em sua pequenez, era matéria suculenta para as pessoas interessadas naquele tipo de coisa, ou seja, quase todo mundo nos Hamptons, à exceção dos nativos que serviam aos ricos. Schmidt comprara o *Wall Street Journal* e lera o artigo terrível cuja publicação Jack DeForrest havia previsto. Forçara-se a pedir ao bibliotecário da W & K que separasse e enviasse para ele tudo o mais que aparecesse na imprensa sobre o caso. Por orgulho — para que ninguém o acusasse de estar escondendo sua vergonha — ou porque queria que Carrie dissesse alguma coisa, manifestasse uma opinião, sempre deixava os recortes sobre o balcão da cozinha, onde ela haveria de encontrá-los. Schmidt sabia que ela os lera, embora não tivesse feito nenhum comentário. Não era de se admirar. Ele lhe agradecera por tê-lo ajudado — a ele e, aliás, a sua filha também — a superar aquelas vinte e quatro horas, até o já distante sábado à tarde em que ele, afinal, pusera Charlotte no ônibus para Nova York. Mas não dissera uma palavra a Carrie sobre Charlotte ou Jon desde então, a não ser para mencionar, em sua melhor voz de vítima, enquanto lavava os pratos e Carrie já saía pela porta a caminho da aula, que Charlotte estava planejando se separar de Riker e tinha pedido dinheiro para começar um novo negócio, sobre o qual ele tinha sérias dúvidas. Dinheiro que, no entanto, ele pretendia dar a ela assim mesmo. Desse modo, contrariando toda a razão, conseguira isolar Carrie do problema, justamente quando mais precisava dela. E, de novo, contrariando toda a razão, e pela primeira vez na vida, não recorrera a Gil Blackman em caso de catástrofe familiar. Na verdade, sentia muita vergonha de Jon e Charlotte. Será que Gil, se tivesse percebido alguma coisa, teria contado ao sr. Mansour, a fim de lhe dar um contexto mais completo?

Escute, Schmidtie, prosseguiu este último, nós somos muito diferentes. Não ria, eu sei que somos fisicamente diferentes. Quero dizer, mesmo que parecêssemos irmãos gêmeos, seríamos, por dentro, bastante diferentes um do outro. Mas isso não me impede de entender você. Não acredito que você compreenda quanto. A questão é que não pensamos nem sentimos as coisas do mesmo modo, e você nunca aprendeu a expressar seus sentimentos ou a se relacionar bem com as pessoas. Se acontece de você se dar bem com alguém, ótimo. Você é legal. Mas, com a maioria das pessoas, já vai mostrando logo como se sente superior. E faz o mesmo quando elas te aborrecem ou quando não gosta delas. Ah, sim, deixa logo na cara. Observei isso aqui em casa, com as pessoas que recebo, algumas muito interessantes e com uma contribuição real a dar. Você ergue o nariz uns dez andares. Como as pessoas se sentem, isso não te interessa. Você me trata bem, porque me admira. Ha, ha! É verdade, não estou brincando. E teve uma sorte fabulosa com Carrie. Ela é o pacote completo. Você deveria estudar o modo como ela trata as pessoas.

Tem razão. Tenho sérios defeitos.

Agora mesmo, deve estar pensando: quem é esse sujeito, para vir me dizer que me entende? Deus me livre. Um judeu do Cairo que afirma pensar e sentir como o sr. Albert Schmidt. Que audácia!

Ora, Michael. Tenho uma boa notícia para você. Estou começando a gostar de judeus.

Isso significa que está ficando mais esperto. Mas, sem brincadeira, vou te dizer como vejo as coisas. Temos o mesmo tipo de inteligência; só que sou mais esperto e criativo. Não deixe que isso o aborreça. É que você não foi criado pela minha mãe. A verdadeira diferença é que você é fechado, travado, ao passo que eu, você pode ver, sei lidar com as pessoas, estender a mão. Talvez porque, quando comecei, eu precisasse delas. Talvez porque eu seja assim mesmo. No Egito, no Marrocos e mesmo aqui, quando chegamos, é, nos velhos e bons tempos, vou te dizer uma coisa: os judeus não estavam com essa bola toda, não. E esse é um ponto em que você se parece comigo. Não está satisfeito consigo próprio.

Schmidt assentiu.

Está vendo? Eu deveria estar contente com o que consegui — como você diz, consegui um bocado —, mas, por dentro, não estou. Esse é o ponto central. Pode acreditar: quando vim para este país, não tinha muito motivo para ficar contente.

Os elementos essenciais da saga familiar dos Mansour não eram desconhecidos de Schmidt. Durante a caminhada pela praia, proposta por Michael, quando da primeira visita de Carrie e Schmidt, ele contara sua história de maneira bastante direta. Se contou tudo, se havia áreas de sombra e talvez de improbabilidade, isso eram outros quinhentos. Aparentemente, desfrutavam de grande prosperidade no Egito, onde a família — como em todas as histórias de judeus egípcios dignas de serem contadas — negociava com algodão, tendo no transporte marítimo uma atividade paralela; mas a ascensão de Nasser compelira os Mansour, o pequeno Michael e *toute la smala*, a se refugiar no Marrocos, sob a proteção de primos da mãe. Esse ramo da família compunha-se de fornecedores confidenciais de jóias à corte, sendo, portanto, não menos grandioso. Seguiu-se uma estada em Paris, sobre cuja extensão e financiamento Michael passou apenas de raspão em seu relato. A razão para a mudança para os Estados Unidos e o abandono de uma cidade tão repleta de afinidades lingüístico-culturais para um judeu egípcio e, mais especificamente, o motivo da mudança para o Bronx, onde os Mansour se viram reduzidos a confeccionar e vender cortinas, foi a traição de dois tios, em passagem não descrita por Michael. Castigados, os Mansour puseram-se a economizar cada centavo, montando um negócio no ramo de cortinas e estofamentos. Os centavos se acumularam rápido o bastante, mas, em terra estranha, nem os pais nem o filho perceberam que, a alguém do talento de Michael, cabia matricular-se em Harvard, Princeton ou Yale. Em vez disso, *comme un con*, foi parar na Universidade de Nova York. Se a gente ao menos soubesse, ponderou o sr. Mansour. Vou lhe dizer uma coisa: haveria de ter sido Harvard ou Princeton. Enfim, sendo as coisas o que eram, ele tomou o metrô de Forrest Hills — a família se mudara — até Washington Square e foi estudar contabilidade. O que acabou sendo bom, pois, quando se formou, a Cortinas Mansour já havia se tornado um empreendimento de grande porte, pronto a diversificar-se. O resto da história, ele nem precisava contar. A ascensão — primeiro, a dos pais; depois, a do próprio Michael — fazia parte da história empresarial americana, registrada em estudos de caso, artigos de revistas e, no tocante a Michael, mais especificamente, também em testemunhos perante tribunais diversos e agências reguladoras governamentais. Desde que o acidente de carro, na encosta íngreme pela qual estavam sendo conduzidos à nova casa em Cannes, matara a mãe e pusera o pai num coma do qual jamais se recuperaria, as atividades do filho haviam sido adornadas por controvérsias, investigações e ações judiciais em número superior àquele que costuma afligir uma única criatura, todas elas resolvidas, em última instância, e de um modo ou de outro, a seu favor. Não, ele não era nenhum Ivan Boesky — era apenas de uma brutalidade e de um brilhantismo sinistros. Relatos acerca do recente divórcio do sr. Mansour, e do acordo obtido pela sra. Mansour, que agora ocupava a ex-mansão do casal, próximo a Maidstone Club, East Hampton, também haviam dado muito trabalho e — era de se esperar — satisfação aos repórteres.

A conversa de peito aberto que o sr. Mansour estava tendo agora com Schmidt passara rapidamente a integrar a rotina de ambos. Dispensava preliminares. O sr. Mansour tinha certo pendor por deixar claro que trabalhava às escondidas, nos bastidores. A exibição de perspicácia, em muitos casos atribuída às confidências de Gil Blackman, de intuição própria e até mesmo de esforço investigativo a cargo de seu pessoal — tudo isso visava a estabelecer o princípio segundo o qual o sr. Mansour estava sempre em melhor posição. Schmidt acreditava que, de todas as pessoas que conhecera, Michael era a única desejosa de que todos à sua volta se sentissem manipulados. Assim, também a superioridade da própria inteligência era assunto ao qual o sr. Mansour apreciava retornar com certa freqüência, e não apenas com Schmidt. Parecia, de fato, que, nos negócios, nada havia que, querendo, ele não conseguisse, uma opinião com a qual Schmidt estava pronto a concordar. Como o sr. Mansour gostava de explicar, a questão era: Como alocar minha energia? Como utilizar meu poder? Levei tempo para montar meu negócio; valho entre seis e oito bilhões de dólares; se continuar expandindo o negócio, poderia, em dez anos, multiplicar esse valor por um fator *x*. É só você me dizer quanto. *Pas de problème*. Acho que já está bom. Não quero dedicar todo o meu tempo aos negócios, e não quero possuir ativos, a não ser que possa dar a eles a atenção que merecem. A questão é: O que eu faço com minha fortuna? Esse é o grande enigma. A maior parte vai para minha fundação, e eu preciso impor a ela uma maior liderança. Mas isso também não é problema.

O sr. Mansour poderia ter acrescentado persistência excruciante à lista de suas principais qualidades. Ah, uma boa dose de novocaína... Ele tornou a perguntar: o que você vai fazer quanto aos dois, sua filha e seu genro?

Bom, nada. Minha filha está dizendo que quer deixar o Jon. Não é uma decisão irracional.

É desalmada.

É? Talvez você não esteja levando em conta a alma e os sentimentos dela. Seja como for, ela é quem tem de decidir sobre a própria vida. Aliás, o que você sugere que eu faça?

Vou dizer a você o que meu pai teria dito. Faça com que eles sintam que você está do lado deles. Vocês são uma família. O Riker não entregou o arrazoado àquela advogada. Isso é besteira. Pode confiar nos meus instintos. Sua firma ferrou com ele. Talvez porque é judeu. Você já pensou nisso?

Que absurdo! O Lew Brenner também é judeu, é um dos sócios mais poderosos, e o Jon estava trabalhando para ele. Por que o Brenner permitiria que fizessem algo assim com o Riker, se não houvesse motivo?

Não seria difícil. Conheço o Lew e sua esposa. Vão a todos os jantares organizados para levantar fundos. Do meu ponto de vista, aquele sujeito é tão judeu quanto você. Quem sabe? Você tem inimigos lá dentro? Poderiam estar tentando atingir você por intermédio do seu genro. Não faz diferença. A questão é o que fazer agora. Você deveria dar apoio a eles e o dinheiro necessário para que fiquem bem, até que ele possa limpar o próprio nome e pôr a carreira de volta nos trilhos.

Não dá para limpar a ficha de ter sido mandado embora da Wood & King. Acredite: ou ele é um velhaco ou um idiota. De qualquer modo, acho que o relacionamento entre ele e Charlotte acabou. Ela quer começar um novo negócio com um cara. Em todos os sentidos. Estou dando a ela o dinheiro para isso, mais do que posso dar.

Schmidt descreveu os planos de Charlotte e do sr. Polk.

Diga a eles para conversarem com Larry Klein, no meu escritório. Se ele achar que faz sentido, posso ajudar. Você sabe, ter um cliente como eu é como uma garantia de sucesso. Talvez eu não possa acertar as coisas na sua família, mas posso fazer com que você não perca dinheiro!

Será dinheiro dela, mas obrigado. Vou dizer a Charlotte que marque uma hora. Mas, não fique surpreso se ela nunca aparecer.

Do que você está falando? Estou tentando ajudar.

Charlotte quer dinheiro, não quer ajuda. Ajuda de minha parte, digo. Se eu pedir a ela para ligar para você, vai achar que estou interferindo, e ela não me quer nem perto dos projetos dela. Tem sido assim desde antes de ela se casar com o Jon Riker. Talvez desde muito antes disso. Desde que a mãe dela morreu.

Aí, você conheceu a Carrie e passou a viver com ela. E isso piorou as coisas.

É, Charlotte tem demonstrado sua insatisfação a respeito, mas o problema começou, e piorou, antes de ela saber sobre a Carrie. Na verdade, a Carrie foi muito legal com ela, quando Charlotte esteve aqui, no mês passado.

Ou seja, agora você tem um problema com sua filha e tem também um problema com a Carrie. *Que c'est bête*. O que você vai fazer quanto à Carrie?

O mordomo serviu uma torta de limão, que Schmidt reconheceu como proveniente do mesmo estabelecimento onde comprava seus croissants diários. Estava deliciosa. Não iria permitir que as perguntas de Mansour interferissem naquele prazer. Apontou para sua taça de vinho. E o vinho foi servido. Uma coisa Michael tinha de bom: bebia vinho tinto tanto com carne quanto com peixe, e não regateava com qualidade ou quantidade. Esse hábito, porém, associava-se a certos outros modos menos atraentes com dinheiro, não de todo desvinculados das dúvidas de Schmidt quanto à generosidade essencial daquele homem. Seus presentes eram mesmo gratuitos ou, antes, pagamento por glória e aliados úteis? Schmidt dirigiu um olhar furtivo a seu anfitrião, através do belo e precioso líquido em sua taça. O filtro melhorava o rosto. Talvez, tudo se resumisse ao seguinte: o sr. Mansour era um homem ocupado, com muita coisa na cabeça e incontáveis clamores por atenção. Não se podia esperar que fizesse distinções minuciosas, como, por exemplo, entre um aliado e um parasita.

Ponderadas essas questões, Schmidt acendeu uma cigarrilha e perguntou a seu anfitrião se permaneceria em Water Mill pelo resto da semana. O atento Manuel apareceu, trazendo um cinzeiro. Aquele modelo de perfeição havia formado juízo severo, conjecturou Schmidt: como ousa esse convidado fumar à mesa, se cinzeiro algum lhe foi oferecido? Bom, que pena, não é mesmo?

Vou a Nova York esta tarde, mas volto no domingo. Quero que você venha almoçar comigo. Não, venha jantar. Vou trazer Hillel para tocar para nós, antes do jantar. Vamos ter um grupo interessante de pessoas, você vai ver. Gostou da idéia?

Michael dera para levar Hillel a toda parte em seu jato, de uma ponta à outra do país e pelo Canadá também, onde o grande violoncelista dava concertos; com freqüência, mandava com ele Jason, o segurança com talento para *shiatsu*. Às vezes, o próprio Michael viajava com o artista. Eu o ajudo a relaxar, explicava. A gente repassa os compromissos dele. Metade do tempo, ninguém fala nada, ou conversamos sobre seus investimentos. Ele não tira os investimentos da cabeça. Comigo, ele pode descarregar. E dou conselhos quanto aos concertos também. Alguns lugares são fundamentais; em outros, melhor nem pensar em tocar. Depois disso, quando vou a um concerto e ouço sua música, é outra coisa.

Acho uma idéia fantástica, Schmidt respondeu. Claro que a gente vem.

Perdão, mas vamos voltar a Carrie. A questão é: o que você pretende fazer para segurá-la? Tem um plano?

Servido o café, Schmidt estava preparado para ser mais incisivo. E preciso de um plano?, perguntou. Por quê?

Você deve estar brincando comigo. Acha mesmo que vai dar para continuar como está?

É claro que sim. Estamos felizes juntos. E é isso. Não há nada para planejar ou discutir.

Por quanto tempo ainda? Essa é a questão.

Enquanto formos felizes. O que mais você tem em mente?

Então, desejo a você toda a sorte do mundo! Aquela garota vai pirar, está tão entediada! Não tem problema. Posso ver a história toda, do começo ao fim. Olha, por enquanto, estou por aqui quase o tempo todo. Vocês vêm para cá. Ela vê pelo menos o pessoal que trabalha comigo. São pessoas fazendo coisas importantes. Não sei se você notou, mas andei chamando um pessoal mais jovem para vir aqui. Só por causa dela. O que você faz por ela? Vou responder por você: nada. Nadinha. Nem leva a moça a um cinema ou restaurante. Conversei com ela sobre os melhores restaurantes daqui. Ela não conhece, nunca esteve em nenhum. E, a partir de setembro, você espera que ela continue com a rotina da faculdade. Aulas de manhã, trabalhos à tarde, cama com Schmidtie depois de jantar cedo. A questão é: você está brincando com ela ou com você mesmo? Será que pensa que é algum Michael Jordan na cama?

Schmidt tinha esperança de não estar, de fato, mudando de cor. Aquela besta e sua sensibilidade! Parafraseando o sr. Mansour, a questão em sua rudeza prodigiosa era a proporção de sadismo e de intromissão bem-intencionada. Não, não era bem-intencionada; o que o movia era a vaidade, a necessidade de ostentar. Claro que ele não havia dito nada que Schmidt não tivesse dito a si próprio milhares de vezes. Mas eram segredinhos muito particulares, que Schmidt pretendia manter ocultos sob as camadas habituais de autodepreciação e escárnio. Graças ao sr. Mansour, agora ficava claro que não se tratava de segredo algum. Era tudo óbvio ao sr. Mansour. Portanto, a sua horda de clientes também. À brigada polonesa. A Gil e Elaine Blackman. De uma coisa, Schmidt podia ter certeza: Carrie não fora desleal. Ela jamais, jamais teria se queixado para Mansour. Talvez ela não se visse com o devido ceticismo — mas, o que havia sido sua recusa em casar-se com ele, senão prova de autoconhecimento? Não obstante, Schmidt podia estar certo de que, por enquanto — ainda que, decerto, não por muito tempo —, a vida que ele e Carrie levavam, independentemente do que Mansour pensava a respeito, era a vida que ela queria. Sua Carrie entre alegres negociadores de derivativos e as modelos com cara de cocaína que eles traziam para as farrinhas de fim de semana nos novos clubes de Southampton? Jamais! Aquele era o tipo de diversão que Mansour tinha em mente? A idéia que Schmidt fazia desses estabelecimentos provinha dos relatos da imprensa local, misturando-se em sua mente a memórias das cenas de bordel de Degas. Portanto, estava convencido de que podia bem imaginar os vestidinhos pretos obrigatórios, com longos decotes às costas, convidando às mais indecentes carícias; pernas longuíssimas entrelaçando-se às de homens hirsutos, com as mãos cheias de pêlos e dedos grossos. Nunca! Nunca, Schmidtie, nunca mesmo? Por que não?

Você insiste em falar sobre coisas que eu prefiro não discutir, disse ele a Mansour. Este foi um almoço delicioso, mas longo demais. Acho que vou indo.

Em algum ponto de sua pessoa, o sr. Mansour por certo usava um dispositivo eletrônico que lhe permitia chamar um segurança ou, claro, Manuel, sem precisar apertar nenhum botão visível. Mais rápido do que seria concebível — embora ele talvez tivesse ficado à espera o tempo todo, na passagem que conduzia ao estúdio do sr. Mansour, cuja porta estava aberta —, Jason surgiu atrás da cadeira de Schmidt, massageando-lhe os ombros.

Schmidtie, prosseguiu o sr. Mansour, eu estou tentando lhe dar um conselho, como um irmão. Pare de se sacudir. É impossível escapar de Jason, a não ser que ele deixe: não adianta tentar. E não fique tenso assim. Isso mesmo, relaxe, ou ele vai machucar você. Você deveria arranjar um apartamento em Nova York e deixar a garota viver um pouco. Ela precisa ver gente. Estou disposto a arranjar tudo.

Feito garras, os dedos tocavam bem onde doía.

Michael, por favor, diga ao Jason para parar. Sei que é muito eficaz, mas chega, por favor.

O sr. Mansour fez um movimento com as pálpebras. Jason deu um apertão de despedida no pescoço de Schmidt e se foi.

Obrigado, Michael. Jason é um bom massagista, mas não estou querendo uma massagem neste momento. Escute, a Carrie não quer um apartamento: já ofereci a ela, e ela disse não.

Você está enganando a si mesmo. O problema é o seguinte: será que ela quer um apartamento escuro de dois quartos na Park Avenue, tendo você, seus antigos sócios e respectivas esposas por companhia, ou será que ela quer viver um pouco? Viver onde as coisas acontecem. Quer apostar?

Michael, a Carrie está vivendo comigo, não com você. Eu sou eu, não sou outra pessoa, não sou você. Só posso oferecer o que eu tenho.

Não é problema, eu entendo. Mas estou lhe dizendo que ela precisa de algo mais. Foi por isso que eu disse a ela: escute, quero levar você a alguns lugares, apresentá-la a alguns amigos. Ela não é burra. Entendeu de cara o que eu quis dizer. A propósito, você sabe que ela está em Nova York, não?

No Brooklyn, visitando os pais.

Também. Mas eu disse a ela que me ligasse lá, a hora que quisesse. Não ficaria surpreso se ela me ligasse. Tudo bem. Estou indo a reuniões em que eu sou o único que pode fechar o negócio. Não é coisa que Eric possa fazer por mim, mas não vou estar ocupado o tempo todo. Ora, não faça essa cara. Somos amigos, nós três. Se quiser, venha comigo.

Mansour parou para molhar os dedos na lavanda e umedecer os lábios; depois, com cuidado, enxugou lábios e dedos. Satisfeito, pôs-se a brincar com seu colar de contas, para aliviar a tensão. Clique-clique. E continuou: sempre que você estiver em Nova York, e eu estiver lá também, pode me ligar. Vamos falar sério, Schmidtie. Você não me ligaria? Ei, venha comigo para Nova York. Mando Fred ou Manuel até sua casa. Eles podem ir apanhar o que for necessário e trazer para cá.

Eu não poderia. A Carrie volta hoje à noite.

Não acreditava necessariamente no que havia dito, e viu que fizera uma enorme besteira, a ser corrigida de imediato. Devia entrar naquele helicóptero, mesmo que fosse de pijama. Mas tinha perdido sua chance. Mansour falou primeiro.

Como quiser. Vejo você no domingo à noite.

Para além da garagem, onde os carros estavam estacionados, o menos loiro dos seguranças, um gigante, uma montanha em forma humana, saiu ao sol e abriu a porta do Volvo. Schmidt notou que seu carro havia sido deslocado, de modo a ficar na sombra. Tudo indicava que sua visita havia excedido a duração das boas-vindas. Jason, o dublê de massagista e mensageiro, podia ser visto carregando o porta-malas do Rolls-Royce com toda a parafernália do sr. Mansour. Havia chegado o momento agendado para a viagem de quinze minutos até o aeroporto, e o vôo para Nova York estava prestes a partir. Para o encontro com Carrie. Melhor admitir que era isso mesmo, já que Michael sentira a necessidade de anunciá-lo. Schmidt, por sua vez, caíra numa armadilha, um alçapão tão grande que nem dava para ver até onde ia, embora tenha ouvido a porta bater. Conduziu seu carro até a rua, pela entradinha oculta da casa, e então, bem devagar, até a estrada, incerto quanto à direção a tomar. Com certeza, não a de Southampton. Rumo leste, para casa, essa era a idéia. E para nenhum outro lugar, a menos que desejasse abandonar o hábito de uma vida inteira e dar uma passada na casa de Gil Blackman sem um telefonema prévio. Ia a festas, almoços ou jantares nos Blackman, quando convidado; almoçava com Gil, quando assim combinavam, mas não fazia visitas ao sabor do momento, no meio de magníficos entardeceres dourados. Para casa, pois, rumo a suas azaléias, rosas e macieiras, ao lago brilhando além da sebe, que já crescera demais, para o quarto, seu e de Carrie.

Uma caminhonete bem na sua entrada. Um dos empregados de Jim Bogard estava limpando os canteiros de flores. Retirar as flores mortas, podar as árvores menores e plantar novas mudas eram coisas que, antes, Schmidt gostava de fazer ele próprio. Será que agora, que mantinha as mãos mais macias, Carrie gostava mais de seu toque na pele dela, dentro dela? Havia três mensagens na secretária eletrônica. Uma era dela. Ei, Schmidtie, está tudo bem, vou passar a noite por aqui. Ficou imaginando se poderia encontrar o número dos Gorchuck anotado em algum lugar, mas não havia motivo para isso: ela o sabia de cor. Se quisesse mesmo ligar, ele conseguiria o número no "auxílio à lista" — não podia haver tantos Gorchuck no Brooklyn. A outra mensagem era de Gil Blackman, Me dê uma ligada, por favor. E a terceira era simples, de Bryan, Ligo mais tarde. Schmidt discou o número dos Blackman.

Como vão as coisas?

Podiam estar piores.

Estão ruins assim? Você tem tempo para um almoço, um drinque ou um jantar? Que tal hoje à noite? Você e Carrie poderiam vir para cá à noitinha? Elaine está em Nova York com a Lilyzinha querida, vai passar a noite lá.

Carrie também. Com a família dela.

Então venha às oito. Não se preocupe: nada de *chow mein* e *macalão flito* desta vez.

O sr. Blackman nunca se cansava de imitar o sotaque de sua cozinheira chinesa ou de zombar dos chinelos azuis que ela usava ao servir a mesa. Vou descolar um pato assado, prosseguiu ele, e a sra. Chinelos de Feltro irá servi-lo. Vamos tomar um porre.

Era longo o caminho até às oito. Uma dose de Maker's Mark, depois outra, sorvida mais lentamente, na varanda dos fundos. O empregado de Bogard terminou seu serviço e acenou, despedindo-se. Schmidt acenou de volta. Não, não deveria oferecer-lhe um drinque. Uma soneca estava fora de questão. Sua pele estava congelando e coçava. Andar pela praia estava fora de questão também. Poderia perder a chamada de Bryan. Na despensa, havia um telefone sem fio que Charlotte lhe dera no dia dos pais, quando Mary estava morrendo. Desde então, quase nunca o usara, mas parecia estar funcionando; linha, ele dava. O "auxílio à lista", cujo número discara, não para descobrir o telefone dos Gorchuck, mas para se certificar duplamente de que podia ainda usar aquela antigüidade, respondeu. Schmidt desligou de imediato. Não tinha importância; a senhora do outro lado da linha não era uma senhora, mas apenas um simpático e compreensivo computador.

Ninguém apareceria para uma visita repentina. Ele se despiu na cozinha, amontoando as roupas sobre uma bancada, e, garrafa de bourbon e copo numa mão, telefone na outra, foi em direção à piscina. A cadeira do deque queimou sua pele, quando ele se deitou. Tanto melhor: tinha de se aquecer de alguma maneira.

# 5.

O telefone afinal tocou, enquanto Schmidt ainda dava suas braçadas de uma ponta à outra da piscina, tentando se livrar do sono que se apossara dele. Seis e meia! Arrancou-se da água. A pele queimada ardia mesmo. Ficaria pior quando vestisse a roupa. Chamada a cobrar. Era Bryan, não havia dúvida, o sorriso afetado na voz, a dicção de um moleque horroroso de doze anos, que não conseguira crescer, nada disso mudara.

Puxa, Albert, obrigado por atender a chamada.

Schmidt permanece em silêncio.

Albert, você está aí? Tem um minuto?

E não mais que isso.

Albert, você está bravo comigo ou coisa do tipo? O que foi que eu fiz? Ei, me desculpe se aborreci você. Vamos lá, diga que não está bravo.

Silêncio.

Albert, estou ligando do aeroporto de Miami. Consegui um vôo bem barato. Chego a Nova York esta noite. Acho que posso passar aí amanhã, para te ver.

E por quê?

Puxa, você está bravo mesmo. Me desculpe. Quero mesmo te ver. Quero ver a Carrie também. Você me deixa ficar aí, até eu arranjar as coisas? Uma ou duas noites, no máximo.

De modo geral, quero lembrar a você que, a não ser em caso de emergência, pedi que escrevesse, se tivesse algo a me dizer. Arranjar que coisas?

Como estava começando a tremer, Schmidt pegou a toalha da cabine ao lado da piscina e pôs sobre os ombros.

Cara, mas isso foi quando eu estava consertando a casa e precisava de sua aprovação para fazer as coisas. Agora é diferente. Preciso de um lugar para ficar até me arranjar. Você sabe que eu quero muito voltar. O hospital é barra, Albert, barra-pesada mesmo. Você não ia acreditar. É opressivo.

Está querendo dizer que foi despedido do emprego que arrumei para você?

Albert, eu sabia que você ia ficar bravo. Eu tinha de sair. Sinto muito. Era uma coisa irreal. Preciso te contar. Você não vai acreditar na merda que era.

Então, você conseguiu ser demitido. Não foi muito esperto da sua parte. De qualquer maneira, ponha na cabeça que você não pode ficar nesta casa. Nem tente discutir isso. Está fora de questão.

Schmidt diz essa última frase com bastante vagar, como se estivesse tentando pôr Bryan para dormir. Depois, continua: Não posso falar agora. Me ligue assim que chegar.

Você pode chamar a Carrie para mim?

Até logo.

Clic. Schmidt arrependeu-se de imediato. Por que não ouvir aquele traste até o fim? Uma vez em Bridgehampton, livrar-se dele não seria tão simples. Poderia ter encontrado um jeito de evitar que viesse. Que jeito? Schmidt encolheu os ombros doloridos. Oferecer dinheiro no ato? Algo assim como Escute, você tinha um bom emprego, estava indo bem, não quero que desista tão rápido assim, estou mandando mil dólares pelo hospital, e, portanto, se você quer o dinheiro, volte correndo para Palm Beach. Eu te ajudo a conseguir o emprego de volta. Ou talvez não tenha sido demitido. Nesse caso, o discurso deveria ser Vamos lá, garoto, tente de verdade, você precisa fazer um esforço, isso, um esforço para valer, daquele jeito que só você sabe fazer. Besteira, não teria funcionado; e se, por algum milagre, funcionasse, não seria por muito tempo. Logo haveria outra chamada a cobrar. Portanto, Schmidtie, melhor encarar os fatos. Como poderia adivinhar que a ausência de Carrie seria providencial, um verdadeiro milagre? Um milagre que ele, agora, se via obrigado a esperar que continuasse pelo tempo necessário, por uns poucos dias, até poder ter certeza de que o velho triângulo jamais tornaria a se formar.

Schmidt entrou em casa e, na pasta contendo a correspondência com o hospital, que mantinha na gaveta da escrivaninha, encontrou o telefone direto do diretor. Ninguém. Claro, por que alguém ficaria trabalhando depois das seis? Mas ninguém se livra fácil assim do sr. Albert Schmidt. Ele tinha o telefone da casa também. Te peguei. Ora, mas que prazer ouvir o sr. Schmidt! O caridoso sr. Schmidt se absteve de dizer Vou ter de estragar esse prazer: não estou lhe enviando nem mais um único dólar ou peso. Em vez disso, valeu-se de um tom doce para perguntar sobre o jovem que recomendara para o trabalho no novo centro de conferências. Estava se saindo bem? Consternação audível. Que palavras usaria o diretor, profundamente embaraçado, para explicar a situação? Tinha havido um problema peculiar, talvez o sr. Schmidt pudesse tornar a ligar pela manhã, direto para o Recursos Humanos, uma vez que o diretor não estava certo de ter os detalhes na ponta da língua ou de poder revelá-los. Não, nem mesmo para o sr. Schmidt. Ah, Schmidt podia ver que o pobre homem teria preferido deixar o telefone tocar até cair da parede, desejando jamais ter tocado o maldito aparelho. A polícia? Sim, estivera envolvida, de certo modo. Não tinha certeza de como o problema fora solucionado.

Violando a fiança, o sr. Schmidt sussurrou para o sr. Schmidt. Sim, talvez ligasse para o Recursos Humanos. Ou talvez ligasse para a polícia também, mas isso o diretor não precisava saber. A polícia! O baluarte da sociedade civil! O defensor da lei e da ordem que habitava o advogado Schmidt exultava. Mas havia motivo suficiente para que a polícia viajasse até Bridgehampton, só para pegar de volta o velho Bryan? Não tem problema. Ele se ofereceria para pagar as passagens aéreas. E, se viessem buscá-lo, por quanto tempo o manteriam preso? Pelo tempo necessário para que, tão logo fosse solto, aquele sujeito tão prestimoso pudesse perceber como ficar quite com seu camarada Schmidtie. Mandaria dar um belo trato nele, dos bons. Poderia até chamar alguns de seus chapinhas de East Hampton, a casta nativa, para dar uma ajuda!

O telefone tocou outra vez. Seria Bryan? Se fosse, falaria com ele com calma e prudência. Irascibilidade: aqueles ataques incontrolados de raiva nos momentos errados. Eram os presságios de sua ruína. Claro! Carrie, ligando para explicar-se. Ela faria com que tudo ficasse bem de novo. Como quando, acordando de um pesadelo bem ao lado dela, ele logo era capaz de rir do medo que sentira. Só que a voz era de Charlotte, e não a de sua feiticeirazinha morena.

Pai, estou ligando aí sem parar.

Não tem recado seu aqui.

Não deixei recado. É tão terrível...

E ela começou a chorar. Não a ouvia chorar daquela maneira desde quando? Não havia sido no funeral de Mary, porque não tinham chorado então, nenhum dos dois. Tinha sido na tarde em que dissera a ela que estava na hora de deixarem Mary partir. Quatro pílulas de tamanho médio, das oito prescritas por David Kendall, compradas na farmácia em East Hampton. Ele não fora capaz de ir à farmácia de Bridgehampton em que, durante todos aqueles anos, haviam comprado as panacéias de sempre, contra as dermatites, conjuntivites e os herpes que afligiam Charlotte com freqüência. O farmacêutico do shopping para onde ele se dirigira o fizera esperar, enquanto telefonava para o pobre dr. Kendall, a fim de confirmar a prescrição; depois, assumiu um olhar consolador, o mesmo que Schmidt reconheceria no dia seguinte, no rosto do homem no escritório da funerária.

Querida, o que foi?

Ah, pai, estou me sentindo tão miserável. É Harry Polk.

O que aconteceu?

Ele me deixou. Sem mais. Foi a Egremont, para o fim de semana com as crianças, e a mãe delas não era para estar lá, como de costume, mas a vaca ficou, e eles passaram o fim de semana juntos na casa. Então, ele tirou esta semana de folga, para ficar por lá, e hoje me ligou, bem na hora em que eu estava indo para a academia, para dizer que seu divórcio tinha sido um erro, que estavam reatando o relacionamento. Desgraçado! Disse que eu deveria estar feliz por ele. Pai, eu amo o cara. Fiz tudo o que ele queria, e ele fazia com que me sentisse uma espécie de deusa. E agora me diz que está feliz com ela!

Eu sinto muito, muito mesmo. Você acha que ele está falando sério?

Está, sim. Sabe o que ele me disse? Você vai superar, e deveria estar contente pelos meninos também. Você sempre disse que gostava deles. Agora, eles vão ter o pai de volta. Te vejo no escritório, semana que vem.

É duro mesmo, amorzinho, mas você vai superar, eu prometo.

Pai, eu estou muito confusa, mal mesmo. Todo mundo no escritório sabe sobre nós. Com que cara eu fico?

A de uma dama que foi ludibriada.

Abandonada, você quer dizer. O que eu faço com a nova empresa? Já assinei o aluguel do escritório. E todo aquele dinheiro!

Isso não seria a última coisa com que se preocupar agora? Eu ajudo você a resolver. Ainda não pediu demissão, não é?

Não, a gente ia comunicar nossa saída semana que vem.

Se eu fosse você, ficaria quieta. Pelo menos por enquanto. Quer vir para cá? Gostaria que você viesse. Gostaria muito.

Eu telefono. Talvez no fim de semana. Se conseguir me acalmar.

Venha hoje à noite. Ou amanhã. Você precisa de colo.

Não posso, pai. Ainda estou trabalhando, lembra? Eu ligo para avisar sobre o fim de semana.

E lá se foi o sr. Polk, de Virgínia, ou fosse lá de onde fosse de fato. Não parecia ser um dia muito bom para o que restara da família Schmidt, mas, no caso de Charlotte, pelo menos, a velha e detestável sabedoria popular parecia se aplicar: era melhor que acontecesse agora do que mais tarde, bons ventos o levem, e assim por diante. Mantra pavoroso de uma sabedoria idiota para se recitar quando o coração está em pedaços. À luz daquela desgraça consumada, podia-se dizer que a viagem inexplicada de Carrie a Nova York demandava uma suspensão de qualquer juízo; podia-se afirmar que nada acontecera. Mas não era verdade. Ela havia planejado a viagem com antecedência suficiente para ter marcado um encontro com Michael Mansour. E isso teria ocorrido no mínimo duas noites antes, quando do jantar na casa dele com o violoncelista — a não ser, claro, que Carrie e Michael andassem se falando por telefone. E ela marcou o encontro. De quem teria sido a idéia? Dele — Quando você for a Nova York, *chérie*, tem umas coisinhas que eu gostaria de mostrar a você. Dela — Ei, ando pensando em ir ver meus pais, sei lá, bom, talvez esta semana. Será que a gente poderia se ver? Uau! Mike, você deve estar brincando comigo, está querendo dizer que a gente pode mesmo? Que espécie de coisas o sr. Mansour estaria mostrando à srta. Gorchuck na cidade grande? Que tipo de diversão? Ora, a de sempre, talvez com um toque egípcio. Tinha sido Jim Morgan, um veterano de guerra ainda perambulando por Harvard Square quando Schmidt era calouro na faculdade, quem, tendo servido na Argélia, contara a ele que os árabes gostavam de costurar os lábios da vulva de suas mulheres, para fazê-la mais apertada, ou usavam alume para franzir lá dentro. Ah, mesmo de Bridgehampton, Schmidt pode ver tudo o que está se passando. Lá estão eles, na cobertura dúplex da Quinta Avenida. Um segurança vai correndo buscar pãezinhos e salmão defumado, porque esqueceram de abastecer a geladeira. Seu parceiro está à espreita no andar de baixo, talvez na cozinha, à qual se tem acesso por algum ponto do vestíbulo de mármore. Ele ergue os olhos do jornal e dá uma risadinha, provocada pelos ruídos agora mais altos (o canalha do Mansour terá deixado aberta a porta do quarto, e, Deus do céu, a moça guincha mesmo). Antes de Carrie e o patrão descerem, o parceiro passará a informação a seu colega, o portador de iguarias pós-coito, e os dois ostentarão não mais que um sorrisinho em seus rostos serviçais, apenas para se certificar de que a moça saiba que ouviram mais do que o suficiente. Bem-vinda ao time!

Schmidt esperou até quase às oito em ponto, acalentando ainda a esperança de que o telefone tocasse. Havia como transferir chamadas para qualquer outro número em que fosse estar. Ele desejou que tivesse solicitado aquele serviço ou que tivesse um celular para o qual ela pudesse ligar, caso não encontrasse ninguém em casa e quisesse muito falar com ele. Outra solução era ficar em casa. Podia ligar para Gil e desmarcar o compromisso, ou fazê-lo vir até ali. Deixar para lá a Chinelos de Feltro e o que fosse que Gil tivesse preparado. Ele que trouxesse a comida junto. Podiam comer e beber ali mesmo. Depois, Gil dirigiria de volta para casa caindo de bêbado, e não Schmidt. Mas não queria contar a Gil a razão da mudança nos planos, nem mentir para ele. Saiu correndo de casa e saltou para dentro do carro, como quem enfia uma agulha no pé para livrar-se de uma teimosa farpa, não com vagar, mas de forma rápida e repentina, de um só golpe, antes que a coragem desapareça.

Esqueça o champanhe, disse-lhe Gil. A Elaine é que fica me empurrando essas coisas. Sou contra. Volume e calorias demais, e o que se ganha com isso? Gases. Nada mais. Para o sistema nervoso central e as altas esferas do cérebro, é uma lavagem.

Majestoso e elegantíssimo numa camisa preta de seda, calças pretas que poderiam ser de seda ou de um desses novos tecidos, macios ao toque feito uma toupeira — supondo-se que alguém se disponha a tocar a toupeira que seu cão acabou de matar —, sandálias pretas também, o sr. Blackman preparava martínis. Schmidt vinha bebendo aqueles martínis, compostos, mexidos e chacoalhados com atenção imutável, desde o primeiro encontro dos dois, quase meio século antes, na sala de estar da suíte que dividiriam em Harvard, na moradia dos primeiranistas. Havia sido num dia tão ensolarado quanto aquele que apenas terminara, e bastante quente para meados de setembro. A suíte ficava no andar térreo, a sala de estar dava para a Memorial Chapel. Estavam ambos postados junto à janela aberta, medindo as garotas que saíam do Radcliffe Gym, e eram tantas que parecia que o Radcliffe Yard tinha sido invadido por amazonas de saiote e malhas feitas de lã das ilhas Shetland. Um judeu, provindo de uma das melhores partes do Brooklyn, e de uma escola que era a incubadora de geniozinhos judeus, preparando drinques — em princípio, uma especialidade branca, anglo-saxã e protestante — para um camarada da Igreja Episcopal, com uma educação barata, recebida dos padres jesuítas da Park Avenue. Aquele era o primeiro judeu que Schmidt conhecia na vida. Não tinha havido nenhum na escola ou nos acampamentos de verão. Quando souberem disso, em sua casa pequena, mas histórica, do West Village, os pais vão ter um ataque. Não havia razão melhor para ser amigo daquele loquaz colega de quarto, que a administração da universidade lhe destinara!

Quando o sr. Blackman e o sr. Schmidt se encontram, não é incomum que perguntas sobre os filhos ocupem o topo da pauta. Assim, Schmidt logo fica sabendo que Lisa deixou seu mais recente emprego em revista pequena para atuar como editora de texto de um catálogo de vendas por mala direta; e que Nina e o filho daquele padre da Igreja Ortodoxa Grega, com quem ela vem vivendo por mais tempo do que Gil gostaria de se lembrar, estão planejando se casar. O momento chegou porque, enfim, a voz do moço, outrora de barítono, sofreu alteração: ele é agora um tenor de quarenta anos, sem nenhuma perspectiva visível de vir a mostrar ao público seu dom. A não ser no próprio casamento; a mãe da moça encarregou-se dos preparativos para a cerimônia, e, assim que o padre ortodoxo declarar seu filho e Nina marido e mulher, o recém-talhado tenor cantará *lieder* de Schubert na imensa cocheira existente na propriedade.

Não acredito que ela me convide, Schmidt arriscou. Você sabe, depois do divórcio, ela nunca mais falou com Mary ou comigo. A última vez que a vimos, no balé, ela nem fingiu não ter nos reconhecido. Cortou, pura e simplesmente, qualquer contato.

Talvez você tenha razão. Ela vai ter de me chamar, suponho, já que estou pagando o casamento. Mas, meu advogado? Aquela serpente que fez meu divórcio? Inesquecível, imperdoável. Você está pagando pela lealdade, Schmidtie. Espere aí. Vou dizer a ela: sem Schmidt, não tem champanhe. Uma primeira tentativa. Vamos ver no que dá.

Em nada. Vou ver as fotos no álbum de casamento. E a bela e tão injuriada Lilly.

Gil sorriu, divertido. É verdade, você é fã da minha enteada. Deve estar se ajustando num vestido de dama de honra. O pai dela vai se casar com uma garota que é, na verdade, dez anos inteiros mais velha do que a Lilly. Já é um progresso. Deus do céu, a predecessora tinha a idade da Carrie. O certo é que Elaine está aliviada. Acho que vai dar um presente de casamento aos dois!

Ah, pois é.

Falando nisso, como está a Carrie?

Não era um assunto sobre o qual Schmidt quisesse conversar. Contar a Gil o que pensava era caminho sem volta, para Carrie. Gil não guardaria segredo, diria a Elaine, e Carrie nunca mais gozaria de boas relações com os Blackman. E a situação de Charlotte era a mesma, Schmidt percebeu. Ele não trairia Carrie e não trairia a filha, não a Gil. Gil reconheceria uma traição. Em legítima defesa, Schmidt apontou para seu copo vazio e ficou em silêncio, enquanto o sr. Blackman se concentrava no preparo de uma segunda rodada de martínis.

Excelente!

É, não está ruim.

O comentário, seguindo-se a uma pausa, fora acompanhado de um franzir da testa, possível sinal de que os pensamentos de Gil iam em outra direção.

Estou preocupado com você, ele disse, quando se sentaram para comer o ensopado de carne cuja proveniência era inteiramente familiar a Schmidt e que, na verdade, era preferível ao pato prometido. E já faz um tempo que estou preocupado. Você está levando uma vida das mais bizarras. É verdade, não vê ninguém, a não ser a Carrie. E o irmão Mansour, claro, mas esse é outro assunto que quero conversar com você. A moça assiste às aulas: até aí, tudo bem; depois, volta para casa para fazer a tarefa. Aposto que, metade do tempo, você a ajuda nisso.

Não, não é assim.

Não importa. Você não perdeu o juízo — ainda não —, mas seus horizontes estão se estreitando. A cada dia que passa. E justo quando você deveria estar se esforçando para ampliá-los.

Faço minhas leituras, você sabe.

Bárbaro. Lê o jornal toda manhã, suponho, vê as notícias na TV e os jogos dos Yankees. Ah, sim, e os dos Giants, quando a temporada começa. Mas sobre o que você e a Carrie conversam? Sobre que assunto é possível conversar?

Ela é muito inteligente, você sabe.

Por favor, Schmidtie. Ela também é um mulherão, e você é um bode velho. Sabe que eu gosto muito dela — às vezes, até demais para o seu gosto, certo? A questão não é essa. Quanto tempo você esteve casado com Mary? Quase trinta anos, pelas minhas contas. Você não nota a diferença? Não entende?

Schmidt assoou o nariz.

Pois é, Gil, minha vida com Mary foi o que foi: uma vida com ela. E acabou quando ela morreu. Não dá para reproduzir. Estou feliz com a Carrie. Acontece que não sentimos falta de ver outras pessoas. De todo modo, o que você sugere que a gente faça? Entre para o clube de bridge da comunidade? Ou devo aprender a patinar? Acho que tem um pessoal que costuma patinar num estacionamento em Southampton. Talvez até façam excursões.

Schmidtie, pare de falar besteira. Em vez de encarar a situação, você fica nessa esgrima comigo. Tudo bem — por enquanto —, mas, cedo ou tarde, tudo isso vai estourar. Vamos falar do Mike Mansour. Você sabe que eu o conheço há anos, não é? Ele financiou todos os meus filmes — desde *O corvo* —, e fez um bom dinheiro com eles, em geral. Quanto tempo faz isso? Pelo menos vinte anos. Faz todo esse tempo que conheço Judith também — a rainha da pensão alimentícia. Não conheci a primeira sra. Mansour, mas ela pertence à pré-história, anterior ao triunfo da Casa de Mansour. Uma sefardita do Brooklyn, boa garota, que o Mike simplesmente pôs de lado. Repudiada pelo paxá Mansour. Ela se casou de novo, rapidinho — com um dermatologista de Israel! Uma jogada inteligente. Como Mike diz, para quem quiser ouvir, a pensão que pagava a ela era algo como um salário mínimo.

É mesmo?

Ah, sim. Judith são outros quinhentos. Para começar, era rica e deixou Mike investir o dinheiro dela. Sobre isso, ele não fala, embora tenha investido bem o dinheiro e, no fim, devolvido a ela com uma bela fatia dos lucros. O cara não é um vigarista. É outra coisa!

O quê, por exemplo?

É o que estou explicando. Apresentei você a ele e me sinto responsável por isso. Não me importa que você se divirta lá em Water Mill. Mas deveria saber mais sobre ele do que sabe, e a Carrie também.

Era uma noite sem vento e sem lua. Foram para o gramado dos fundos, que descia em direção ao lago Georgica, e, em conformidade com um velho hábito em comum, urinaram em profusão, mirando na palha que protegia a base do rododendro, fora da grama.

Um dos grandes e subestimados prazeres disponíveis aos homens, comentou o sr. Blackman.

Schmidt não discordou. Embora fosse provável que o horário dos mosquitos já tivesse passado, propôs que se sentassem na varanda protegida por tela. Nada de correr riscos. Ele sempre fora sensível a picadas; nos últimos tempos, transformavam-se em pequenas feridas infeccionadas. Os anos dourados, crepusculares, e as subestimadas humilhações que reservavam. Estava claro que havia ainda muito a aprender sobre elas.

Passei a ter uma percepção mais aguçada do Mike Mansour, disse o sr. Blackman, desde que ele começou a ter ambições artísticas. Algo compatível com a recriação do passado egípcio da família. Essa história de comerciante de algodão é conversa fiada. Eles eram pobres. Além disso, desde que o cara leu o *Quarteto de Alexandria*, você sabe, não gosta que saibam que é do Cairo. Dá para imaginar o passado que ele poderia ter inventado em Alexandria? Louvado seja Moisés! Enfim, o que costumava acontecer, quando ele financiava um filme, era que destinava algumas centenas de milhares de dólares para os preparativos e, digamos, mais alguns milhões para a fase de produção. Os advogados calculavam quanto ele levava — devo dizer que aquele sujeito que cuida dos números para ele, Holbein, vivia se metendo, sempre com idéias novas sobre a divisão da grana e sobre como deveríamos realinhar os interesses dos financiadores —, os acordos eram duros, mas justos. Nunca tive queixas, e Mike nunca veio choramingar nos fracassos. *Beauty of the Hemlocks*, por exemplo. Foi um erro colossal. Eu estava me recuperando da história com Katerina — minha versão da Carrie, *n'est-ce pas*, Schmidtie? — e do fora que levei dela: do contrário, nem por todo o chá da China teria filmado aquela monstruosidade. Desde o começo, a coisa fazia mais água do que bote velho, e tratar com Martin Quine era uma desgraça. Está certo, ele escreveu o livro, mas, vou te contar, cada vez que ele punha a mão no script, eu tinha vontade de matar o sujeito. Eu já não era eu — essa foi a única razão pela qual aceitei que ele fosse consultor no filme. A propósito, você não vai acreditar, mas Katerina e aquele imbecil do Papachristou se divorciaram. Ela me ligou para contar, semana passada. Eles têm um filho. Um menino.

Poderia ser sua grande chance, Schmidt observou.

Nunca, retrucou Gil. Nunca mais vou trair Elaine. Sempre tivemos um bom casamento, mas agora, quando estou com ela, sinto uma felicidade que só sei descrever como ativa, não sei como dizer isso de outra maneira. Me doeu ouvir a voz de Kat ao telefone. A mulher que se ganhou, a mulher que se perdeu — nada mudou nesse departamento desde Yeats. Mas vamos voltar ao seu mais novo melhor amigo.

Por favor, não é isso que ele é.

Veremos. Enfim, quando fiz meu último filme, ele pediu para ser nomeado co-produtor. Aquilo caiu feito uma bomba. Tenho de admitir que Eric Holbein foi de grande ajuda, porque só se interessa por dinheiro e, portanto, consegue ser objetivo em absurdos desse tipo. Além disso, viu que seria arriscado para Mike — para seus Centros da Vida. Ei, você sabe dessa patacoada de fundação, não é? Na verdade, ele faz um bom trabalho lá. E viu também o risco para a vaidade de Mike etc., porque o filme estava fadado a ser controvertido. Claro, ficou provado que Eric tinha razão. Por um tempo, achamos que a American Civil Liberties Union, a Liga Antidifamação e o reverendo Jerry Falwell iriam vir para cima de nós. Então, Eric e eu encontramos uma fórmula que, assim pensei, deixava todo mundo feliz.

Eu quase nunca leio os créditos nos filmes, você sabe.

Tudo bem, ninguém espera que leiam. O filme que estou para fazer — ele não quer só um crédito de produção. Quer ser produtor executivo! Minha primeira reação foi dizer a ele no ato que pegasse o dinheiro e enfiasse você sabe onde. Mas me contive, é claro, porque é, de fato, muito dinheiro e precisamos dele, e, além disso, temos feito negócios juntos por tanto tempo. Então, perguntei qual a razão daquilo. E ele teve a coragem de dizer que se sente pronto a colaborar comigo na criação de verdade. Para alçar minha obra a um plano mais elevado. A primeira coisa que eu deveria fazer seria contratar Omar Sharif como consultor. Eu estava comendo uma salada completa e quase engasguei. É mesmo?, perguntei. E ele respondeu: mesmo, sem dúvida. Para encurtar a história, ele me explicou que nunca havia falhado em nada que realmente quisesse fazer, e que já tinha conquistado tudo o que podia ser conquistado nos negócios — a propósito, consegui me abster de perguntar se ele já tinha se comparado à Microsoft —, mas que ainda não sentia que tinha desenvolvido todo o seu potencial. Queria realizar-se na arte. Cinema! Nessa altura, não consegui mais me segurar e perguntei se ele já havia considerado a necessidade de talento para se fazer arte. O que faz você pensar que tem?, acrescentei, para o caso de ele não ter entendido direito. Sinceramente, achei que ele iria me dar uma porrada — você já deve ter notado que tem muito músculo embaixo daquela capa de gordura —, ou, pelo menos, que iria se levantar da mesa e sair. Nada disso. *Pas de problème*. Ele respondeu que sempre tinha sentido que podia ter sido um artista e que só a necessidade de salvar os negócios da família, quando os pais se envolveram naquele acidente, é que tinha interferido em seus pendores, mas que já provara sua capacidade, me dando apoio e conselhos. E foi adiante, recitando em detalhes todas as sugestões que fez e que eu acatei, ao longo dos anos. De cada dez, nove foram puro lixo.

Fantástico! E como estão as coisas agora?

Ando conversando com Holbein, que é meu novo melhor amigo. E é aí que você entra. Você precisa perceber que Mansour é um desses manipuladores verdadeiramente top de linha — eca, por que fui usar essa expressão? —, de pessoas, não apenas de dinheiro. Não me surpreenderia se ele pensasse que, te aliciando com diversão e bajulação (o subtexto aqui é que você é branco, anglo-saxão, protestante e idiota, mas ele vê em você alguma coisa especial, algo que ele ama) — e eu sei que ele anda te cevando com essas coisas —, talvez você concorde em fazer um lobbyzinho comigo a favor dele. Isso porque ele sabe o que você significa para mim e é provável que pense que, dessa forma, não seria impossível eu ceder. Você precisa entender que ele quer que eu faça isso por ele de qualquer jeito. Sabe que não pode me obrigar, ameaçando retirar o dinheiro, se eu disser não, porque sabe que posso conseguir financiamento em outro lugar. Quando eu quiser. O fato é que ele acha que não tem mais a quem recorrer. Sacou? Eu tenho uma alternativa; ele, não! Está determinado a ser meu produtor executivo. Meu, e não de qualquer monte de merda que ele possa comprar em Hollywood. Quer classe. Nesse caso, o dinheiro é secundário para ele, mas não para Holbein.

Não, não era um sonho. De fato, e com naturalidade, como se as palavras tivessem simplesmente escapado — e talvez tenham —, Gil havia dito que ele, Schmidt, lhe era importante, que significava alguma coisa para ele e, portanto, que tinha um valor naquelas regiões em que a vida real de Gil se desenrolava, regiões das quais Schmidt sempre se acreditara excluído, relegado à mera periferia afetiva, aquela que Gil visitava quando acometido pelo desejo de conversar fiado com um velho colega de faculdade, sobre os tempos passados, os filhos e sexo. Feito um súbito desejo de comer sanduíche de *pastrami*.

Eu nunca faria uma coisa dessas, Gil. E, para falar a verdade, não acredito que ele venha me pedir. Não é coerente com a maneira como se comportou — há bem pouco tempo.

Ah, andou cantando a Carrie!

Não, não é bem isso.

Não precisa me contar. Deixa eu te dizer uma coisa. Eu não sei o que aconteceu entre ele e Judith — nessas coisas, estou sempre de acordo com o último com quem falei. Se o marido me diz A, está bem, é A. Se a mulher me diz B, então é B. Mas já vi o bastante de Mike em Nova York e Los Angeles para ter bem claro que ele é aquele sujeito de uma noite só, ainda que de um tipo muito incomum. Põe a mira numa mulher e pronto, ela pensa que é Cleópatra. Dá um reinado inteiro a ela, e faz da idiota da criança que ela tiver um sátrapa. O que vem junto com as guloseimas é coisa que sempre fiquei imaginando. Alguma coisa tem, suponho. Talvez não muito. Parece acabar tão rápido como começou, mas o fato é que não acaba. A gente sempre vê reaparecimentos curiosos de mulheres que pensava já terem caído num buraco negro. Elas surgem no restaurante em que você foi jantar com ele; ele te liga para conseguir para as irmãs delas um papel de três segundos numa série de TV; você embarca no avião dele, porque ele se ofereceu para te levar a Paris ou Londres, e lá está uma delas, jogando baralho com o segurança. Aconteceu comigo uma vez, Elaine estava junto. Você precisava ver a cara dela. Elaine e Judith eram boas amigas, você sabe. O fato é que não há nada de simples ou saudável no modo como esse cara lida com mulheres. Uma criança como a Carrie é vulnerável. Embora eu tenha de dizer que ele, em geral, vai atrás das casadas — e alguns dos maridos freqüentam a casa dele! Pensando bem, teu perfil quase se encaixa aí. Que merda, Schmidtie, espero que eu não tenha ido longe demais.

Não se preocupe com isso. Carrie é forte. Mais forte do que você pensa.

Talvez.

Schmidt foi ouvir seus recados assim que chegou em casa, impaciente demais para ir primeiro ao banheiro. Ei, fui comer com Mike. Num restaurante japonês. Eles servem vinte pratinhos, e você tem de adivinhar o que está comendo. Pelo jeito como tratam o Mike, ele deve ser o dono do lugar. Claro, pensou Schmidt, um compartimento só para os dois, sem sapatos, tatame no chão, pés e pernas se encontrando por baixo da mesa. Minha família ficou supercontente em me ver. Te ligo amanhã. Porra, Schmidtie, eu te amo e estou aqui, pensando em você. Entende o que quero dizer? Ela riu. A outra voz na secretária eletrônica era de Bryan, ganindo e prometendo vir amanhã, o mais cedo que conseguisse.

# 6.

De manhã cedo, meio dormindo, meio acordado, Schmidt entendeu como teria de ser. Insuportavelmente familiar, Bryan deposita sua mochila e o tubo em que transportava suas pinturas sobre a mesa quadrada da cozinha da casa da piscina — na Flórida, dera outra vez para, com apetite selvagem, cobrir folhas de papel de embrulho com tinta acrílica verde, magenta, roxa e cor-de-rosa, as cores de que gostava mais, à época em que se dedicava à pintura, na casa de seu chapinha em Springs, sim, decidiu trabalhar sobre papel, porque tela e chassis eram uma verdadeira chateação —, e, ainda, uma caixa de ferramentas de metal brilhante cujo conteúdo, embora desconhecido, enche Schmidt de pavor. O garotão mudou. Um cavanhaque amarelo complementa o longo rabo-de-cavalo, também amarelo; está mais gordo e mais sujo, sobretudo as mãos, e aqueles dedos horríveis, que terminam em unhas comidas. Na verdade, terminam em feridas purulentas. Sob a gordura, porém, os mesmos músculos de fuzileiro naval em treinamento, só que ele nunca foi fuzileiro naval; é o tipo de sujeito capaz de deslocar o braço de alguém enquanto fuma um baseado, sem sequer notar. Mais forte do que Michael Mansour. Pode apostar que é mais forte, é o que há. Claro, diz, veio para ficar. Voltou para casa. Casa é aquele lugar em que as pessoas têm de te acolher, se você precisa voltar para lá, não é assim, Albert? Meu Deus, socorro, pensa Schmidt, o filho-da-puta agora cita poesia, preciso chamar alguém. Mas é difícil para Schmidt chegar ao telefone, porque Bryan se mantém bem perto dele; primeiro, na casa; depois, no jardim. Provavelmente, o único jeito de se livrar é Schmidt dizer que vai ligar para pedir uma pizza. Então, quando a caminhonete da pizzaria estiver chegando, ele pode sair para pagar com seu cartão de crédito e implorar ao motorista que o leve dali, direto para a delegacia de polícia de Southampton, isto é, se Bryan não o seguir até a caminhonete, o que provavelmente fará, se não estiver no banheiro. Não restava dúvida, Schmidt devia ter chamado a polícia no momento em que ficou sabendo que Bryan estava a caminho, mas não teria adiantado, já que não sabia data e número do mandado de prisão expedido contra Bryan na Flórida, de modo que era tudo culpa do diretor do hospital, a não ser que fosse culpa do próprio Schmidt, por não ter perguntado ao diretor. Mas nada está perdido, não é tarde demais, Bryan jamais pegará um táxi na parada do ônibus; vai ligar para pedir que Schmidt vá buscá-lo, o que dará a Schmidt sua grande chance.

Então, Schmidt se lembra de que está em sua cama e de que Bryan está, no momento, sabe-se lá onde, embora seja absolutamente certo que vá aparecer mais tarde, uma vez que são ainda seis da manhã, de acordo com o despertador em cima do criado-mudo. Portanto, não é tarde demais para chamar a polícia da Flórida, descobrir se há um mandado de prisão contra Bryan e, se a notícia for boa, se o cretino violou a fiança, pôr a polícia da Flórida em contato com a de Southampton e botá-lo na cadeia, antes mesmo de ele saber que diabo está acontecendo. Adeus, foi um prazer! Só que é Bryan quem vai ter de cair fora. O sr. Schmidt vai ficar bem aqui, em sua confortável casa, com tudo funcionando feito relógio suíço. São as recompensas da virtude, quando aliada a riqueza e reputação ilibada na comunidade. Schmidt informa seu nome e endereço. O policial passa a ligação para um sargento Smith ou sargento Jones. Obrigado, doutor, por nos alertar para esse fato incômodo. Vamos deixar uma viatura de prontidão, basta o senhor ligar. Não, doutor, não há razão para o senhor se preocupar. Estamos aqui para isso!

Mas, como sempre, tem um porém. No curto prazo, tudo dependia de haver droga na parada, de Bryan ter violado a fiança, de um mandado de prisão ter sido expedido e assim por diante. Do contrário, não haveria policiais de Southampton ou Suffolk algemando Bryan e o entregando aos colegas da Flórida, vindos num belo avião para levar o fugitivo de volta à justiça do Sul. E se Bryan foi demitido simplesmente por ter sido preguiçoso, rude ou porque uma telefonista o acusou de ter passado a mão nela? No longo prazo, porém, mesmo que Bryan seja despachado para Palm Beach, por quanto tempo ficará na prisão? Não muito. Vai se declarar culpado, pegar uma pena menor e estará de volta aqui, num avião ou ônibus até Bridgehampton, em um ano — vá lá, dezoito meses. E com um único propósito: matar Schmidt ou arrebentá-lo de tal maneira que ele vai desejar não ter nascido. Era para isso que servia a caixa de alumínio com as ferramentas. O sujeito, que se especializara em dar um trato em carros, saberia como dar um trato em seu velho camarada Albert, com alguns daqueles alicates, cortadores e goivas que sempre carrega consigo, só para o caso de precisar das ferramentas. A visita atual não tem esse objetivo. No momento, tudo o que ele quer é dinheiro. Pois, dê a ele, em parcelas resgatáveis em algum lugar bem longe. Ou talvez ele esteja querendo satisfazer alguma perversão, algo a ver com Carrie. Tudo bem. Ela saberá como lidar com isso, a não ser que também queira. Como com o Mansour. Coisa mais vil! Uma vez mensurada, a repugnância por aquele pensamento degradante, produzido por sua própria mente, tirou Schmidt da cama. Ele foi ao banheiro, urinou, livrou-se dos gases que haviam transformado seu estômago numa bola de futebol, escovou os dentes e desceu para a cozinha. Era cedo demais para o jornal, horas o separavam da compra de um croissant; era melhor fazer um chá.

Isso não é coisa para a polícia, e ajoelhar diante de Bryan tampouco vai resolver a questão. Tem de haver bares, talvez em Hampton Bays, talvez em Riverhead, onde certos nativos se reúnem. Não os idiotas do tipo fatalista, "me ferra que eu gosto", que se contentam em desentupir fossas, levar o lixo para o depósito e pilotar uma enxada, para abrir os buracos da fundação das casas dos ricos, de modo que os tratores não estraguem a vegetação preexistente no terreno. Matadores. Sujeitos que têm culhões e revólveres. Schmidt vai encontrar uma dessas espeluncas e estará lá, noite após noite, conversando em segredo com o barman, mas falando alto o bastante para ser ouvido. Não vai levar muito tempo até que se acostumem com ele. Um velho excêntrico e cheio da grana, meio curvado, mas ainda bem grande. Carro bacana. Fuma um charuto atrás do outro e vai logo oferecer alguns a quem quer que se interesse. Em breve, o barman saberá de cor toda a história do velhote e vai achar que andaram ferrando com o Schmidt. O mesmo vai acontecer com alguns dos outros fregueses, que prestaram atenção na conversa. Uma noite, logo, logo, quando o movimento estiver fraco, o barman vai tomar um daqueles bourbons que Schmidt vive lhe oferecendo e dizer: Al, vou te contar uma coisa, você não tem de agüentar a merda desse filho-da-puta. Venha amanhã à noite e fale com o Vince.

Na hora marcada, lá está Schmidt. O barman cumprimenta — o de sempre, Al? — e aponta com o queixo para uma mesa. O Vince, ali, já planejou o serviço. É um prazer constatar que o tipo é forte e calado, se veste direitinho, é educado; na verdade, não seria surpresa se ele fosse um dos seguranças de Michael Mansour. Vince explica a idéia. Dois caras que eu conheço vêm especialmente de Nova York, entram na tua casa, você me diz um dia em que vai estar fora até tarde, apagam esse corno e fazem com que tudo pareça um latrocínio comum. Tudo o que você tem a fazer é garantir que o sujeito vai estar lá, e é melhor que esteja sozinho. Se tiver outras pessoas, complica. Você diz a ele que está esperando visita, que a visita vai passar a noite e que é melhor ele ficar por lá, para abrir a porta, fazer as honras. Depois, os caras voltam para Nova York e pronto. Quanto? Vince dá de ombros e diz: Olha, Al, você é um sujeito de classe. Digamos que eu deixe você decidir. Mas tem uma coisa: é como ir com uma garota — pagamento adiantado.

Isso não será problema. Schmidt já planejou como conseguir o dinheiro para Vince e seus amigos. Nada de sacar grandes quantias que o banco tenha de informar, e nada de transações espúrias, nas quais só se perde dinheiro, como comprar um tremendo anel de diamantes em Nova York para vendê-lo por dinheiro vivo em Amsterdã ou Genebra, o que, de todo modo, implica trazer de volta o dinheiro e passar pela alfândega sem declará-lo. Em vez disso, vai comprar moedas de ouro — negócio simples e limpo — e pagar os rapazes em ouro. Ouro é ouro, e fim de papo. Vince é um sujeito esperto. Vai saber o valor do Krugerrand com exatidão de centavos, e, se não souber, saberá onde encontrar essa informação. Na verdade, Schmidt vai fazer um investimento razoável em ouro, o que agradará ao homem que cuida de seu dinheiro, além de melhorar o aspecto geral da operação, caso alguém se preocupe em investigar. Uma questão de alocação de ativos e prudência, uma operação executada no exato momento em que o mercado de ações parece fraco, melhor do que uma pequena compra para atender a alguma necessidade específica.

Quanto mais Schmidt pensa no plano, mais gosta dele. Esses sujeitos são profissionais. Uma vez pagos, e apagado o Bryan, não vão procurá-lo de novo, a não ser que Schmidt precise deles para algum outro serviço. Mas ele não acha que usá-los uma segunda vez seria uma idéia inteligente. De fato, é algo bem diferente de tentar comprar Bryan, porque Bryan jamais permanecerá propriedade sua. Pode apostar. A diferença é que permanecerá morto. Uma pena que não possa pedir a Vince para acabar com Mansour também. Precisariam de um comando de guerrilha para passar pela segurança dele. Esse é um serviço para o próprio Schmidt e ninguém mais, quando for necessário executá-lo. Enquanto o cretino estiver parado, com um enorme sorriso no rosto, dando tchauzinho, engatar marcha a ré, ligar o motor e esmagar o desgraçado contra a parede da própria garagem. Sim, senhor, acidentes acontecem, e vão acontecer.

# 7.

Meu Deus, Schmidtie!, disse Carrie, depois de ele ter dispensado a ela, durante todo o almoço, e mesmo antes — enquanto punham na mesa a travessa de galinha fria e a salada de tomate —, o silêncio polido que sempre fora, durante a vida de Mary, parte de seu comportamento mais entranhado. O que há com você? Eu acordo cedo, para chegar aqui a tempo de a gente comer e tirar uma soneca, e você me trata feito um monte de merda? Eu não tenho de agüentar isso.

Ele não estava apenas amuado. Sentia-se morto por dentro.

Você tem razão. Não tem mesmo. Nem espero isso de você.

Muito obrigada. Quero tomar um banho. Você pode lavar os pratos sozinho. Faz isso tão bem...

Schmidt não tinha ouvido o carro lá fora nem a porta batendo. Portanto, ela o pegou de surpresa ao entrar na biblioteca na ponta dos pés e envolvê-lo com os braços, como se nada tivesse acontecido, enfiando a língua em sua orelha e respirando nela. De início, ele permaneceu sentado à escrivaninha, diante da montanha de contas a pagar, cauteloso — ou melhor, incapaz de reagir. Ela chacoalhou seus ombros.

Ei, Schmidtie, adivinhe só, sou eu, sua porto-riquenha gostosa. Voltei.

Ele tinha se preparado para o pior. Não haveria sequer um telefonema; ela não daria notícia. Em vez disso, Jason, ou seu colega, a montanha humana, ou ainda, mais provável, Manuel chegaria dizendo: a srta. Gorchuck — ou será que a chamaria de Carrie? — me pediu que viesse buscar umas coisinhas dela. E apontaria para uma sacola pequena e desconhecida, em sua mão esquerda. Creio que estão lá em cima, no quarto principal? Depois, à saída, Tenha um bom dia, sr. Schmidt. Ou, na verdade, ela talvez telefonasse, mentindo entre risinhos. Ele tinha certeza de que ela jamais mentira para ele no passado e de que, caso começasse a fazê-lo, ele saberia de imediato. Mas, voltar, assim? Foi apenas com grande dificuldade que Schmidt conseguiu se levantar e resmungar um Eu notei, acrescentando, de forma um tanto absurda: Fique à vontade. Depois, fingiu prosseguir com suas contas, embora as mãos tremessem e os olhos começassem a arder. O fato de aquela ser a segunda surpresa da manhã talvez explicasse sua completa parvoíce — não, era pior que parvoíce: talvez explicasse o entorpecimento da mente, dos sentimentos e do corpo que havia se abatido sobre ele.

A primeira surpresa tinha ocorrido tão logo ele voltara para casa com o jornal. Lá estava Bryan, sentado à mesa da cozinha, o polegar direito na boca. Roendo o que restara da unha, como nos velhos tempos. A cafeteira estava pela metade, porque, depois de fazer café, ele, muito sensato, se servira de uma bela caneca. Sua sacola estava sobre a bancada. E era tudo: nada de tubo contendo pinturas tântricas, nada de caixa de ferramentas. Não tire conclusões apressadas, Schmidtie: podem estar na despensa, apenas fora do campo de visão. E nem sinal de barba. Nada mais do que um nativo comum, a quem você deu liberdade demais, que tomou o avião da Flórida para Nova York e que conhece os meios de transporte até sua casa, pronto a começar com a chantagem, antes mesmo que você tenha a chance de tomar o café-da-manhã. Estava faltando o rabo-de-cavalo também. Bryan raspara a cabeça, revelando uma cicatriz asquerosa, descendo pelo meio do crânio calombento. Lembrança de uma garrafa vazia de cerveja? As boas maneiras eram as de sempre. Assim que viu Schmidt, levantou-se, olhou embaraçado para a unha, enxugou o polegar nos fundilhos da calça jeans e estendeu a mão. Não tão rápido, garotão. Schmidt preferiu acenar de longe, com o jornal que trazia na mão direita. Sim, porque aquilo era mesmo injusto. Não estava preparado para Bryan. A idéia de que poderia haver um ônibus ou trem capaz de entregá-lo ali, àquela hora, não havia lhe passado pela cabeça.

Oi, Albert, cheguei. É muito bom estar de volta.

Imagine só: Bryan estava bem magro. Como nunca ostentara gordura nenhuma, não durante o tempo em que Schmidt o conheceu, devia estar perdendo músculos. Estava pálido também, com círculos amarelos em torno daqueles olhos decepcionantes e incertos. A Flórida não poderia ter combinado com ele. Talvez já tivesse passado pela cadeia. De certo modo, seu aspecto tornava as coisas mais difíceis. Assim, sem responder ao cumprimento, Schmidt pôs o *New York Times* sobre a mesa e se sentou. O chá, que queria tanto, teria de esperar. Serviu-se do resto de café, na caneca limpa que Bryan apanhara.

Albert, qual é o problema? Não estou entendendo. Você não vai dizer nada, nem oi? Eu avisei que estava vindo. Preciso de um lugar para ficar. Você nunca foi assim antes.

Deveria abrir o verbo ali mesmo, no ato, ainda que o cretino ficasse maluco? Ha! Segundo Carrie, ela costumava deixar que ele a comesse quando pedia, só para que ele não pirasse de vez. Por exemplo, só para começar, podia dizer: Olha, eu estou entendendo muito bem, mesmo que você não esteja. Eu te disse para ficar longe desta casa e telefonar para saber se poderia me ver. Em vez disso, você vai invadindo minha cozinha. Um grande erro. Aqui não é sua casa. Ponha isso na cabeça e caia fora. Em resposta, ouviria o intolerável ganido: Puxa, Albert, não sei o que fazer. Você está tão furioso. Por quê? Lembra de mim? Sou o Bryan. Cuidei de você um verão inteiro — dei banho, comida, tudo. Por que você está agindo assim? Onde está a Carrie? Alguém precisa me explicar o que está acontecendo. O que fazer, então? Admitir que não sabia onde Carrie estava nem quando voltaria? Impossível. Era melhor ir até o fim. Dizer a ele: Escute bem, seu montinho de merda, você nunca mais vai ver a Carrie. Não se eu puder evitar. Foi por isso que te mandei trabalhar na minha casa na Flórida. Foi por isso que consegui aquela moleza para você no hospital, depois que me desfiz da casa. Teu pecado é que você comeu a Carrie. Essa é a questão. Agora, cai fora antes que eu chame a polícia. Primeiro, vão te dar um belo trato, porque é assim que as coisas funcionam. Nos Hamptons, os ricos não devem ser incomodados por lixos como você. Depois, vão te pôr no avião e te mandar de volta para a turma lá da Flórida, que você deixou para trás. Aposto que estão loucos para te ver.

Mas Schmidt não fez nada disso. Bebeu, calado, seu café morno.

Albert, você não vai falar comigo? Pare de me tratar assim. Posso ver a Carrie? Alguém tem de falar comigo.

Você não vai ver a Carrie, Schmidt deixou escapar.

Mas que merda, Albert! É isso que está te incomodando? A Carrie é minha amiga. Você sabe que está tudo acabado entre nós. Terminou, morreu. Vamos lá, cara, seja um ser humano, você não tem com que se preocupar. Estou numa tremenda merda. Preciso de ajuda.

E quem não precisa?, Schmidt poderia ter respondido. Não foi necessário. O talento de Bryan para o monólogo revelou-se suficiente para contar uma história banal, cujo clímax Schmidt já tinha adivinhado. Antes de mais nada, a lengalenga era sobre como Schmidt havia ferido os sentimentos de Bryan ao ir ver a casa, cujo esplendor dos anos 1930 ele restaurara, uma única vez, sem a Carrie, entrando por um lado e saindo pelo outro, na companhia de um advogado, e depois indo passar a noite num hotel, sendo que a casa estava pronta para recebê-lo! Nem mesmo levou Bryan a um restaurante. Aquilo era jeito de demonstrar consideração por dois anos de trabalho, e trabalho jogado fora? E quando, então, Schmidt doou a casa ao hospital, Bryan não podia acreditar. Depois, alguma secretária mandou que ele pegasse suas coisas, saísse de seu próprio quarto e se mudasse para o alojamento dos enfermeiros. Aquilo, ele se recusou a fazer. Mas, quando viu, os seguranças chegaram, jogaram suas coisas — até mesmo as ferramentas — no chão do corredor e, que bela surpresa, descobriram o tesouro perdido. Aquilo provocou-lhe fúria fabulosa. Nazistas filhos-da-puta! Bryan apontou para o alto da própria cabeça. Foram eles que fizeram isso e, depois, chamaram a polícia, acusando-o de desordem e levando os policiais até o bagulho na caixinha menor de ferramentas! Nem era nada. Não estava traficando, garantiu; Schmidt lhe pagava o bastante, ele não precisava daquilo. Era só uma reserva que mantinha para si mesmo e para os antigos vizinhos de Bonnie, caso eles aparecessem num fim de semana, pedindo uma mãozinha. Porra, pelas acusações que fizeram, parecia que ele tinha minado a merda da pista de corrida de Hialeah. Foi quando um dos grandões que estavam acompanhando o caso pagou a fiança e sugeriu que Bryan talvez quisesse uma carona até o aeroporto de Miami. Eu saquei a mensagem, cara, Bryan concluiu. Era *adiós*, cara, suma daqui. E lá estava ele.

Tinha vindo direto a seu único amigo, ao cara que o havia mandado para a Flórida, porra.

Sinto muito por nunca ter usado a casa, Schmidt respondeu. Ela fica no lugar errado. Não gosto da Flórida.

Que se foda a Flórida. Cadê a Carrie?

Em Nova York.

Com os pais?

Algo assim.

Quando ela volta?

Não sei bem. Talvez hoje, talvez outro dia.

Ei, Albert, me deixa ficar aqui, está bem? Até ela voltar, quero dizer. Como eu disse, você não precisa se preocupar comigo.

Eu já disse que não sei quando ela volta. Enquanto isso, prefiro ficar sozinho. Quando ela voltar, acho melhor que você não esteja por perto.

Você não entendeu nada, cara. Posso ajudar na casa, como antes, consertar o que precisa de conserto. Olha, e também fico de olho nela para você. E, acredite, é trabalho para período integral! Talvez com você seja diferente, talvez você seja um tremendo de um amante, tudo de que ela precisa. Porra, seria novidade.

O que você quer dizer com isso?

O que eu quero dizer? Comigo, bastava eu virar as costas! Até com meu camarada, o Hollis, em Springs. Você conhece a Debbie, aquela ruiva do O'Henry's de quem a Carrie era tão amiga? Pois ela quase arrancou os olhos da Carrie. Foi por isso que a Carrie teve de se mudar. A coisa andou meio tensa, se você quer saber, até que eu ajudei a encontrar o apartamento em Sag Harbor. Cara, não dava para acreditar.

O segurança que te deu uma pancada na cabeça na Flórida deve ter batido bem pesado — supondo-se que essa sua história seja verdadeira. Você sabe muito bem que a Carrie se mudou de Springs porque seu amigo Hollis tentou estuprá-la. Ela nunca mais quis voltar lá. E agora acho que já está na hora de você ir andando. Não vou ficar ouvindo esses absurdos sobre a Carrie.

Uau, Albert, você não entendeu nada mesmo. O que você acha que a Carrie é? Uma porra duma freira? Durante todo o tempo que ficamos juntos, ela trepava com cada garçom e ajudante de garçom do O'Henry's. Pergunte para quem você quiser, e vão te contar. Sabe aquela despensa atrás da cozinha? Ela baixava a calcinha, se debruçava e mandava ver, por trás. O dono nem usava a despensa. Comia a Carrie em pé mesmo, na parede do escritório. Ou se sentava na cadeira, abria a braguilha e ela subia em cima. Era uma piada. Às vezes, depois do trabalho, ela chegava em casa tão dolorida que só me dava uma chupadinha. Agora, tenho de reconhecer que, depois que começou com você, ela deu uma acalmada, como se tivesse ficado orgulhosa demais para ir com os outros, ou coisa do tipo, menos com o Hank Wilson. Aquele vagabundo fodia ela quando e como quisesse.

O sr. Wilson?

É, o cara que você atropelou. Ele vinha ao apartamento e fedia feito carne podre. Minha nossa, a Carrie vivia atrás de mim, para eu vender o bagulho para ela, para o pau dele levantar quando eles trepavam. Na maioria das vezes, eu dava de graça. Tudo o que eu pedia era que trepassem no chão. Você, com certeza, também não ia querer o pau daquele cara na tua cama.

As facas de cozinha pendiam arrumadinhas do suporte magnetizado, à esquerda do fogão, os gumes todos voltados para o mesmo lado. A elegante e comprida Sabatier, que Schmidt comprara quando ainda morava em Nova York e vigiava feito mãe, para evitar que a faca sofresse qualquer dano, guardando-a para trinchar cordeiros ou para um ocasional rosbife; as facas curtas, de aço doce e cabos não envernizados, provenientes da loja de ferragens do sr. Johnson, duas portas abaixo do O'Henry's, bem melhores e mais fáceis de manter afiadas, embora custem muito menos; as curtinhas, para frutas, verduras e legumes, algumas com serra. Qual escolheria para enterrar na barriga daquele monstro, pouco acima do cinto, pendendo abaixo da linha da cintura? Enfiar e girar; depois, uma facada no rosto. Inundar o chão de sangue. Encharcar-se dele: as mangas da camisa, as meias, os sapatos. Depois, chamar a polícia. Se possível, acabar com tudo antes que ela chegue. Ele conseguiria, com as pílulas que tinha lá em cima. Despejar sangue naquela casa amaldiçoada, que Charlotte não quer. Ela vende, pega o dinheiro, pega também o restante do dinheiro que ele tem — tão mais do que ela imagina. Basta que ela refaça sua vida.

Seu monstro desgraçado!

Com certeza, era alguma outra pessoa falando. Schmidt jamais ouvira aquela voz. Não podia ser ele. Devia ser um íncubo ou o arauto da apoplexia. Como seu pai. Nunca perguntara a Bonnie como tinha sido o som, que ruído o velho produzira antes de tombar, o rosto dentro da sopa de feijão, à mesa do jantar na rua Grover. Talvez ele não tenha feito barulho nenhum, controlado e distante até o fim. Quando Schmidt chegou lá, o mordomo e o cozinheiro já o haviam deitado no sofá de couro do estúdio, mas tinham esquecido de limpar o restinho de espuma marrom na boca dele.

Minha nossa, Albert, você pensou mesmo que a Carrie era virgem? Ora, qual é? Ela me contou como chegou até você. Por que acha que ela fez isso? Não sabe? Eu vou explicar. Ela dormiu com você porque você é velho. Queria ver o que você ia fazer. Coisa do tipo. Não é crime. Claro, ela ama você, Albert, mas sem exclusividade. Nada é exclusivo. E aí? Negócio fechado?

Era tarde demais. O momento de matar passara.

A polícia vai te pegar, disse Schmidt, inconseqüente. Aqui é o primeiro lugar onde vão procurar. É melhor você ir embora. Para longe. Algum lugar onde você nunca esteve.

Nããã, esse papo da Flórida é titica de galinha. Que tal, Albert? Amigos? Vou ser seu cão de guarda. Acredite, eu não perco um detalhe.

Eu gostaria que você fosse embora. E, em seguida, acrescentou, estúpido: Ela nunca me contou que estava dormindo com os garçons do O'Henry's. Ou com o dono.

Você perguntou?

Não.

Albert! Por que ela ia contar, se você não perguntou? O que você acha que ela fazia depois do trabalho? Que escaldava os pés? Ela ainda é uma criança, não esqueça. Ei, você me leva até Springs? Não tenho como ir até lá. Vim a pé do ônibus até aqui.

Aquilo estava acima das forças de Schmidt. Deveria oferecer a Bryan o Toyota de Mary, supondo-se que o motor pegaria? Chamar um táxi? Não, ele que voltasse para a cidade a pé e pegasse um táxi por lá. Vai precisar de dinheiro para o táxi. Claro. Pois, dê o dinheiro; melhor dar antes que ele peça.

Mas Bryan recusou, balançando a cabeça. Eu tenho dinheiro, disse. Vai se foder, cara, pensei que você fosse meu amigo.

E assim tinha sido. Bryan decerto pusera as coisas em perspectiva. Não havia muita louça a lavar, depois daquele almoço horripilante, silencioso. Mais cedo ou mais tarde, ela iria descer, e não iria usar a escada dos fundos nem voar janela afora. Claro, nada o impedia de entrar no carro e sair — rumo à praia, a Montauk, ao aeroporto. Pessoas desaparecem o tempo todo, sem razão nenhuma. Em vez disso, ele enxugou as duas taças de vinho de cristal, guardou-as e voltou à biblioteca para tratar das contas.

Ela sempre se movia sem produzir um único som, mesmo quando não estava descalça, e não foi por ter ouvido os passos que ele percebeu a presença dela. Carrie estava em pé na porta, vestindo o roupão branco e felpudo de que gostava. O cabelo molhado brilhava. Querido, disse ela, você está mesmo bravo comigo. Nunca vi você assim. Por quê?

Você me deixou — sem avisar.

Schmidtie, fui ver meus pais. Liguei da faculdade, no intervalo, e minha mãe não estava se sentindo bem. Então, telefonei para a casa do Mike Mansour e pedi ao Manuel que desse o recado. Não tinha como falar com você. Por que isso é tão ruim?

Você não me telefonou de Nova York.

Telefonei, sim. Deixei recado na secretária.

É, um recado dizendo que você tinha saído com o Michael Mansour. Foi assim que você cuidou da sua mãe?

Eu levei ela para o hospital, por causa da perna, e, depois, de volta para casa. Ela não estava precisando de nada. É, liguei para o Michael, sim. O que tem de errado nisso?

Nada, se você anda saindo com outros homens... Não sabia que estava fazendo isso.

Não estou. Ô, Schmidt, a gente está com ele o tempo todo. É seu amigo. Queria ver o apartamento dele. Nunca estive num lugar elegante assim. Então, ele perguntou se eu gostava de comida japonesa. Aí, nós fomos para aquele restaurante. Eu te contei quando liguei.

E depois?

Como assim, depois?

Depois disso, o que vocês fizeram depois do jantar?

Fomos até um clube em Tribeca, para dançar.

O Mansour dançou?

Dançou, sim. Ele dança bem. Ei, ele me mostrou como se dança a dança do ventre! Dancei com o Jason também. Caramba, aquele cara sabe mesmo se mexer.

Sei. Segurança até o fim, até na pista de dança. Legal. E o que mais? Quero dizer, o que aconteceu depois disso?

O Michael perguntou se eu queria que ele me levasse em casa ou se queria ficar na casa dele.

E o que você decidiu?

Meu Deus, Schmidtie, você é advogado mesmo, não é? Eu disse que ficava no apartamento dele. Pelas seguintes razões: deixei meu carro na garagem dele e, por isso, ia ter de pegar o carro e dirigir até Canarsie às três da manhã, o que eu não estava a fim de fazer.

Ahá! O sr. e a sra. Gorchuck moravam em Canarsie. Era um fato até ali desconhecido, de interesse e possível utilidade algum dia. A localização precisa de Canarsie no Brooklyn, igualmente desconhecida, merecia investigação.

Em segundo lugar, não queria acordar meu pai. Quando a mamãe fica doente assim, ele dorme na sala.

Então, onde Carrie dormia? Na sala também? No chão ou num segundo sofá? Não havia um segundo quarto de dormir, por pequeno que fosse, ou será que ela dormia na cozinha, numa cama de armar? Uma pontada no coração de Schmidt: por que aquela pobre criança não confiava nele o suficiente para deixá-lo ver onde os pais moravam, por que não permitia a ele tirá-los daquela sordidez?

Entendo, Schmidt disse. Mas você não acha que eles não conseguiriam voltar a dormir, se um deles acordasse no meio da noite e visse que você ainda não tinha chegado? Eu teria achado pior.

Você deve estar brincando. Eles me consideram uma pessoa adulta.

Lá isso é verdade. E o que aconteceu quando você chegou à residência do sr. Mansour?

Como assim?

Acho que está claro o que estou perguntando. Ele te cantou? Você dormiu com ele?

Você quer mesmo saber?

Não queria, mas fez que sim com a cabeça.

Adivinhe só! Ele me estuprou. É isso aí, com o Jason me segurando. Está contente, agora?

Carrie, o Bryan esteve aqui esta manhã.

Você está me gozando?

Não, ele voltou da Flórida. Recebi o recado dele logo depois do seu. Ferrou com tudo lá. É o velho Bryan, só que diferente. Falou um bocado. Sobre você.

Tipo o quê?

Tipo que você dormia com todos os garçons do O'Henry's. E com o dono também. Uma garçonete pau-para-toda-obra, foi esse tipo de coisa que ele disse.

E o que isso significa para você? Achou que tinha sido o primeiro, Schmidtie?

Não, você me disse que aquele homem — desculpe, o sr. Wilson — tinha sido o primeiro. Mas eu não sabia que, para ficarmos só em Bridgehampton, você tinha prestado serviços a todos os garçons e ajudantes do seu local de trabalho, além do dono, do Bryan e do sr. Wilson.

Você quer dizer que, se soubesse, não teria me comido? É isso? Vai tomar no cu, Schmidtie. O sr. Wilson bem que sacou você. Disse que você era um merda de um babaca, foi o que ele me disse, um babaca pretensioso. Eu devia ter acreditado nele.

Ela estava chorando, como sempre fazia, quando o assunto era aquele homem.

Me desculpe, disse Schmidt. Quer meu lenço?

Se limpe você com ele, seu desgraçado. Qual o problema? Quando põe na minha boceta, acha que não está legal? Que não é limpa o bastante para você? Não gosta do que está comendo, porque você não é o primeiro? E eu? Alguma vez perguntei onde você andou metendo seu pau? Eu perguntei se queria que eu fosse fiel, lembra? Você nem me deu bola. E agora está com ciúme!

Estou. Amo você, Carrie. Te pedi em casamento diversas vezes. Estamos juntos. Não sei como poderia viver sem você. Quando você me fez aquela pergunta, bem no começo, era diferente.

Uma merda que era.

Não, é verdade. Venha aqui, por favor.

Ele mal podia acreditar, mas tinha, de algum modo, conseguido: talvez pela primeira vez na vida, tinha, de fato, rompido a couraça em que se metera, havia feito um gesto de paz. Ela deu um passo em sua direção; depois, mais um. Tremendo, ele a aninhou no colo e pôs-se a acariciar-lhe os cabelos. Ainda estavam molhados, como um cachorrinho recolhido da chuva.

Por favor, Carrie.

Não.

Schmidt pôs a mão no joelho dela, que deixou que a mão ficasse ali; depois, ele tentou movê-la mais para cima e para o meio, onde imaginou que ela também estaria molhada.

Carrie, a questão não são os garçons ou os ajudantes. Essa foi a conversa de Bryan, para me humilhar. Aliás, ele fez um belo trabalho. A questão é o que houve agora, entre você e o Michael Mansour. Não posso simplesmente deixar para lá, tenho de saber. Não se trata de um sujeito qualquer, que pensa que é meu amigo. Mas de alguém que a gente vê o tempo todo, juntos. O que aconteceu?

Você quer mesmo saber?, ela repetiu.

Ele fez que sim e tirou a mão do joelho dela, buscando o terreno neutro do tecido felpudo.

Está bem, então. Ele tem um tríplex. O quarto dele e uma espécie de sala de estar, com uma grande lareira, ficam no segundo piso, onde tem também uma sala com tatames e equipamentos — uma esteira, bicicletas e um aparelho para levantamento de pesos. Todo tipo de coisas. Ele tem um *trainer* que vem toda manhã. Você não vai acreditar. Às seis. Os quartos de hóspedes ficam no terceiro piso. Ele me mostrou meu quarto, onde ficavam as luzes e tudo o mais, o banheiro, e eu pensei que ele fosse me dar um beijo e dizer boa-noite. Em vez disso, de repente, deixa cair os braços e diz: quero ver seus seios. Olho para ele, surpresa, e, dessa vez, ele diz: vamos lá, me mostra teus peitos, por favor. Eu me senti tipo me deixa sair daqui, cara! Estava vestindo aquela blusa preta que você me deu, você sabe, curta, com as tirinhas nos ombros, sem botões; então, levantei a blusa e disse: Aqui estão. Diz um oi para eles. Pensei que ele fosse me agarrar ou lamber meus peitos, mas não. Perguntou: o que Schmidtie vai dizer? Eu não podia acreditar, então respondi: Ele vai dar um jeito de quebrar esta sua cara de idiota. Vou te contar, foi como se ele tivesse me jogado água gelada. Eu me fechei toda. Aí, ele disse que tudo bem, que Schmidtie não precisava saber e mais um monte de merda, e eu disse a ele para esquecer, que eu ia dormir.

E depois?

De manhã, ele veio ao meu quarto de novo, pediu desculpas, disse que não tinha dormido a noite inteira, que tinha se masturbado pensando em mim e que me daria um milhão de dólares, se eu trepasse com ele. Perguntei: agora? E ele respondeu: não, não agora, nem vai levantar, estou arrebentado. Mas logo, por favor. Não me faça esperar muito.

Oh, Carrie.

Que belo amigo você tem. Quer ouvir o melhor de tudo? Quando eu estava saindo, me despedindo do Jason, o Mike aparece correndo, vindo de algum lugar, sei lá de onde, e diz: Não esqueça o jantar no domingo. O Hillel vai tocar. Estou esperando por você e por Schmidtie. Vai ser uma festa fantástica.

Carrie, eu te dou um milhão de dólares para você não deixar aquele sujeito chegar perto de você.

Ela o olhou com muito cuidado e disse: Não adianta, Schmidtie. Se eu aceitar teu dinheiro, nunca mais durmo com você. Depois, tomou a mão dele, pousou-a de volta entre os joelhos, dirigiu-a para cima e sussurrou: Ei, você ainda não fez o cheque de um milhão de dólares, fez? Vem cá, panaca, estamos perdendo tempo. Vamos lá para cima.

# 8.

Antes de Carrie sair para a faculdade, na manhã seguinte, Schmidt lhe deu um broche de ouro em forma de escaravelho. Tinha sido seu presente para Mary, para marcar a data em que o velho Dexter King contara a ele que a firma o havia aceitado como sócio. Era uma peça muito bonita, ainda que demasiado pesada, talvez — elaborada demais, diriam alguns —, à moda das jóias feitas em Boston na virada do século. Para sua surpresa, Mary jamais a usara. Não era o tipo de coisa que Schmidt comentaria ou, menos ainda, perguntaria, mas ocorreu-lhe, posteriormente, que talvez ela tivesse visto a nota fiscal, que ele guardara na primeira gaveta de seu gaveteiro, junto com outros papéis, para levar ao escritório e enviar ao corretor de seguros. O preço havia sido alto, bem acima de suas posses. Como não quisesse vender as poucas ações que possuía, tinha feito um empréstimo para poder comprar o broche. Mary não gostava — como, aliás, tampouco ele próprio — daqueles seus acessos anômalos de extravagância. E, como tinham imensa dificuldade em conversar sobre dinheiro — o que só faziam de forma tensa, como se o assunto lhes desse arrepios —, pôr de lado aquele objeto teria sido a maneira de ela anular uma ação que reprovava. Podia contar com a compreensão e o silêncio dele. Aquela circunstância era a provável razão pela qual Schmidt não oferecera o broche a Charlotte, junto com o restante das jóias de Mary, a crônica agridoce de sua devoção e sensibilidade para as circunstâncias repousando em caixas de couro de variados formatos e tamanhos, como em tumbas em miniatura. A mãe de Mary morrera muito jovem; o pai, morto pelo fogo de metralhadoras, enquanto tentava avançar por uma praia na Normandia, mais cedo ainda; não havia nada que ela tivesse herdado dos dois, à exceção das alianças de casamento e de um anel de noivado, os quais Schmidt também retivera: as primeiras, porque o inquietavam; o último, porque era tão pobrezinho que ele achou melhor não o expor à contemplação e ao comentário alheio. As jóias valiosas da família de Mary eram as que haviam pertencido a sua tia Martha, e essas Mary tinha guardado num cofre para Charlotte, logo em seguida à morte da tia. A maior parte do que Schmidt ofereceu a Charlotte, ela aceitou. O restante, ele vendeu por mais dinheiro do que teria imaginado conseguir, para um comerciante com o qual fizera outros negócios ao longo dos anos. Mas não vendeu o escaravelho de Boston: gostava demais dele. Tinha tomado a decisão certa ao guardá-lo e presenteá-lo uma segunda vez: quando Carrie viu o broche — ele tinha estendido o punho fechado, com a jóia dentro, e dito: Vamos, bate, toc, toc, para ver o que tem aí dentro —, perguntou com sua vozinha: Querido, isto é para mim?, e, quando Schmidt fez que sim com a cabeça, ela beijou-lhe a mão, chamou-o de querido mais uma vez e de Bebop, e, depois de prender o broche à blusa, ofereceu-se para matar a aula e passar o dia com ele, porque ele a fizera muito, muito feliz. Mas Schmidt respondeu: Vá, veja se não se atrasa e dirija com cuidado, segurando a porta do carro esporte para ela e permanecendo ali, em pé, por um bom tempo, depois que o carro já desaparecera.

Bebop. Era o diminutivo do nome de seu padrinho, e o único apelido carinhoso que a mãe de Schmidt jamais usara. Quando algum amigo ligava e ele estava no mesmo cômodo que ela — e caso acontecesse de o humor dela não estar dos piores —, a mãe tinha um jeito particular de dizer: Você só pode estar querendo falar com o Bebop, vou chamar para você, ele deve estar em alguma parte da casa. Ele até se encolhia de medo. Dito por Carrie, o apelido mudava de cor. Soava alegre como o arco-íris.

Ela não voltaria para casa até o final da tarde. Não havia nada, nada mesmo, que Schmidt precisasse fazer. Era inútil arrumar a cama ou lavar a louça, porque as polonesas viriam, mais tarde. Carrie tinha dito que, a caminho de casa, compraria salsichas, frutas, verduras e legumes para o jantar. Na despensa, havia latas de atum e de sardinha em número suficiente para resistir a um cerco prolongado, e Schmidt comprara pão e queijo, junto com os croissants do café-da-manhã. O almoço, portanto, estava garantido. A chuva fina, mas constante, que tinha começado a cair assim que Carrie saiu — Schmidt ficou feliz que ela tivesse erguido a capota do carro — não excluía a possibilidade de ele dar suas braçadas de uma ponta a outra da piscina, mas tornava a perspectiva pouco atraente. Gil Blackman se fora para a costa oeste. Ainda que estivesse em Bridgehampton, Schmidt não estava certo de que teria arriscado um telefonema, apenas para ouvir de Gil que ele não poderia interromper o trabalho para ir almoçar, ou que estava disposto a encontrá-lo, caso isso significasse a continuação da última conversa entre os dois, o que provavelmente significaria. No lugar de Gil, podia, claro, convidar Elaine para o almoço. Isso, porém, era algo que ele nunca havia feito ou pensado em fazer. Será que Elaine saía para almoçar, quando não se tratava de obrigação social envolvendo Gil? Schmidt duvidava; ela lhe havia dito que estava no meio da pesquisa para seu livro sobre orfanatos coloniais. Não tinha mencionado como conseguia pesquisar, dadas as limitações do acervo da biblioteca de Bridgehampton. Era de se supor que pedisse os livros à Society Library, de Nova York, ou os conseguisse por intermédio de empréstimo entre bibliotecas; agora que Gil era conselheiro em Harvard, talvez até mesmo da biblioteca Widener. De todo modo, por que a convidaria para almoçar? Qualquer que viesse a ser o rumo da conversa, acabaria em encrenca. Carrie não era assunto seguro, tampouco Charlotte ou mesmo Gil, sobre cuja vida sentimental secreta Elaine tinha certeza de que Schmidt estava muito bem informado. Valia a pena correr o risco adicional de que Elaine pudesse ver num tal convite algum tipo de iniciativa romântica absurda? Não valia, nem havia outra pessoa que Schmidt pudesse ao menos pensar em convidar.

Só restavam Trollope — Schmidt embarcara recentemente no projeto de reler suas obras favoritas —, pagar contas e esperar pelo telefonema de Charlotte. Parecia-lhe que, afinal, ela devia avisar se viria ou não no final de semana. Se, por alguma razão, não pudesse ou não quisesse, ele iria vê-la em Nova York. Mas Schmidt havia chegado à conclusão de que tinha de evitar, acima de tudo, que ela se sentisse conduzida de volta ao jardim-de-infância, evitar que sentisse que ele estava, de algum modo, "tomando conta". Era melhor esperar. No fim, ela telefonaria. A idéia de se sentar para ler um livro logo de manhã, e antes de qualquer outra coisa, não era atraente. Nesse sentido, estava claro que ele dera a Gil Blackman uma versão retocada de como passava seus solitários momentos de lazer. As contas — não eram tantas assim — precisavam ser pagas. Mas, primeiro, iria fazer a barba. Ultimamente, sobretudo nos dias em que Carrie tinha aula, ele se via postergando mais e mais a toalete matinal, e isso era decerto a ladeira escorregadia que conduzia a sua transformação num velho desleixado, num velhinho — sim, por que não dizê-lo? — sujo. Já vira acontecer. Um agente literário, um dos poucos cujos gostos e princípios Mary respeitava, chegando mesmo a acreditar que ele deveria ter sido um editor, com selo próprio, numa grande editora — esse agente literário, a quem costumavam ver com regularidade, um dia se aposentou. Logo em seguida, a esposa, bem mais jovem, divorciou-se dele, sem qualquer motivo aparente; ao menos, ele e Mary não sabiam de nenhum outro homem na parada. Talvez a razão tivesse sido o fato de o agente insistir em passar a maior parte de seu tempo na casa dos dois, no lago Georgica, ao passo que o trabalho dela, como sócia de outra agência, exigia que passasse a semana toda em Nova York. De todo modo, ela jamais fingira gostar da região ou da reclusão do marido. Assim que ela se foi, Jake passou a ser visto freqüentando os mercados locais com uma barba de dois dias, arrastando os pés em tênis, dos quais havia removido os cadarços, aparentemente por julgá-los supérfluos, e caminhando curvado, de forma um tanto sobrenatural. Em algum momento, perdeu os dois dentes frontais inferiores. Não havia motivo para supor que tivesse se envolvido em alguma briga; o mais provável era que tivesse mordido com fome demasiada alguma costeleta de carneiro. Os dentes não foram substituídos, e em alguns meses Jake estava morto, um derrame, deixando para trás uma herança complicada, sem ativos líquidos suficientes para pagar os impostos correspondentes, com bens a serem divididos entre sobrinhos, sobrinhas e enteados, todos duros. Não era o tipo de fim que Schmidt queria para si. Deixar de fazer a barba, reconheceu, não significava apoplexia certa, mas podia ser um sinal!

Melhor subir, então, para o banheiro. Não se lembrava de quantas vezes já havia utilizado a lâmina do aparelho de barbear. Tinha duas opções: tentar a lâmina de novo, contando com a possibilidade de ter de parar no meio do caminho para trocá-la, caso a barba não estivesse ficando macia; ou pôr uma lamina nova. Sem grande convicção, porque o preço nada desprezível das lâminas top de linha tinha se tornado fator a considerar, ele escolheu a última opção, passou creme de barbear e começou a raspar a barba.

Olá! Pela janela aberta, Schmidt ouviu um carro chegando a uma velocidade maior, e brecando mais seco, do que julgava apropriado. Ainda não estava na hora da brigada polonesa. Olhou para fora e viu o pequeno Rolls-Royce do sr. Mansour. A porta do motorista se abriu e o cavalheiro desceu. Uma outra figura — Jason, supôs Schmidt — permaneceu no assento ao lado. Mike Mansour caminhou a passos largos em direção à porta da frente, subiu os degraus e tocou a campainha. Ahá, estava em dia de bom comportamento. Seus modos habituais — e, aliás, os da maior parte dos conhecidos de Schmidt — o teriam feito entrar e gritar: Tem alguém em casa?

Dessa vez, Schmidt tinha três possibilidades. Podia descer e abrir a porta; podia gritar pela janela aberta: Entre! Já vou descer!; ou podia fingir que não estava em casa. Uma ova que ia desviar-se de seus hábitos normais por causa daquele sujeito grosseiro. Assim sendo, emitiu o costumeiro grito e ouviu o de Mike Mansour, ainda mais alto, Não tem pressa, estou esperando na varanda dos fundos. Muito bem: Schmidt não ia correr. Não teve pressa, levou vinte minutos, pelo seu relógio, para ir juntar-se ao visitante, que, em pé e em pose solene, estendeu-lhe a mão. Schmidt passou reto por ele e foi se apoiar no braço do sofá de chintz. Não disse a Mansour que se sentasse.

A Carrie te contou?

Sobre o jantar — ou melhor, a noite com você em Nova York?

Oh, entoou Mansour, me perdoe, Schmidtie, por favor, me perdoe; você acha que pode me perdoar? Eu me comportei tão mal e não tinha a intenção. Você me perdoa? Podemos voltar a ser como antes?

Eu acho que a questão é se posso continuar tendo algum contato com você. Não tenho a resposta.

Mesmo depois que eu pedi perdão? Perdi a cabeça. Escute, ela é uma garota fabulosa, muito sensual. Só um santo resistiria. Vamos lá, Schmidtie, você sabe disso melhor do que ninguém.

Besteira. Não foi a mesma coisa que beijar a mulher de um amigo numa festa. Você armou tudo. Planejou na sua cabeça. Disse a ela que passasse a noite no seu apartamento. Depois, deu a cantada. E, na manhã seguinte, ofereceu dinheiro em troca de sexo. Como é que você tem coragem de me pedir para perdoar?

Porque estou arrependido. Schmidtie, seja sensato. Você nunca fez uma cagada e foi apanhado?

E o que isso tem a ver com você e eu?

Tem que nós dois somos humanos e, portanto, podemos fazer cagadas. E a vida continua. Escute, Schmidtie, já passamos horas conversando. Você sabe como eu sou. Nem tudo em mim é ruim. Vamos lá, Schmidtie, diga que não está puto comigo. Se você não disser, vou mandar o Jason quebrar seus braços e suas pernas. Ele vai fazer um bom trabalho, escute o que estou te dizendo. Sem problemas. A propósito, estou só brincando, está bem? Você já fez cagada algum dia?

Se você está perguntando se já traí um amigo, a resposta é não.

Meu Deus, Schmidtie, eu não traí você. Dei uma cantada na tua namorada. Você, por acaso, é siciliano? Nunca enganou tua esposa?

Schmidt já esperava por aquela pergunta. O modo como Mary havia descoberto a história com Corinne; Charlotte ter ficado sabendo e lembrar com tanta amargura que ele estava lá, com Corinne, no quarto ao lado da cozinha, enquanto ela devia estar dormindo em sua cama branquinha, em seu quarto branquinho; as mulheres que ele pegava nos bares, nas viagens a negócios — que diabo de Tartufo era ele? Era justo odiar Mansour, a não ser pelo fato de que não odiava Mansour, e sim aquele tom de moralidade elevada!

Michael, qual o propósito desta conversa?

Você dizer Tudo bem, eu perdôo, aperte minha mão. Você não entende, seu panaca, que é o melhor amigo que tenho? Dá para botar isso na sua cabeça?

Então, sinto muito por você.

Pois deveria mesmo. Sou um sujeito muito solitário, e isso dói para valer. Fiz besteira — tentando ser tão bom, ser seu amigo. Disse mais de uma vez a você: a Carrie precisa viver um pouco. A questão é: como você pode dar isso a ela, se a mantém aqui, engaiolada do seu lado? E se o próximo sujeito que for atrás dela não der mancada? Me responda essa.

O jeito como eu vivo com Carrie é problema meu.

Como é que você pode dizer isso? É problema meu, porque agora estou falando do seu bem. Não entende isso? Você é mais importante para mim do que a Carrie.

Acho melhor você ir embora.

Não vou. Não vou a lugar nenhum até resolvermos isso. E, quando resolvermos, vamos ser mais amigos ainda, porque você vai parar de ser tão distante. Você não percebe, mas esse é seu grande problema. Não deixa ninguém chegar perto, a não ser o Gil Blackman, talvez. É por isso que você é tão sozinho, mais do que eu até, porque pelo menos eu tenho todos esses nadas que freqüentam minha casa, esperando para me puxar o saco. A propósito, não quero que você comente nada disso com o Gil, está certo?

Acho que o Gil está em Los Angeles. Não, não vou ligar para ele para discutir você ou seu comportamento.

É isso mesmo, sei que ele está lá.

Pela primeira vez, o sr. Mansour soou desanimado e se sentou. Escolheu sentar-se numa cadeira de balanço, e a pôs em movimento.

Não acredito que você tenha percebido, prosseguiu, após uma pausa, mas ando exercendo influência decisiva na carreira do Gil. Não me refiro só a meu dinheiro e ao investimento nos filmes dele. É minha contribuição artística. Ele precisa da minha opinião numa série de questões. O dinheiro é importante também. Dou a ele uma liberdade que não teria de outra forma. Essas reuniões para onde ele foi, fui eu que acertei. Ia voar para lá hoje, para me juntar a ele, mas ficar aqui sentado com você era mais importante para mim. Não quero que essa história da Carrie perturbe o Gil. Você tem de me prometer isso.

Não vejo como.

Vê, sim. É só não contar a ele, ou, se contar, dizer que entende o que aconteceu e que agora somos ainda mais amigos do que antes. Você sabe, isso poderia ajudar o Gil a superar alguns problemas. Schmidtie, eu sei que você percebe que sou uma pessoa muito excepcional. Não quero me gabar, mas, olhe, não existe ninguém como eu.

O sr. Mansour recostou-se, ergueu os olhos para o teto e passou a listar os nomes de seus colegas e pares, outros artistas e tubarões igualmente notáveis.

Meu problema é como usar meu poder e minha riqueza. É nisso que estou trabalhando agora. Um de meus planos é dar a você o controle da minha fundação. Eu continuaria na liderança intelectual, mas você administraria e teria acesso a um mundo novo: questões sociais, ciência, gente bem grande. Com o Gil, eu sei o que fazer. Decidi que ele e eu vamos trabalhar como sócios. Aí, o céu é o limite. *Pas de problème*. O que você acha?

Absolutamente nada.

É só porque você ainda está confuso. Quero que você venha almoçar comigo. Foi por isso que vim até aqui. Venha do jeito que está. Almoçamos só nós dois. Manuel vai preparar alguma coisa especial. Você vai ver.

De jeito nenhum.

Porra, Schmidtie, não vou aceitar um não. Já supliquei para você me perdoar. Sei que, no seu coração, você me perdoou.

Então pare com esse emburramento. O Jason vem te buscar à uma e te traz de volta depois do almoço.

A chuva se transformara naquele tipo de chuvisco que podia durar o dia inteiro, e o dia seguinte também. Charlotte iria ligar? As vozes que podia ouvir do outro lado da casa diziam a Schmidt que as mulheres da limpeza haviam chegado. Mansour o deixara tão cansado que a perspectiva de ir pagar as contas se transformara num alívio mais do que esperado, e, no entanto, o visitante não fazia menção de ir embora. Na verdade, sentara-se e apoiara os pés na mesinha de vidro do café. Pés minúsculos, calçando mocassins brancos. Como tudo o que Mansour vestia, pareciam nunca ter sido usados antes. Calça amarela de linho e camisa vermelha de seda. Era o tipo de roupa que se esperava ver Gil vestindo. Será que Mansour comprava as camisas do Gil, ou era o contrário? Os tornozelos estavam bronzeados, ou talvez fosse artificial. Para o inferno com ele, suas calças amarelas, seus colares de contas para aliviar a tensão e seu Rolls-Royce amarelo.

Escute, disse Schmidt, minha cabeça, meus sentimentos não funcionam como os seus. Me ensinaram um outro tipo de comportamento. Até agora, eu não conhecia gente como você. Socialmente, quero dizer. Estou esperando um telefonema de alguém. Alguém importante para mim. Não quero você por aqui quando atender o telefone. Por que você não vai embora?

Porque não terminamos de conversar. Você não me trataria assim, se eu fosse um de seus velhos amigos. Essa é que é a verdade, não é? Pois vou te dizer: eu bem que gostaria de ter velhos amigos, mas fui expulso do meu país. Não tive tempo de fazer amigos. Precisei assumir as coisas do meu pai e da minha mãe e construir o negócio. Minha primeira mulher foi um erro — não tão grande quanto a segunda, mas um erro assim mesmo. Você não sabe que eu tenho dois filhos, sabe? Têm mais ou menos a idade da sua filha. Tive os dois logo de cara. Moram em Israel, dá para acreditar? Com todas as oportunidades que posso dar a eles! Não ligam para o que eu consegui. Você acredita? Podiam começar bem por cima, mas, ainda assim, se recusam a trabalhar comigo. Portanto, não tenho vida familiar. Uma coisa eu te digo: na próxima encarnação, não vou ter filhos. Depois, tem a Judy, minha segunda esposa. Com ela, era jantar fora toda noite. Com os mesmos veados de sempre. Sem exceção! Veados montando peças para veados no circuito alternativo. Veados que fotografam animais atropelados! Na minha posição, não preciso disso. Jantar com Gil Blackman e sua turma, ou mesmo com pessoas como você, tudo bem, mas isso era chato demais para Judy. Você viu as festas na minha casa. O que você acha? Tirando você e o Hillel, são sempre os idiotas que trabalham para mim, ou querem trabalhar para mim, ou querem receber meu dinheiro sem trabalhar para mim. É sempre a mesma coisa. Eu preciso disso? Dá para entender, agora, como foi que eu perdi a cabeça e me comportei tão mal? Não faça essa cara, eu sei que você entende. A propósito, essas coisas sobre mim, nunca te contei antes. Está vendo? Já estamos mais amigos. Te vejo no almoço.

Não há a menor chance de eu ter qualquer tipo de relacionamento com você, e menos ainda de ir a sua casa, antes de eu ter uma conversa a esse respeito com a Carrie. E isso não vai acontecer antes de hoje à noite. O almoço está fora de questão.

Schmidtie, se você pensa que vou desistir, está enganado. Vou mudar você, vou mudar você até mesmo por dentro. Deixar você administrar minha fundação talvez ajude. Tudo bem, comporte-se. Vocês dois vêm jantar comigo no domingo e quero que venham também almoçar amanhã. Fale com a Carrie. Ela é uma garota esperta. Vamos beber um bom vinho e desanuviar o clima.

Ele estendeu a mão.

Vamos lá, meu chapa. Aperte a minha mão.

O que ele podia fazer? Apertou a mão, ao que Mansour envolveu-o num grande abraço. Você é um grande cara, exclamou. E nem começou a perceber o quanto significa para mim.

As senhoras polonesas partiram numa profusão de palavras de despedida. Schmidt lambeu o último envelope. Como de costume, não tinha selos suficientes. A chuva havia parado. Se ia ao correio, por que não comer alguma coisinha no balcão da confeitaria? Sentar-se entre dois pares de avôs e avós, alimentando netinhos em culotes com sanduíches de queijo e milk-shakes de chocolate? Não se acreditava capaz de suportar aquilo. Os cheques poderiam ser postados no dia seguinte, no outro ou na semana seguinte, pouco lhe importava. À velocidade com que a vida de Charlotte estava desmoronando, ele jamais teria um neto para levar para almoçar. Sardinha e bourbon, na cozinha, eram mais que suficientes; depois, uma soneca até o momento da chegada de Carrie. Não ia dormir tão pesado assim. Se Charlotte ligasse, nem ia perceber que o acordara. Ainda estava preparando a segunda dose quando o telefone tocou. Duas e meia. Ela estava no escritório, a não ser que tivesse pedido demissão ou simplesmente não tivesse ido trabalhar. Tomara que não tivesse tomado nenhuma decisão apressada ou tola. Schmidt atendeu o telefone e disse Estava esperando sua ligação.

Não tinha sido o jeito certo de dar início à conversa, ele percebeu de imediato, mas não tivera a intenção de recriminá-la de forma alguma. Por sorte, ela não levou tão a sério.

Meu Deus, pai, acho que eu não disse a que horas ia ligar.

Eu sei, eu sei, está tudo bem. É que choveu por aqui, e eu fiquei andando pela casa, só isso. Como você está?

O que é que você acha? Arrasada. Fui para o escritório hoje de manhã, e ele pegou o elevador junto comigo. Teve a cara-de-pau de me beijar. Eu quase dei um soco nele.

Que bom que não deu. Você vem na sexta? Estou ansioso.

Pai, acho que não vou. Acabou pintando outra coisa. A Renata quer me ver. Ela e Myron estão em férias em Claverack, e ela está vindo para cá especialmente para me ver. Deve ser alguma coisa importante.

Oh...

Por que era importante para Charlotte ver a mãe do marido do qual ela estava se divorciando, ou, de todo modo, por que era mais importante vê-la do que ver seu próprio pai, isso Schmidt não conseguiu compreender de imediato, mas não achou que ganharia muito se perguntasse. Percebendo, mais uma vez, o pouco que sabia, arriscou: Pensando bem, onde você está morando? Suponho que não esteja mais no apartamento do sr. Polk.

Você está brincando comigo? Caí fora de lá no dia em que ele me deu a bela notícia.

E foi para onde, amorzinho? Acho que você não chegou a me contar.

Estou na casa de uma colega, uma moça que trabalha aqui. Marcia Schwartz. Você não conhece.

Sei. Então, não está no seu apartamento.

Pai, você está me gozando? O Jon está morando lá.

Minha nossa, disse ele. Isso quer dizer que vocês ainda não chegaram a um acordo sobre dinheiro e essas coisas todas. Mas os advogados estão cuidando disso, não é?

Não chegamos a parte alguma. Não quero que o Jon me pague pensão ou coisa do tipo; isso não é problema, mas ele não quer assinar os papéis da casa em Claverack e não quer sair do apartamento. Os pais dele moram ali do lado, em Claverack. Por isso, ele diz que a gente deveria dividir a casa. Eu não entendo. Seja como for, já entrei com o pedido de divórcio.

Também não entendo. E aqueles empréstimos que vocês assinaram juntos? Quem vai pagar?

Ele diz que não pode pagar, por enquanto. Então, acho que sou eu. Ia pedir para você me ajudar.

Sei. O que seu advogado pensa de tudo isso?

Joe Black? Ele diz que deveríamos resolver a questão no tribunal. Foi por isso que entrou com o pedido e os documentos. Acho que é por isso que a Renata quer me ver.

Você falou com o sr. Black sobre ver a Renata? Ele acha uma boa idéia? Normalmente, a gente deixa esse tipo de negociação para o advogado.

Pai, é minha vida, lembra? A Renata sempre foi uma boa amiga. A melhor que eu já tive. Quando contei a ela sobre o Harry e sobre como ele me deixou, a primeira coisa que ela disse foi que eu deveria me mudar de volta para o apartamento.

Para viver com o Jon?

Acho que sim. Disse que era idéia dele. O Jon sempre disse que eu podia voltar quando quisesse. Bom, preciso desligar agora. Bom fim de semana para você.

Schmidt teve a impressão de que ela iria desligar antes de ele ter a chance de responder. Talvez fosse melhor. As palavras que tinha na ponta da língua — Pelo amor de Deus, você ainda vai querer alguma coisa com os Riker? — eram inúteis. Até ele sabia disso. Mas não iria deixar passar.

Não tão rápido, Charlotte, interrompeu. Não estou querendo ser intrometido nem estou tentando interferir, nada disso, mas, na verdade, é espantoso, pensando bem, que, até um minuto atrás, eu nem soubesse onde você está morando. Ou em que pé está o divórcio. Você não pode dizer que o divórcio não é da minha conta, e não só porque você é minha única filha. Há questões financeiras envolvidas; o divórcio está ligado ao dinheiro que sua mãe deixou para você e ao dinheiro que você recebeu de mim.

Você não me deu dinheiro nenhum. Ah, me enganei. Me desculpe, pai, eu peço perdão, como pude esquecer a mesada que você me dava até eu ter aumento de salário, e os cheques de Natal e de aniversário! Eu sou uma idiota mesmo...

Oh!

Ele devia ter deixado que ela batesse o telefone. Agora, era tarde demais. Se dissesse, como estava tentado a fazer, Está bem, está bem, não vamos começar a brigar, e tomasse para si a responsabilidade de pôr fim àquela conversa odiosa, seria impossível dizer quando se falariam de novo. Ele a estaria deixando nas mãos dos Riker, mãe e filho.

Escute, Charlotte, continuou ele, você está entendendo tudo errado. Ou você se acalma, e conversamos agora, ou arranja tempo para me ver amanhã. Vou a Nova York me encontrar com você.

Amanhã não dá. Tenho reuniões com clientes.

Então, feche a porta da sala e ouça o que eu tenho a dizer.

Um grunhido de assentimento, uma pausa, outro grunhido, que soou como um o.k.

Obrigado. Eu queria dar a você minha parte desta casa, para que ela fosse toda sua, sua e do Jon. É o que sua mãe iria querer que eu fizesse. Em vez disso, você decidiu que queria sua parte em dinheiro. Foi por isso que comprei sua parte. Se tivesse dado o dinheiro a você, teria precisado pagar praticamente o mesmo valor em impostos sobre a doação. Na época, você entendeu isso. O Jon, com certeza, entendeu. Fiquei feliz em dar aquele dinheiro a você, e ficarei feliz em lhe deixar tudo o que eu puder, quando morrer, incluindo esta casa. A casa onde eu moro e onde você passou todos os finais de semana e feriados, até se casar com o Jon.

Você quer dizer que, se eu me comportar direitinho, pode ser que deixe para mim tudo aquilo que não der à Carrie e a quem mais você resolver pegar na rua!

É bem possível que eu deixe dinheiro para a Carrie ou para Harvard ou para quem eu quiser, mas é minha intenção garantir que você fique mais do que bem. Por favor, me ouça com atenção. Faz pouco tempo, você me pediu uma grande soma em dinheiro, para que você e o sr. Polk pudessem começar um novo negócio. Você não foi lá muito simpática, mas não importa. Eu concordei. Só não mandei o dinheiro porque você e o sr. Polk não abriram uma conta onde eu pudesse fazer o depósito. Tanto melhor, porque teria sido uma confusão. Ontem, você me ligou, toda arrasada, por causa do Harry Polk, e o que me contou cortou meu coração também. Não por causa do sr. Polk, claro, mas por sua causa. Ontem, você disse que precisava — ou queria, não me lembro qual das duas coisas — me ver aqui em casa. Hoje, diz que é mais importante ficar na cidade para ver Renata Riker.

Isso te tirou mesmo do sério, não foi?

Foi. Eu queria ver você.

Para falar comigo desse jeito, só que por mais tempo? Digamos, dois dias seguidos?

Estou quase terminando. Charlotte, você acaba de me dizer também que seu advogado ainda não conseguiu nada, na tentativa de fazer o Jon devolver o que é, evidentemente, propriedade sua. Isso é uma verdadeira afronta! Ele não tem direito à casa ou ao apartamento pelo qual você pagou. No máximo, no máximo dos máximos, você poderia assumir os empréstimos, se é mesmo verdade que o dinheiro foi usado para pagar os imóveis. Tenho certeza de que o sr. Black já pensou nisso.

É, ele conversou comigo sobre o assunto.

Só com você ou com o Jon também?

Conversou com o Cacciatore.

E?

E nada. Deus do céu, pai, já disse que não chegaram a lugar nenhum.

Está bem, então eis a conclusão deste meu discurso aborrecido. Eu acho que é bobagem da sua parte conversar com a Renata Riker sobre os termos da sua separação do Jon, e sobre suas propriedades, se é isso que ela pretende. É uma armadilha. Eles estão passando por cima do seu advogado, e isso é outra afronta!

Ninguém está passando por cima de ninguém. Isso é uma ofensa.

Eu espero que você esteja com a razão. Também espero que você não volte a morar naquele apartamento com o Jon, e, mais importante ainda, que não reate com ele, a não ser que consiga, primeiro, um acordo sobre seus direitos de propriedade, o que quer dizer ter de volta o que é seu. É uma questão básica de honestidade.

Obrigada, pai, e tchau.

Dessa vez, ela desligou de fato.

A chuva tinha parado de vez. Até o sol já tinha saído. Schmidt abriu as janelas da cozinha e a porta exterior da lavanderia, depois a da despensa. Em seguida, com uma dose nova na mão, deu a volta na parte térrea da casa, escancarando as portas da frente e dos fundos. Não satisfeito, abriu todas as janelas restantes, as de baixo e as de cima, até nos quartos de hóspedes, nunca utilizados, e no de Charlotte. A casa da piscina também merecia uma arejada. Schmidt encontrou a porta trancada, voltou à cozinha para apanhar a chave, abriu as janelas daquela construção já inútil e, para completar, as portas da garagem. Seu jardim, notou, exalava alegria, cada folha, cada pedacinho de grama cintilando com as gotas da chuva. Natureza risonha, cativante. Era uma sorte imensa, pensou, ter uma casa daquelas e tê-la mantido naquelas condições excepcionais. Ao mesmo tempo, notou certa fraqueza nas pernas e braços, como se tivesse corrido a valer, com roupas pesadas e sobre uma superfície dura. Notou também que suas axilas estavam úmidas. Isso não era comum nele, que raramente suava, mas a camisa estava mesmo molhada e grudava no corpo, embaixo dos braços e nas costas. Voltou para dentro de casa, vestiu uma camisa limpa e um suéter, porque, de súbito, sentiu frio, e fez um café. Contrariando seu hábito, bebeu o café com açúcar. Na geladeira, lembrava-se, havia um pacote aberto de *Hershey's kisses*, que Carrie usara para fazer uma musse de chocolate. Comeu um punhado deles, e escreveu a Charlotte:

> É possível que você decida me ligar num futuro próximo, mas não sei quando isso acontecerá e gostaria de lhe dizer, antes de seu encontro com Renata Riker, o que teria dito se você tivesse me dado a oportunidade.
>
> Em primeiro lugar, como já tentei deixar claro uma vez, sem muito sucesso, teria reiterado que a ruptura de seu casamento com Jon não me deu satisfação alguma. Eu queria o bem de vocês. Esperei que viessem a ser felizes juntos. Lastimei o fracasso de Jon na firma — não sei de que outro modo descrever o que aconteceu, sem ser injusto. Portanto, posso assegurar a você que me alegraria ver, de algum modo, refeito o que foi desfeito, em condições que me parecessem honradas. Tendo ouvido você acerca das questões financeiras com Jon, chego a uma única conclusão. Jon precisa devolver o que é propriedade da sua família, de modo a, para dizê-lo de forma bastante rude, tornar absolutamente claro que ele deseja ficar com você, e não com seu dinheiro e você.
>
> Em segundo lugar, e a fim de que você e os Riker tenham uma posição exata acerca de qualquer herança proveniente de minha parte, teria informado que, semana que vem, vou tomar medidas para que todo e qualquer dinheiro ou proprie-

dade que eu venha a legar seja transmitido em fidúcia. As condições darão a você direito apenas àquela porção dos rendimentos que o fiduciário, a critério dele, entender que deva repassar a você e, claro, darão também direito a ajuda emergencial, igualmente a critério do fiduciário. Depois da sua morte, o patrimônio permanecerá em fidúcia, e nas mesmas bases, em benefício de seus filhos, até que eles atinjam a idade de trinta anos, quando, então, será repartido entre eles. Se você não tiver filhos, a universidade de Harvard será a herdeira. É evidente que vou me reservar o direito de afrouxar essas condições, se, antes da minha morte, sua situação familiar e conduta me levarem a acreditar que uma tal mudança é apropriada.

Gostaria de lembrar a você que, quando me casei com sua mãe, ela praticamente não tinha dinheiro. Essa era também a minha situação, a não ser pelo fato de que esperava herdar os bens de meu pai. No fim, meu pai não me deixou dinheiro nenhum, apenas uma coisinha ou outra. Ele me deserdou. Dinheiro nunca foi assunto entre sua mãe e mim — tínhamos como certo que cada um deve ser honesto e inteiramente justo, e agíamos segundo essa crença. O dinheiro que tenho é dinheiro que ganhei e guardei, ou aquele que, de maneira indireta, herdei de meu pai, por intermédio da generosidade de minha finada madrasta. Você sabe de tudo isso, mas pode ser útil repeti-lo. Na verdade, de forma inesperada, tardia em minha vida, sou rico, ainda que, decerto, dentro de padrões algo modestos. Não desejo que essa circunstância venha a distorcer e desnaturar seus relacionamentos com homens. Homens de um modo geral — não me refiro especificamente a Jon Riker, embora saiba que você e Renata interpretarão assim as minhas intenções. Desnecessário dizer que, enquanto eu viver, não tornarei a fazer significativas doações em dinheiro a você, caso qualquer razão me leve a crer que não será você a verdadeira destinatária do que eu vier a lhe dar.

Schmidt assinou, Seu pai. Anos revisando rascunhos e mais rascunhos de documentos jurídicos, preparados por ele próprio ou pelos colegas mais jovens, o haviam tornado incapaz de dobrar as duas folhas de papel — preenchidas com aquilo que sua antiga secretária teria chamado de o garrancho mais caprichado do sr. Schmidt —, enfiá-las num envelope e selá-lo. Foi dar outra volta pelo jardim, que exalava um perfume de grama fresca, agora que o gramado secara, e, depois, releu o que havia escrito. As únicas alterações que lhe ocorreram fazer eram estilísticas. Não valiam o esforço de passar tudo a limpo. Charlotte não se importaria, nem nenhum dos Riker. Os rascunhos de Jon nunca tinham estado à altura dos padrões de Schmidt, um defeito que ele não julgou significativo o bastante para mencionar, quando pressionou pela aceitação do garoto como sócio da firma.

Ninguém tinha usado o Toyota de Mary por um mês ou mais. Schmidt deu uns tapinhas no carro, como teria feito com um cachorro ou cavalo, e tentou dar a partida. O motor hesitou, mas pegou com vigor, como se acordado de um sono leve. O carro dela estava mesmo em excelente forma. Ele bateu a porta, dirigiu até Bridgehampton e despachou a carta por correio expresso. Mary talvez lhe tivesse dito para expor suas intenções de modo diferente, mas, gostasse ou não, ele havia sido feito daquele molde; não podia quebrá-lo sozinho. Quanto ao conteúdo, não tinha dúvida de que ela teria aprovado.

Carrie perguntou: Você está se sentindo mal?

Estavam à mesa, jantando. Estou triste, respondeu ele. É só isso.

Nossa, Schmidtie, achei que tinha tirado toda essa tristeza de você. Seu peruzinho ficou contente, com certeza. Não foi por isso que ganhei uma medalha de ouro?

Ela apontou para o broche de escaravelho, que estava usando sobre a camisa velha dele. Por baixo, um collant preto. Ele sabia como eram longas as pernas embaixo da mesa. Os pés com meias tocando os dele, dedos brincando. Os cotovelos sobre a mesa, ela o encarava, fazendo olhos grandes, porque sabia que aquilo o fazia rir. Pactos precisam ser respeitados. Ele soltou uma risadinha e soprou um beijo para ela. De pronto, ela estava em seu colo.

Querido, me diz o que é que há. Ainda está bravo comigo?

Não, não mesmo. Juro. Meu problema é Charlotte.

Você disse que ela vinha na sexta.

Não vem mais.

Então, Schmidt contou a ela sobre o telefonema, omitindo o que dizia respeito a Carrie, porque persistia ainda uma esperança mínima de que, no futuro, tudo ficaria bem, se Charlotte e Carrie conseguissem ser amigas. Além disso, não queria ferir os sentimentos dela. Era inútil, pensou, mencionar a carta. E improvável que aquela criança adorável algum dia precisasse se preocupar com heranças arquitetadas por pais coléricos e seus advogados.

Você vai ficar bravo comigo, se eu te disser o que penso?

Gostaria que você dissesse.

Carrie voltou o rosto dele em sua direção e o beijou. Foi um longo beijo. Quando terminou, disse: Acho que ela não está bem da cabeça. Está confusa. Você devia maneirar um pouco. Ela vai se virar.

Obrigado, disse Schmidt. Você acha que fiz mal em insistir para que ela consiga um acordo de separação?

Não. Ela fala duro, mas acho que está meio com medo dele. Acho que talvez tenha sido bom.

De repente, ela se levantou de um salto. Schmidtie, quer ir dançar? Tem um lugar legal em Southampton. Vamos, você vai adorar. Juro que vai.

Amorzinho, não sei dançar aquelas coisas. O último passo que aprendi foi o tuíste. Você não vai querer arrastar um velho panaca como eu para uma pista de dança, vai?

Quase acrescentou: Por que você não vai com a moçada do O'Henry's?, mas a lembrança das palavras de Bryan o deteve. Um semibeicinho apareceu no rosto de Carrie, transformando-se num sorriso.

Schmidtie, e se eu for com o Jason? Você vai ficar muito bravo?

# 9.

Perdão, disse o sr. Mansour, mas é exatamente aí que você se engana. Sabe por quê? Eu vou dizer. É o que vivo te dizendo. Porque, bem aí dentro, você acha que todo mundo reage igual a você — não, perdão, eu sei que você também pensa que é melhor do que todo mundo etc. etc., mas seu primeiro instinto é acreditar que ninguém liga para dinheiro. Como você. Isso é um erro, acredite. A maioria liga, e muito.

Não, com licença um minutinho. Eu ligo para dinheiro, sim. Sempre trabalhei duro para viver. Parei de trabalhar porque fui obrigado. Não desperdiço meu dinheiro por aí. Sempre tive um profissional gerenciando minhas economias e tudo o que herdei. Presto atenção. Sou muito grato por poder levar o tipo de vida que levo.

O tipo de vida que você leva!

Era evidente que as palavras de Schmidt tinham feito cócegas no sr. Mansour.

É isso mesmo. Estou feliz por poder levar a vida que levo. A vida que você leva, Mike, é coisa que quase ninguém pode sequer imaginar. Se a população em geral soubesse como você joga dinheiro pela janela, como você torra dinheiro, iam querer te apedrejar. Ou chamariam homenzinhos em jalecos brancos para te levar embora e trancar em algum lugar — para sempre.

Você está enganado. Você sabe do que o povo americano gosta? De loiras tetudas e de caras como eu, com mais dinheiro do que dá para imaginar. Quer saber de uma coisa? Escute, minha fortuna cresce tão rápido que não importa quanto eu gaste. Na verdade, pode-se dizer que, se eu dobrar meus gastos e continuar gastando assim até os cem anos, ainda morro rico — mais rico do que sou hoje.

Exato. E é por isso que o jeito como você vive não tem nada a ver comigo. Enfim, a questão não é essa. Acho que a carta que escrevi para a Charlotte mostra que eu ligo, sim, para dinheiro. Mostra que dinheiro é coisa séria para mim.

Sua carta está boa. Fico contente que você tenha me mostrado, mas o fato é que você deveria ter me mostrado antes de enviar. O que você estava tentando fazer? Deveríamos ter discutido a estratégia toda, nós dois. A questão é: qual é, realmente, a sua postura? Me desculpe — o sr. Mansour ergueu a mão, temendo ser interrompido —, me desculpe, mas essa é a questão. Pelo jeito como você descreveu seu encontro com a mãe do Jon, a psicanalista, você não tratou a mulher nada bem. Qual o nome dela, Renata? E sabe por quê? Você se sentiu culpado por ter escrito a carta para a Charlotte, e embaraçado pelo fato de Renata ter lido. Ponto. Estou certo ou estou errado? Ficou embaraçado, embora esperasse, ao escrever a carta, que a Charlotte fosse mostrar a ela. Você deixou a Renata ver todo aquele sentimento de culpa te espetando feito palitos de dente. E o que acontece, então? A Renata não leva a sério nem sua carta nem você, que só confunde todo mundo — ela, a Charlotte e o Jon. Você devia ter deixado a coisa toda comigo. Eu podia fazer com que eles entendessem o que você pensa que quer — digo pensa que quer, porque o fato é que você, na verdade, não sabe, está muito confuso — e acertar as pontas. Vou te dizer uma coisa: não se vai a lugar nenhum, a não ser que se saiba aonde se quer ir. Essa é minha regra número um.

Acho que está claro aonde quero chegar. Acredite você ou não, não sou contra o Jon. Sua a favor de casamento, filhos, tudo isso. Mas eles não vão poder pôr as mãos no meu dinheiro até que acertem, entre eles, a bagunça que fizeram com o dinheiro que já dei. Foi o que eu disse à Renata. É o que penso, é minha posição.

Não foi o que entendi, pelo que você me contou. O que me passou foi que você deixou aquela psicanalista perceber que fará qualquer coisa que ela disser que vai tornar Charlotte feliz. Só que vai fazer de nariz tapado, por causa do Jon. Aí, a psicanalista pensa lá com seus botões: não preciso me preocupar com esse goizão; ele vai fazer o que eu quiser, basta eu dizer pule da janela ou você fará sua filha infeliz. Eu detesto ter de dizer, mas ela pensa que você é um molenga. Um fraco. E aposto que eles também. Sua filha e o Jon. Eu não sei se a Renata pensa que você é idiota, mas ela com certeza te acha um fraco. Pois bem, e o que você ganhou? Absolutamente nada, a não ser: 1) você é, de novo, o homem mau e 2) mostrou a eles que ainda guarda rancor do Jon. Por quê? Porque você não gosta de judeus — é isso mesmo, não me venha com essa cara, é o que eles vão falar de você — e, ainda por cima, ele te envergonhou lá na tua antiga firma de advocacia. Portanto, eles não precisam te dar atenção. Quer uma prova disso? Tudo bem. Eles assinaram algum acordo de separação? Não. Ela voltou para o apartamento dos dois? Sim. Ele passou a propriedade para ela? Não. Ofereceu alguma outra compensação? Não.

Se ele fez isso ou não, eu não posso dizer com certeza.

Eu posso. Quer apostar? Cinqüenta centavos? Mil dólares? Vamos, te dou vantagem. Não quer apostar? Você está certo: vai perder.

E o que o sr. Schmidt podia pensar do sr. Mansour ali, no seu corner, dando a ele conselhos de grande magnata e negociador sobre assunto da maior intimidade? Quando Schmidt refletia sobre seu relacionamento com o sr. Mansour, como andara fazendo de forma intermitente ao longo das semanas anteriores, era obrigado a aceitar o fato singular de que se tornara ligado a ele, e de que, dentro de certos limites, ainda não bem definidos, passara a confiar nele. "Ligado" talvez não fosse a palavra certa: Schmidt era ligado a Gil Blackman, e ousava acreditar que Gil era ligado a ele. Bom, de modo bem mais desprendido, claro, por razões entre as quais Schmidt incluía seu poder de atração relativamente menor, e a riqueza da vida de Gil. O desequilíbrio era antigo, e fonte de pesar. Schmidt o aceitava, por uma espécie de instinto de autopreservação e por hábito, a fim de não ser rebaixado a posição ainda mais subordinada. Tinha aprendido a refrear suas expectativas. Gil tinha muitas amizades e ligações, mas era seu único amigo. Essa, em todo caso, era a opinião de Schmidt. Isso punha Gil numa relação com Schmidt equivalente à dele, Schmidt, com Mike Mansour, se se podia dar crédito às repetidas juras de Mike Mansour. Uma simetria incômoda, já que os sentimentos de Schmidt pelo sr. Mansour não eram aqueles que, esperava, Gil nutria por ele. Uma simetria que levava a uma questão em aberto: qual a força dos sentimentos de Gil por seu velho colega de quarto e faculdade? Isso não estava claro. Pelo menos, Schmidt conseguira chegar a um entendimento de seus sentimentos por Mike Mansour. Gostava de Mike Mansour do mesmo modo como, no passado, gostara de clientes com problemas capazes de enfurecê-lo. O denominador comum nesses casos era a satisfação de Schmidt com sua própria habilidade no trato desses problemas, e a diversão que extraía daí. Manter a bolinha em jogo em diversas mesas de pingue-pongue de formas e tamanhos variados. Tinha de admitir que o sr. Mansour jogava bem, do seu lado da mesa. Na verdade, tinha um saque venenoso e batia bem de mão trocada. Além disso, Schmidt não se enganara ao acreditar, no início, que o sr. Mansour poderia oferecer a Carrie e a ele uma forma de vida social. Quanto a confiar, e aos limites dessa confiança, eles não podiam, para começar — esta era a opinião de Schmidt —, ser apartados da idéia que se fazia de por que o sr. Mansour escolhera a ele, entre tantos outros, como amigo — antes de se descobrir que Schmidt era bem mais, era o "melhor amigo" de Mansour. Dados os devidos descontos para o pendor de Schmidt pela autodepreciação, ele concluíra que só poderia haver uma razão: ele divertia o sr. Mansour, do mesmo modo como os anões tinham divertido a corte espanhola à época de Velásquez. Schmidt era o novo brinquedinho de Mike Mansour! Com certeza, em sua vida empresarial, o sr. Mansour travara conhecimento e lidara muito de perto com dúzias de advogados tão bons ou melhores que Schmidt, se cabia tomar como critério para a escolha o talento e a reputação profissional, e, de fato, ambas essas coisas deviam ter desempenhado algum papel, uma vez que, logo no início de sua amizade, o sr. Mansour mais de uma vez se pusera a testar a boa forma de Schmidt, submetendo-o a provas que lembravam testes de campo para cães de caça, ao final de cada uma das quais Schmidt ficava imaginando se o sr. Mansour apareceria com um biscoito na palma da mão estendida — ou seria um pedaço de *halvah*? —, ou se o acariciaria atrás das orelhas, por ter se saído tão bem. Esses testes não incluíam ir buscar objetos lançados nem seguir o mestre bem junto dos calcanhares; a despeito de toda a sua profunda percepção psicológica, o sr. Mansour não tinha certeza alguma de que Schmidt obedeceria, e contentava-se em não pôr isso à prova. Mas talvez tivesse sido a suspeita dessa tendência à insubordinação que havia levado o sr. Mansour a distingui-lo dos outros advogados-farejadores, os não-bem-Schmidt a quem ele se comprazia em manter em seu canil, mas não ao pé da lareira da sala. Sim, valia a pena para o sr. Mansour se dar o trabalho de manter a seu lado, numa relação de surpreendente intimidade, alguém tão respeitável e talvez até tão apresentável quanto Schmidt, sobre quem não tinha controle nenhum e que estava ali por livre e espontânea vontade. Nesse sentido, podia-se confiar nele. Quanto ao efeito da atração especial exercida por Carrie — matéria em que Schmidt apostara em silêncio contra si próprio —, o sr. Mansour já o demonstrara de modo suficiente. De acordo com Carrie, porém, depois do fiasco em Nova York, ele decidira não mais se animar. Quando Schmidt perguntou a ela se deveriam aceitar os convites que continuavam a ser feitos, ela respondeu: Por que não? Ele vai preferir morrer do que tentar de novo. E acrescentou, inconseqüente: Já pensou? O Jason mataria ele.

Assim, de amigo para amigo, Schmidt disse a Mike: Muito bem, professor. E que remédio milagroso você vai me receitar?

Nenhum. Uma dieta rigorosa. Não faça nada. Deixe que eles venham te procurar.

E então?

Você ouve tudo e diz que precisa pensar, o que significa discutir o assunto comigo, antes de fazer qualquer coisa.

Esse é o tipo de conselho que eu costumava dar a meus clientes nas negociações, Mike. Você poderia ter sido um bom advogado. O fato é que, agora, não se trata de uma negociação. O que está em pauta é ajudar minha filha, são os sentimentos dela, minha relação com ela.

Eu poderia ter sido um grande advogado, você quer dizer — o maior de todos. Você acha que ser advogado se compara a construir negócios como os que eu construí? Nem se compara. Ser advogado me custaria uma porção tão minúscula do cérebro que você nem conseguiria ver a olho nu, uma porçãozinha que nem me faria falta. A questão é como pôr as coisas em movimento. Isso não é advocacia: é a vida. Você não faz um gato comer empurrando comida até ele. Tem de dar a ele o tempo de que precisa. Quando estiver com fome, vai comer. É a mesma coisa com a sua filha. Entendeu? Não se esqueça. *Pas de problème*.

Que bom para o sr. Mansour que não havia problema. Schmidt estava dormindo, tirando uma soneca, quando Renata ligou. Às vezes, pensava que ela e Charlotte tinham sensores de percepção remota instalados em algum ponto da casa, para alertálas do instante em que ele fechasse os olhos, seu momento de maior vulnerabilidade. Voz sensual, ele tinha de admitir, sobretudo para uma psicanalista a quem ele julgava ter aprendido a odiar. Há quanto tempo, ela disse, uma quebra considerável da promessa que haviam feito um ao outro de trabalhar de mãos dadas para fazer os filhos felizes. Schmidtie e ela haviam sido punidos por isso, mas não era tarde demais. As crianças ainda tinham uma vida pela frente; nada estava irremediavelmente perdido ou arruinado. Mas elas precisavam de um tipo de ajuda que só Schmidtie e ela, trabalhando juntos, poderiam dar. Renata continuou naquele tipo de conversa por um tempo, enquanto ele se encolhia embaixo das cobertas, quase a ponto de desligar o telefone e, depois, deixá-lo fora do gancho — se o censurassem mais tarde, podia dizer que o aparelho ficara mudo —, imaginando se ela teria perdido a aparência pré-colombiana e como andariam as varizes, invisíveis sob o collant de lã, que ela ficara massageando de forma tão atraente no primeiro encontro dos dois. Ha! Dois casos de varizes em sua vida: a dra. Renata e a sra. Gorchuck. Não era o caso de prestar atenção a cada palavra. A pergunta, quando Renata enfim chegou a ela, não o surpreendeu: Você poderia vir à cidade, para se encontrar comigo, Schmidtie? Precisamos conversar. Estou de volta ao trabalho, mas tenho as quintas livres, como antes. Schmidtie poderia convidá-la para almoçar naquele simpático clube que ele freqüentava, aquele com as maquininhas de *café filtré*. Impossível resistir à réplica. Você ficaria decepcionada, disse ele: não existem mais; o clube comprou uma enorme máquina de café expresso, dessas que tem em todo lugar. Que pena!, respondeu ela. Mas estava apenas tentando mostrar a ele que se lembrava de cada detalhe agradável do último encontro, enquanto ele nutria tanta raiva, tantos sentimentos destrutivos, o oposto do que necessitavam para a tarefa mais importante de suas vidas.

Não vou aceitar um não, anunciou ela. Se você não quiser me encontrar em Nova York, pego o ônibus da manhã para Bridgehampton. Conversamos e eu volto de ônibus para a cidade, embora não acredite que você deseje me tratar desse jeito.

Aquela era, sem dúvida, uma afirmação interessante, sobretudo porque provinda de um importante membro da Sociedade Psicanalítica de Nova York. De que forma ele *desejava* de fato tratar a mulher que lhe roubara a afeição da filha, a mulher que ele, justa ou injustamente, julgava responsável por uma ferida imensa em seu corpo, tão dolorosa quanto a provocada pela morte de sua esposa? Mate! Mergulhe esse traste em óleo fervente — isso é o que seu sobressaltado inconsciente gritaria. Estava claro, porém, que a ocasião era única. A dra. Renata estava mesmo falando de boas maneiras, não de motivações ocultas. Uma vez que as boas maneiras demandavam que ele a tomasse por uma dama, restavam-lhe apenas duas opções: recusar-se a vê-la, mesmo que ela aparecesse à sua porta, ou encontrá-la em Nova York. Ele estava fraco demais para a primeira opção, bastante temeroso do efeito que produziria em Charlotte. Se é o que você quer, respondeu, encontro você no clube. Por favor, tente chegar ao meio-dia e meia. Não lhe pareceu necessário lembrar a ela o endereço.

O mais provável é que tivesse dado um passo em falso. Outra vez, tinha deixado que os Riker o colocassem na defensiva. Não havia necessidade de seguir cometendo o mesmo erro. Não agora, nem mesmo com o sr. Mansour.

Mike, perguntou ele, com toda essa sua perspicácia psicológica e o talento de negociador que você tem, como explica o fato de não ter se saído melhor com seus próprios filhos e com suas esposas?

Schmidt ergueu os olhos do fígado de bezerro grelhado para ver se marcara um ponto. Não tinha sido na mosca. Impassível, seu anfitrião terminou de mastigar, engoliu e sorriu. Depois, dirigiu-se a Schmidt: Você não entende mesmo. Não investi meus talentos nessa direção. Quando meus filhos nasceram e enquanto cresciam, eu estava construindo meus negócios. Os negócios são a prova do que posso fazer. Minhas mulheres! Você deve estar brincando. Já disse que a primeira foi um erro idiota. A segunda também. De idiota a idiota e meio. Tudo bem, eu gosto de sexo. Não estou dizendo que sou bom amante. Não sou. Gosto de sexo, e é só. Não significa que eu goste do casamento. Das duas vezes, foi um pé no saco. Você está começando a entender, posso ver pelos seus olhos. Você não liga para dinheiro — ouça o que estou dizendo, eu sei que você não liga — e, a esta altura da vida, não tem um trabalho, nenhum negócio em mente. Charlotte é o que importa para você. Na verdade, é só o que te importa. Está vendo o incentivo? Vou deixar ainda mais claro. Você tem razões de sobra para ir à luta e acertar as coisas com Charlotte.

A voz de Deus... O que faz você pensar que não é o que estou fazendo?

Tudo bem. Ir à luta pressupõe fazer um bom trabalho. A questão é: como fazer isso sem estragar tudo? Quer ouvir a segunda parte da minha receita? Viva um pouco. Neste momento, você não tem vida nenhuma. É assustador.

Um *leitmotiv*. Blackman no fagote, Mansour na tuba. Era bem provável que os dois até ensaiassem. Como se Schmidt não quisesse desesperadamente escapar do corner em que se metera, golpe após golpe, ao longo de tantos anos.

Escute, ele disse, eu vivo o melhor que posso. Amo a Carrie. Ela me faz feliz. Não tenho mais ninguém. Neste momento, minha vida é essa, e não é tão ruim.

Esse é outro problema no qual estou de olho. Relaxa, Schmidtie, nunca mais vou aprontar com ela, você sabe disso. De qualquer modo, o Jason diz que ela está ótima. A questão é: a Carrie ajuda nesse problema com a Charlotte? Deixe-me dizer de outra forma: Quando Charlotte pensa em você e na Carrie, será que ela diz a si mesma Ei, quero mesmo passar um fim de semana com meu pai? A resposta é não. Estou certo?

Você pode estar certo, mas ela está errada. Ela devia agradecer por eu estar vivendo com uma pessoa que é boa para mim, que me faz feliz — e me mantém afastado dos calcanhares dela! Não existe nada pior para uma filha única do que um pai aposentado e viúvo, sem ninguém a quem recorrer ou em quem pensar, a não ser na filha!

Nisso, você tem razão, mas criou uma filha egoísta. Ela não pensa no que é bom para você. Você precisa impressionar a Charlotte, fazê-la sentir que você é forte. Pensei na minha fundação. Você tem idéia do trabalho que fazemos?

Schmidt assentiu com a cabeça.

Tenho, uma idéia muito geral.

Devia se informar sobre o assunto. Estou pensando em passar minha fundação para você, para que você a administre. Não se preocupe. Como já disse, eu continuaria fornecendo a visão — e o dinheiro! Não é uma boa? Sem necessidade de levantar fundos, e eu estaria a seu lado, como um sócio-presidente. Você está bem de saúde, tem aí o quê? Mais uns dez anos de vida útil? Suponha que eu faça um contrato por dez anos com você. Você determina seu salário. Se me ajudar a construir a fundação do jeito que eu quero que faça, a Charlotte vai ver que você é importante de novo, quando olhar para você. Nada de espetacular, mas muito mais atraente do que olhar para um velho azedo, não fazendo mais do que se apoiar numa criança como a Carrie. Não estou certo? Você não corre risco nenhum. Negócio fechado?

Um velho diabo, erguendo-se no paletó de *tweed* de seu pai, lampejos de vermelho nos cabelos desgrenhados, olhos esbugalhados fitando firme, pôs sua mão grossa e cheia de veias na boca de Schmidt, bloqueando as palavras que estava para dizer. O quê? Servir a esse homem? Dizer a ele que acaba de oferecer a você tudo o que você, em segredo, mais desejava, mas que parecia impossível? Nunca. Ser grato é ser escravo. Deixe que aquilo que você deseja de todo o coração lhe seja concedido não como um favor principesco, mas apenas nos seus termos, e depois de alguma relutância.

Escute, Schmidt disse a Mansour, fico tocado pelo fato de você ter pensado nisso. Fico mesmo, mais do que você pode imaginar. O problema é que não estou certo sobre se deveria trabalhar para você. Acho que provavelmente gosta de mim, e nos damos bem, porque não trabalho para você. Tenho medo de que tudo isso mude, assim que eu entrar para sua folha de pagamento.

O sr. Mansour bebeu seu vinho, recostou-se na cadeira e apontou para a taça vazia. Manuel o serviu. Ele bebeu de novo, indicou a Manuel que servisse mais vinho para si próprio e para Schmidt, e começou a rir. A risada, que de início pareceu forçada a Schmidt, agora parecia incontrolável, até que o sr. Mansour afinal enxugou os olhos, esfregou o rosto, como se desejasse parecer sério, e tornou a falar.

Você está me dizendo que não quer o emprego?

Eu só tenho medo de que essa idéia, bastante generosa, possa vir a se transformar numa armadilha. Para você e para mim.

Você é mesmo uma figura. Escute, Schmidtie, deixe que eu me preocupo comigo. O que você me diz? Sou um bom amigo?

Em geral.

Então, pare com essa besteira e diga sim. Vou pedir a Holbein que cuide da papelada.

Você não acha que, primeiro, seria melhor pelo menos mencionar a idéia a Holbein e aos diretores da fundação, antes de nos comprometermos um com o outro? Quero dizer, se você quer mesmo que eu assuma a fundação, talvez devesse seguir os procedimentos habituais de governança, só para evitar qualquer mal-entendido.

O sr. Mansour assentiu com a cabeça e permaneceu calado, enquanto pratos e talheres eram retirados da mesa. Depois, sorriu e disse: Schmidtie, tenho de admitir que você pensa em tudo. Está bem, vou fazer do seu jeito. Vou mencionar a idéia a Eric e aos diretores. Holbein também fala em governança. Depois, vamos ver o que ele diz e como as coisas se encaminham. Digamos que experimentei em você primeiro, para ver se o tamanho servia. A gente se fala de novo.

Dirigindo de volta para casa, aonde Carrie não chegaria até o horário do jantar, porque o curso que estava fazendo terminava tarde e, em seguida, alunos e professor iam tomar um café, Schmidt se lembrou de que não perguntara a Mansour sobre Jason. Por que os dois andavam conversando sobre Carrie? Era uma pergunta idiota. Pergunta melhor, cuja resposta infelizmente sabia muito bem, era por que ele, Schmidt, tinha dado ouvidos a seu velho íncubo, quando podia muito bem ter caído na rede, apertado a mão de Mansour e aceitado o emprego. Ninguém, nem mesmo Gil Blackman, jamais havia oferecido a ele uma tal oportunidade. Em vez disso, tinha arranjado para que Mansour, com razão, impusesse uma condição ao que era, de início, incondicional. Tinha, sem dúvida, dito a ele como proceder, instigando-o à ambigüidade e ao recuo! Não havia mistério sobre qual seria o resultado: Mansour nunca mais iria oferecer-lhe o emprego, não daquela forma, não naqueles termos, e ele, Schmidt, jamais conseguiria perguntar a Mansour o que Holbein havia dito, ou se os diretores — todos eles dóceis sequazes, esperando por um eventual osso que Mansour pudesse atirar em sua direção — tinham manifestado uma opinião. Como se Mike desejasse ou precisasse consultá-los! Essa nuvem pode não ser de chuva, intrometeu-se o velho diabo. A probabilidade de Mansour prestar alguma atenção a princípios de governança em sua fundação era a mesma de ele manter a palavra, qualquer que tivesse sido a resposta de Schmidt. Suas perspectivas não sofreram nenhum dano, seu estúpido. Mike Mansour não cumpriria uma promessa de tamanha generosidade; ele não lhe daria uma vida, para tomar emprestada a expressão ridícula, não até que você estivesse montado nas costas dele o tempo todo, cavalgando-o feito um jóquei e dando-lhe chicotadas. Anime-se, idiota, você manteve a sua dignidade! Tem seu orgulho, tem seu próprio dinheiro e o dinheiro de seu pai, tudo intacto. Você não precisa da fundação daquele sujeito vulgar para ter posição. E, quanto a Charlotte, deixe aquela vaca foder quem ela quiser.

Rápido, um raminho de hortelã, diretamente da profusão de plantas já crescidas demais. Acrescentar bourbon e gelo. Esmagar a hortelã embaixo dos cubos de gelo e mexer. Sua própria mente engatou, assim, marcha mais tranqüila, Schmidt pondera o conselho do demônio. O maldito está no caminho errado; o problema não é se Mansour vai manter uma promessa feita. Claro, podia-se argumentar que Schmidt fora grotesco, deixando o amigão escapar daquele jeito, mas não havia nada a ganhar no final da história, a não ser sua própria miséria e fracasso. Apostaria dólares contra balas de coco que o sr. Mansour enxergara bem dentro dele e sabia que não estava arriscando nada no jogo que estava jogando com Schmidt. Podia confiar que Schmidt o livraria de qualquer dificuldade antes de uma oferta ser feita, implicando promessa a cumprir ou romper. Restava um pequeno consolo: na verdade, lidara com Renata melhor do que fizera com Mike, melhor do que Mike imaginara. Talvez Mike não tivesse se dignado a prestar atenção ao que Schmidt dissera; ou, mais provável, tivesse achado divertido construir uma versão dele próprio, para dar com ela na cabeça de Schmidt. Isso tampouco fazia diferença. Schmidt conhecia sua própria versão e podia se ater a ela com certa satisfação.

No fim, mudara de idéia e deixara uma mensagem na secretária eletrônica, dizendo a Renata que não fosse ao clube. Se era para ele ser esquartejado pelas Fúrias, que fosse em local neutro, não em campo sagrado. Deu a ela o endereço de um restaurante italiano, aonde costumava levar executivos e advogados de companhias de seguros, gente que podia julgar um almoço no recinto democrático do Harvard Club recompensa insuficiente pelo trabalho propiciado, ao passo que Schmidt considerava que convidados assim sobressairiam de maneira desagradável em seu grandioso clube ou no restaurante francês aonde levava Mary e clientes de perfil mais adequado, mas que não ligavam para comida de clube. O maître, um corpulento siciliano, era seu amigo. Arranjaria uma mesa de canto, tão afastada quanto possível da gritaria de banqueiros de investimentos, advogados e clientes, falando um mais alto que o outro em pleno horário de almoço. Schmidt imaginou que, numa emergência, seu amigo siciliano lhe serviria jogando Renata no meio da rua. Depois, poderia pousar um braço másculo em torno de Schmidt e murmurar algo sobre a velha *strega* e o mau-olhado. Renata estava esperando por ele. Tendo ele próprio chegado bem uns quinze minutos atrasado — porque o primeiro estacionamento que tentou estava cheio e o caminho até o segundo demandou avançar com dificuldade, primeiro rumo a oeste, depois a leste, passando por travessas abarrotadas do trânsito do meio-dia —, procedera mal já de início, embora tivesse telefonado para o restaurante, de modo a fazer saber à dra. Riker que estava a poucos minutos dali, que não faltaria ao encontro. Não fez diferença: ela assumiu uma postura superior já de saída. Era perfeitamente compreensível, disse a ele, que alguém ficasse detido por uma coisa ou outra a caminho de um encontro que não queria ter. A reação apropriada era entender o motivo, em vez de incomodar-se. A reação de Schmidt, à qual não deu voz, foi notar que, como não haveria misericórdia, era melhor ele se fortalecer com gim. Ela dispensou o gim e pediu suco de tomate, na esperança — supôs Schmidt — de que o gim soltaria a língua dele. E assim foi, pelo menos o suficiente para que ele perguntasse sobre a saúde do dr. Riker e expressasse satisfação ao ouvir que nada havia do que se queixar; insuficiente, porém, para que ele avançasse nas perguntas ou comentasse a aparência dela. De fato, espantou-se ao ver quanto ela envelhecera. Talvez fosse o efeito dos cabelos, agora grisalhos por inteiro, não mais presos num apertado coque. Em vez disso, Renata exibia um antiquado corte *à la* pajem, do tipo que se costumava ver em garotinhas. Schmidt registrou os bolsões amarelos em torno dos olhos grandes, que não sorriam, a nova magreza do semblante asteca, o modo como já não parecia tão alta. Talvez estivesse um pouco curvada. Havia menos frescor e charme também no modo de se vestir, embora ela novamente estivesse usando um conjunto que ele poderia jurar que era Chanel, de uma época anterior à mudança em seu aspecto. Passou-lhe pela mente o pensamento desagradável de que a roupa Chanel era uma alusão à última vez que haviam almoçado juntos, mais do que o tipo de traje que ela costumava vestir para almoçar fora numa quinta-feira. Os dedos da mão direita tinham manchas de nicotina. Tinha passado maus bocados, bem mais do que ele, mas a observação não lhe inspirou compaixão.

Melhor assim, pois, nem bem tinham pedido os pratos, ela o desafiou. Você não tem nada a me dizer?, perguntou, ao que

Schmidt respondeu — com sensatez, a seu ver — que o encontro havia sido sugestão dela. Ele estava ali para ouvir.

É que eu pensei, prosseguiu ela, que você poderia estar sentindo alguma necessidade de comentar o modo como seus sócios na Wood & King trataram o Jon. Pensei que você talvez pudesse querer manifestar algum arrependimento pelo fato de não ter saído em defesa dele.

Tudo o que sei desse assunto foi o que li nos jornais, e o que li bate com o que Jack DeForrest me relatou. Nem você nem o Jon me deram nenhuma outra versão do ocorrido, que dirá uma versão diferente, menos danosa para ele.

Você sempre acredita em tudo o que lê?

Ninguém me pediu opinião. Mas meus ex-sócios deviam ter uma opinião mais firme do que de costume acerca da conduta do Jon como advogado. A tomar por base o que me contaram e o que li, a conduta dele foi execrável. Nem consigo imaginar de que outra forma teriam votado unanimemente pela saída dele.

Lincharam o Jon. O Jack DeForrest e seus comparsas arriscaram tudo só para condená-lo. O resto cerrou fileiras e acompanhou a decisão. É isso. O Jon foi o bode expiatório.

Bode expiatório do quê?

Dos idiotas que mandam na sua firma. Das opiniões intolerantes e equivocadas deles. Da injustiça. Daquele senhor senil de nome ridículo — Buzz Williams! —, que alegou ter feito uma investigação.

Schmidt não respondeu. Já não era sua missão defender a infalibilidade de DeForrest ou do comitê gestor da W & K. Ele sabia que, de modo geral, ela estava certa; era assim que a firma funcionava. Nesse caso em particular? Preferia não pensar no assunto. Pouco importava o que dissesse àquela mulher: ela daria um jeito de voltá-lo contra ele e sua antiga firma — e contar a Jon Riker. Renata tinha bebido seu vinho e girava a taça vazia entre os dedos. Isso deu a Schmidt a oportunidade de escapar de seu olhar fixo. Fez sinal ao garçom para que enchesse a taça. Ele mal tocara a sua.

Não vai beber comigo?, observou ela. Isso é novidade.

Preciso dirigir de volta até Bridgehampton. É só isso.

E você sabe que estou certa quanto ao que fizeram com o Jon. É por isso que, contrariando o costume, você está tão quieto.

Renata, ele disse, eu pensei que você tivesse me chamado aqui para conversar sobre nossos filhos. E me refiro ao que aconteceu entre eles e à vergonhosa recusa do Jon a abrir mão do que é propriedade de Charlotte. Se ele acha que foi injustiçado pela firma, é — ou pelo menos costumava ser — bom o bastante como advogado para saber de que forma buscar reparação. Me atormentar não adianta nada.

Ela se calou e desgrenhou os cabelos. Depois, em voz bem baixa, disse Sim, estou parecendo uma velha. Você já nem pensaria em me dar uma cantada. Aconteceu na semana em que sua firma mandou o Jon embora. Dor e vergonha. Os cabelos da minha bisavó ficaram brancos durante um *pogrom*. Espancaram o pai dela na rua, na frente da casa, e arrancaram sua barba. Ela assistiu a tudo isso do sótão, onde estava escondida com as outras crianças. Imagine: ela só tinha dezenove anos!

Schmidt começou a murmurar algo sobre sentir muito, o que Renata de pronto interrompeu.

Você está muito bem, Schmidtie, dá para ver que não tem uma única preocupação neste mundo. Que criação mais notável! Nem por um segundo você pensou em tentar deter o que estavam fazendo com o Jon? Em sair em defesa do seu genro? Contra a injustiça?

Não, ele respondeu, nunca. Como já deixei claro, me parece que a firma fez o que tinha o direito de fazer.

Ninguém consegue se safar tão fácil assim. Você não sabe, lá no fundo do coração, que o Jon jamais deu os documentos para aquela mulher? O juiz percebeu isso. Não houve punição ou advertência. O processo acabou.

O Jon teve muita sorte. Deve ter impressionado o juiz com seu remorso.

Bom, e aqueles sujeitos não deveriam aceitá-lo de volta? Reparar o mal que fizeram?

Você quer dizer aceitá-lo como sócio? De volta na Wood & King? Isso é absurdo. Nem posso imaginar que ele queira.

Por quê? Ganhou o direito de estar lá.

E depois perdeu. É uma sociedade, Renata. Como eu disse, os sócios votaram contra ele porque, a juízo deles, ele tinha de ser expulso. Isso é um fato e não pode ser mudado. E, aliás, não são só homens. Agora, temos também muitas mulheres na firma.

Incomodou-o ser forçado a falar como se ainda fosse membro da Wood & King. Schmidt pigarreou e prosseguiu: Isso é coisa que não tem volta. Como é que ele e os outros sócios poderiam voltar a trabalhar juntos? Se eu soubesse que era sobre isso que você queria conversar, teria recusado o convite.

Seus sócios na Wood & King acabaram com o casamento dos nossos filhos. Isso não te interessa? Não temos de conversar sobre isso, se queremos falar sobre os filhos?

Até onde eu sei, o problema do casamento foi a galinhagem e a indiscrição do Jon. Foi esse o motivo, e não a Wood & King. E não estou sugerindo que Charlotte não tenha culpa nenhuma.

Schmidt parou por aí, porque lhe pareceu que, se continuasse, teria de dizer que o casamento já não tinha conserto, tanto quanto a carreira interrompida do Jon na firma. Quem era ele para assumir aquela postura? Para o inferno com a sobriedade. Bebeu sua taça de vinho e pediu outra ao garçom, voltando a comer. O que tinha a fazer era comer rápido e cair fora.

Ela também quis outra taça de vinho. Olhando firme para ele, disse: Muito bem, vamos nos ater às crianças. Você escreveu uma carta cruel a Charlotte. É claro que ela me mostrou.

Claro. Charlotte está gravando minhas raras conversas com ela também, para mostrar a você?

Schmidtie, você nunca perdoa nada do que ela faz? Você nunca perdoa ninguém? Quantos anos faz que ela fez aquela gravação?

Não o suficiente para eu ter esquecido.

Mas, na época, eu expliquei a você que ela só fez a gravação para ter certeza de que tinha entendido toda a sua conversa sobre dinheiro. Desta vez, você pôs tudo por escrito: é uma escolha entre o seu dinheiro ou o Jon.

De jeito nenhum. É uma escolha entre garantir que os acordos envolvendo dinheiro entre ela e o Jon, ou qualquer outro homem, sejam honestos ou optar por ter alguém, depois da minha morte, que garanta que ela não seja roubada. Acredito que vocês três, perdão, vocês quatro — esqueci de contar seu marido — sejam capazes de entender isso facilmente. Vocês têm mentes tão afiadas.

Não foi essa a sua intenção. Seu alvo era apenas o Jon, era impedir que os dois reatem. Isso ficou claro até para o Myron.

Ela desgrenhou os cabelos de novo. Claro, é uma carta inteligente.

Tem uma coisa que eu não entendo. Aquele sítio, ou seja lá o que for — a casa perto de vocês, em Claverack —, foi comprado com o dinheiro da Charlotte. O apartamento na cidade, que você disse que seria pago com seu dinheiro, também foi, na verdade, comprado com o dinheiro dela. Como a Charlotte é uma romântica, as duas propriedades estão em nome dos dois. Aí, eles decidem se separar, não importa por quê. Existe alguma justificativa para que o Jon se recuse a devolver a Charlotte o que é dela?

Tem o empréstimo, ela murmurou.

Certo, ela vai assumir o empréstimo, livrar o Jon de qualquer responsabilidade. Eu não acredito que ela tenha algo a opor a isso, mas, se tiver, eu assumo o empréstimo.

Schmidtie, é verdade, você não entende. O Jon não pode passar as propriedades para ela. Não agora. Ele não pode. Significaria desistir da Charlotte, de vez. Além disso, os dois imóveis são tudo o que ele tem. Ou pensa que tem.

Mas é propriedade alheia!

Não importa. É tudo o que ele tem. Ele está afundando, Schmidtie. Seus sócios, aquelas criaturas horríveis, intolerantes e hipócritas, acabaram com ele. O Jon está se apegando a essas coisas como se fossem uma jangada.

Pois então você deveria endireitá-lo. Se, como mãe, você não consegue, peça ajuda profissional. Ou dê algum dinheiro a ele! O dinheiro do apartamento, que você prometeu, por exemplo.

Não podemos, é impossível. Meus pacientes diminuíram. Ainda dou consultas como analista, do modo como aprendi, do modo como acredito que tem de ser feito, mas pouquíssimas pessoas podem pagar. Quase todos os meus pacientes são velhos. De reembolso dos planos de saúde por consulta psicanalítica, nem adianta falar. O Myron tem trabalhado com terapia em grupo. Existem cargos para psiquiatria clínica que ele poderia conseguir, se não estivesse em idade de se aposentar. Tudo isso dá pouco dinheiro. Anos atrás, a gente costumava pensar que estava mais do que bem. Agora, estou com medo.

Eu sinto muito, muito mesmo. Escute, só por curiosidade: a história que Charlotte me contou sobre você não dar o dinheiro para o apartamento, porque isso evitaria que o Jon ficasse muito dependente de você, isso foi só conversa que você inventou porque, na época, já não podia dar o dinheiro a ele?

É, eu inventei.

Mesmo?

Não, Schmidtie. Na verdade, acabo de dizer uma mentira. O Jon inventou essa história, porque sabia que estávamos mal. Não queria que a Charlotte soubesse, não naquele momento. Foi tolice dele.

Não foi só tolo. Foi incompreensível. E imperdoável. Como sócio da W & K, ele podia ter pedido um empréstimo maior. Podiam ter adiado a compra do apartamento. Podiam ter falado comigo. Nada disso altera o que era dever do Jon. Estou estarrecido. A propósito: não deixe ele chorar no seu ombro. Ele pode muito bem conseguir sociedade em outra firma de Nova York — não do mesmo nível da W & K, mas, ainda assim, uma boa firma. Ou uma boa colocação numa grande empresa. O mercado para advogados experientes é bom.

Como é que você sabe?

Ela o pegara. Schmidt estava improvisando, e não iria admiti-lo.

Foi o que me disseram, continuou ele, muitos caçadores de talentos se especializam na colocação de advogados sênior.

Ele deveria ir ver alguns.

Ela começou a beliscar seu ravióli, parou, remexeu num livro de bolso, puxou um minúsculo lencinho bordado, pareceu incapaz de decidir o que fazer com ele e o guardou de volta.

Schmidtie, você entendeu o que acabei de te contar sobre a posição do Jon, os sentimentos dele?

É claro.

Você admite a possibilidade de que eles se amem?

Não sei nada sobre isso.

E ainda mantém o que disse na carta?

Sim. Não há nada em minha carta que impeça aqueles dois de ficarem juntos, se é o que eles querem, contanto que ele desista de pegar o dinheiro dela. É bastante simples: não darei a Charlotte um único centavo, não de um modo que torne possível a ele ficar com o dinheiro.

Roubar, você quer dizer.

Não foi o que eu disse.

Você vai, sem dúvida, fazer a Charlotte infeliz. Como é que ela pode voltar e ser feliz, diante dessa sua desaprovação? Você despreza o Jon.

Você não tem razão para questionar meus motivos. Meus sentimentos em relação ao Jon — isto é, ao fato de ele não devolver a Charlotte o que é propriedade dela — são o que são. Mas posso garantir a você e a Charlotte, já que você com certeza vai falar com ela — e se é que Charlotte precisa dessa garantia —, que farei o que estiver ao meu alcance para ajudá-la, para fazê-la feliz. De livre e espontânea vontade. De forma sensata. Sem necessidade de receber instruções suas para isso.

Schmidt chamou o garçom.

Eu quase nunca peço sobremesa. Você se importa se a gente não pedir? Não? Então vou pedir a conta.

Ele tinha acabado de pagar, quando ela perguntou: Schmidtie, você disse no início deste almoço que o Jon se comportou de modo execrável. Você poderia dizer o mesmo de alguma coisa que tenha feito na sua carreira? Não estou me referindo a enganar sua esposa. Você sabe, como o que você fez com aquela *baby-sitter* vietnamita, a Charlotte me contou a história. Eu me refiro ao tipo de coisa da qual acusaram o Jon. Algo pelo qual você gostaria de ser perdoado.

Esse tipo de coisa? Nunca.

# 10.

Uma pergunta astuciosa, respondida com astúcia: "Esse tipo de coisa? Nunca". Verdade verdadeira. Ele nunca tinha dado documentos sob segredo de justiça para quem não devia, nem jamais se colocado numa posição da qual se pudesse inferir comportamento tão execrável. Mas, quanto a vileza medonha, riscos assumidos contra toda sensatez e mentiras desnecessárias... Nunca aceite um não como resposta. Era de se esperar que a dra. Riker conhecesse o suficiente do abismo humano para ir mais fundo em sua investigação. Talvez o infortúnio a tenha tornado menos afiada. Correndo para casa pela via expressa de Long Island, maravilhosamente vazia àquela hora da manhã de um dia de semana, Schmidt pôs o assunto de lado, como uma carta de cujo conteúdo maligno já se tem certeza no momento em que se vislumbra a caligrafia no envelope. E fechada ela permaneceu, enquanto ele dirigia o carro e mexia no rádio.

Pouco tempo se passou até que ele retomasse os telefonemas semanais a Charlotte, em geral nas manhãs de quarta-feira, a fim de dar a ela uma chance de casualmente anunciar que gostaria de vir para o fim de semana. Ele não suportaria perder o contato. Falavam sobre o trabalho dela — a cujas responsabilidades veio se juntar uma rica tribo indígena, em vias de abrir um cassino em suas terras — e o tempo. Este último assunto era contribuição de Schmidt. Em parte, ele fazia propaganda de Long Island no princípio do outono — dias de clima ameno, o ar tão limpo na praia que a vista parecia alcançar até Montauk, ondas quebrando-se preguiçosas, um mar ainda quente o bastante para um nadador intrépido dar um mergulho, as últimas rosas ainda em seu jardim —, e, em parte, tentava mostrar com que freqüência pensava nela. Essas tentativas assumiam a forma de um aviso sobre o temporal previsto para Nova York na, digamos, sexta-feira, justamente quando ela tinha uma exposição a fazer no centro, e da preocupação acerca de ela conseguir um táxi, primeiro para o escritório, depois até o cliente, de modo que não chegasse ensopada; ou, depois de uma semana sem chuva, a forma de preocupação com a seca. Claro que Charlotte permanecia em Nova York, em todos esses fins de semana de Long Island, propagandeados com discrição e saudade, a não ser que, de fato, viajasse rumo a outros destinos, sem se dar o trabalho de contar a Schmidt. Claverack, por exemplo. Ou talvez os Berkshires? Não havia como saber: era possível que ela e o sr. Polk tivessem outra vez se tornado colegas de escritório, e ela o visitasse, a ele e à esposa, na casa dos dois em Egremont. Ela não mencionou a carta que pusera Renata em ação; tampouco Jon Riker, ou os pais dele. O fato singular de ele não saber onde Charlotte estava morando — pensava mais especificamente em onde ela estava dormindo — permanecia presença incômoda em sua mente. Imaginava se aquilo estava presente também na consciência dela. Parecia mais provável que ela acreditasse já ter contado a ele. Não prevendo nenhuma necessidade de contatá-la fora do horário de expediente, Schmidt decidiu não perguntar. Como diria o sr. Mansour, ele não precisava de problemas, das recriminações que uma pergunta inconsiderada ou formulada na hora errada poderia provocar.

No segundo domingo de outubro, enquanto o time formado por Carrie e Jason competia no triatlo da associação dos policiais de Riverhead, Schmidt recebeu um telefonema de Mike Mansour. Me desculpe não ter estado com você nessas últimas duas ou três semanas. Tudo bem com você? Eu estou em grande forma, ótimo mesmo. Precisei ir a Los Angeles, para dar uma olhada nas cópias de umas cenas e conversar com um pessoal sobre distribuição. Isso mesmo, *Chocolate kisses*, o melhor filme do Gil até agora! Tenho de admitir. Desde que me tornei o produtor executivo, ele tem se concentrado ao máximo, aceitando bem os conselhos. E vou te dizer, fica evidente. Quando o Gil volta? No final do mês. A propósito, estou indo visitar todos os centros da minha fundação. Isso mesmo, todos eles, os quarenta e dois. O que significa que devo voltar a tempo para o dia de Ação de Graças. Estarei esperando por você e pela Carrie para o almoço de Ação de Graças, está certo? A propósito, quero levar o Jason comigo. Estou dando folga a ele este fim de semana, para competir no triatlo com a Carrie, mas ela vai ter de se virar sozinha até nós voltarmos. Vê se você a mantém ocupada nesse meio-tempo.

Mike, o que você está tentando me dizer sobre a Carrie e o Jason?, Schmidt perguntou, a garganta seca, mas julgando impossível deixar passar aquilo.

Nada que você não possa ver com seus próprios olhos. Me perdoe, mas é engraçado, Schmidtie. Se você tivesse dito sim, se tivesse aceitado o emprego na minha fundação quando fiz a oferta, estaríamos fazendo esta viagem juntos. Quem sabe da próxima vez!

Certo. Tem sempre um dia depois do outro.

O que o dia seguinte trouxe de fato foi um pacote, entregue por serviço de *courier*, proveniente do Mansour Life Institute. Continha um "*kit* de boas-vindas": relatórios anuais, um ano inteiro de recortes de jornais, muitos em línguas desconhecidas para Schmidt, e relatórios sobre melhoria das condições de vida, encomendados a acadêmicos. No mesmo pacote, Schmidt encontrou também um envelope vermelho com a inscrição MUITO IMPORTANTE, e uma carta de Eric Holbein agradecendo Schmidt por seu interesse no Mansour Life Institute e confirmando o convite, da parte de seu presidente, o sr. Mansour, para que o sr. Schmidt considerasse a possibilidade de um comprometimento significativo com o instituto e de um envolvimento direto com suas atividades. Ou a carta tinha sido datada *a posteriori*, remetendo à semana em que Mike Mansour convidara Schmidt a dirigir a fundação, ou definhara na mesa do sr. Holbein, debaixo de uma pilha de cartas ainda mais importantes, prontas a receber assinatura. Pouco ou nada importava, embora Schmidt tenha ficado imaginando até onde o sr. Mansour pretendia manipulá-lo.

Fazer grandes promessas e, depois, deixá-las desvanecer no horizonte vazio e árido do deserto dos outros. É um jogo para os ricos. Pode-se bem começar a praticá-lo com um cachorro. Segure bem alto um osso com carne em volta e deixe a pobre besta erguer-se nas patas traseiras e esforçar-se — rabo abanando, olhos esbugalhados, língua pendendo faminta, saliva jorrando. Espere até ele pensar que conseguiu. Aí, caia na gargalhada e jogue o objeto de tamanho desejo por cima do focinho dele, para além da cerca alta que confina o canil. O cachorro cai para a frente, de quatro, confuso e ganindo. Hora de coçá-lo atrás das orelhas, dizer que ele é um bom menino e passar para o próximo jogo. Bem guardado o primeiro bilhão, está-se apto a praticar com seres humanos. Eles não são tão diferentes assim. Àquele sujeito que acha que inventou a água quente, proponha sociedade para montar o negócio; a outro, que ele dirija sua fundação. A graça toda está em fazer algum tolo sedento e ofegante seguir a miragem, para, depois, convencê-lo de que a culpa é dele, se a miragem não é real. Se ao menos ele tivesse começado mais cedo a correr atrás, antes do amanhecer, quando o ar ainda estava límpido e fresco; se tivesse dosado suas forças, corrido mais, o sonho teria virado realidade, o prêmio estaria em suas mãos! E por aí vai: bilhões se acumulam, e, com eles, as promessas não cumpridas, que teriam sido reconhecidas de pronto como brincadeirinhas, se a montanha cintilante de dinheiro não tivesse deslumbrado o olhar. Pessoas grandes precisam de nomes grandes. E chega o momento de se preocupar com a reputação do bilionário. Não ficaria bem deixá-lo figurar como bocudo imbecil. É aí que entram criados como o sr. Holbein, agentes circunspectos, versados na arte de transformar o entulho da palavra de honra do patrão em profecias sibilinas, que, se decifradas, resumem-se ao seguinte: almoço de graça é coisa que não existe. A generosidade começa e termina recompensando aquele que a pratica.

Depois de tantos anos ouvindo, fora do campo de visão do paciente no divã, ecos de memórias que brotam para te enganar, justo quando você se julga inapelavelmente na trilha certa; depois de todas as fitas e anotações sobre o que o terceiro ouvido pode ou não ter escutado — ora, se tivesse pensado um pouco, Schmidt não teria ousado imaginar que Renata deixaria as coisas como estavam, aceitando aquele "nunca" que ele havia atirado na direção dela, a título de resposta. Mas fora ele, e não o ponteiro de um relógio barato de mesa, postado onde pode ser visto de rabo de olho, que pusera fim àquela hora de cinqüenta minutos, levantando-se implacável da mesa do restaurante e, bem no momento certo, compelindo Renata para a rua, apontando silente para o estacionamento e, então, partindo a passos largos, sem olhar para trás. Sim, com sua astúcia, ele não dera àquela espeleóloga — que, antes, já havia brincado com ele, como se brincasse com cera quente de vela — chance de seguir as pegadas do bode-preto rumo à caverna úmida onde se escondia sua vergonha. Dinheiro, por exemplo, assunto sobre o qual Schmidt é tão maravilhosamente rígido. Teria contado a ela sobre a existência, no passado, de uma empregada de loja de miudezas em Harvard Square, com braços muito brancos, seios macios sob a blusa branca de cetim, olhos azuis e cabelos negros? Ela trabalhava na caixa. Schmidt se familiarizou com aqueles braços, seios e muito mais no banco de trás do Nash de Gil Blackman, que pedia emprestado e estacionava no Memorial Drive ou numa travessa da Brattle Street. Um a um, ele ia soltando os botõezinhos de madrepérola, seus dedos, gélidos e persistentes, entrelaçados aos dedos da beldade irlandesa, gorduchos, quentes, em atitude defensiva, mas, por fim, cedendo. Schmidt se divertia trocando um cheque de cinqüenta dólares na lojinha, sobretudo quando comprava cuecas também, de modo a poder brincar às escondidas com os dedos dela, enquanto ela passava a mercadoria pela máquina registradora e lhe dava o troco. Numa dessas ocasiões, em confusão amorosa, ela deu a ele uma nota de cinqüenta dólares e, com ela, também o cheque de volta. Ele percebeu o erro de imediato, pôs a mão que estava livre sobre o cheque e o dinheiro, e transferiu tudo para o bolso do casaco. Mas para que servia uma nota tão graúda?

Você pode me dar três de dez e quatro de cinco?, pediu, soltando a mão dela.

Ela contou o dinheiro trocado e, milagre dos milagres, não pegou a nota de cinqüenta, embora ele a tivesse estendido, tendo-a enrolado, nesse meio-tempo, feito um cigarro.

Te vejo à noite?

Pego você às sete, ele sussurrou.

Não, às oito. Tenho de jantar com a minha família.

A nota de cinqüenta dólares estava em seu bolso, junto com o cheque. Schmidt aninhou as demais notas com cuidado em sua carteira e assentiu com a cabeça. Teve tempo suficiente para jantar no salão da Lowell House, em Harvard, estudar para a prova de história, escovar os dentes e pegar o Nash. Sabia que o carro estaria disponível. Gil tinha um ensaio no clube de teatro naquela noite.

Ela estava esperando na chuva, numa esquina a duas quadras da casa dos pais, em Somerville. Vamos tomar um sorvete?, ele perguntou.

Mais tarde.

Quero você.

Ele viu um lugar para estacionar, entrou, desligou o motor e deu nela um beijo na boca. Os dedos dos dois começaram a trabalhar. Pelas janelas do carro escorria a água da chuva. Silhuetas indistintas passavam lá fora.

Então, como sempre, ele gozou rápido demais.

Ligeirinho!, ela zombou, e parou de gemer, embora ele prosseguisse com o movimento da mão, até o pulso começar a doer, a posição era bastante desconfortável, e ela enfim o afastou.

Voltou as costas para ele, para que Schmidt pudesse abotoar o sutiã, enfiou-se de novo na calcinha, ajeitou a saia e fez a pergunta pela qual ele estava esperando.

Escute, conquistador, você é doido ou o quê? Levou o cheque e a nota de cinqüenta dólares! Você precisava ver o sr. Jacobs, quando ele foi fechar a caixa. Ficou louco da vida!

Do que você está falando?

Estou falando de você ter ficado com a nota de cinqüenta dólares, o dinheiro trocado e o cheque, e ter enfiado tudo na carteira. Me deixa ver.

Ele deu a carteira a ela. Aqui está, veja.

As notas de dez e cinco estavam lá, à exceção do que gastara para pôr gasolina no carro de Gil.

Ela remexeu na carteira, tirando o dinheiro, a carteira de motorista, a de reservista, uma fotografia de casamento dos pais dele, a carteirinha da universidade e duas camisinhas. Era tudo. Ele não era adepto de carteiras ou bolsos cheios.

Merda, não está aqui. Bert, o que você fez com o dinheiro e o cheque?

Ela usava a forma abreviada do nome dele, aquela a que Schmidt deu preferência até o terceiro ano da faculdade, antes de ter coragem suficiente para fazer com que as pessoas o chamassem de Schmidtie, como seus pais.

Não fiz nada, meu dinheiro está todo aí, menos o que eu gastei.

Ela o segurou pelas lapelas do casaco e tentou chacoalhá-lo. Bert, você tem de devolver. Aquele cara vai me mandar embora. Vai me matar. E botar você na cadeia.

Não vai, não. Amanhã cedinho, passo lá e digo a ele que te dei o cheque, peguei o dinheiro e foi só isso. Não há o que discutir.

Ela começou a chorar e, então, gritou: Seu desgraçado, me deixe sair daqui!, e saiu correndo para a rua escura, na direção de casa, ele supôs. Aquele foi o último encontro dos dois. Na verdade, ele a viu de novo na manhã seguinte, depois de uma entrevista com um furioso diretor-assistente da faculdade. Schmidt manteve sua posição durante o interrogatório. Não estava com o cheque nem com dinheiro nenhum que não fosse dele. O que podia fazer?

Pergunte a sua consciência sobre o dinheiro, o diretor lhe disse, ou a seu coração. Eu não sei. Você tem de dar um outro cheque ao Jacobs.

E se esse cheque for descontado e o primeiro também! Vou perder cinqüenta dólares!

Isso você conversa com o sr. Jacobs.

Schmidt fez o que lhe mandaram fazer. Jacobs estava na caixa; ela, atrás de um balcão nos fundos, fingindo não vê-lo.

Trouxera o talão de cheques com ele, e mostrou ao sr. Jacobs os registros nos canhotos dos cheques. Estava disposto a fazer um novo cheque, mas o que aconteceria se o cheque que a loja perdera reaparecesse?

Nada. Diga ao banco para não pagar o cheque que você afirma que nós perdemos, sr. Schmidt, disse o sr. Jacobs. Vai lhe custar vinte e cinco centavos. Aqui estão, pegue, fique à vontade, e não me apareça mais aqui.

O sr. Jacobs atirou a moeda de vinte e cinco centavos e prosseguiu: Um golpe idiota, Schmidt. Você roubou o dinheiro daquela garota.

É, mas eles não podiam provar. A voz do dono era potente. Alguns estudantes, nenhum que Schmidt conhecesse, olhavam fixo para a cena. Era de se supor que tivessem ouvido tudo. A caminho da saída, Schmidt tentou bater a porta. Mas ela o enganou e ficou oscilando débil, para a frente e para trás. Não havia como prever o que aconteceria a seguir, se haveria algum tipo de conseqüência, fosse com a polícia universitária ou com aquele homem, Jacobs. Assim sendo, ficaria mal se ele não fosse atrás da história do cheque, depois de ter feito o estardalhaço. Seu banco, o Harvard Trust Company, ficava a poucas quadras dali. Schmidt foi até lá e, depois de uma explicação oficial a um caixa e, em seguida, a um gerente sentado a uma mesa do banco, sustou o cheque.

Não havia dúvida. A perspectiva do dinheiro extra, quando ele viu que tudo o que tinha a fazer era pegá-lo, literalmente o atordoara. Era como encontrar uma nota de cinqüenta dólares na calçada. Com certeza, ele não a teria levado à delegacia e dito: Nossa, policial, veja o que alguém deixou cair na rua! Quando chegou de volta a seu quarto, porém, percebeu que o desaparecimento do dinheiro seria descoberto, que a garota seria responsabilizada, ainda que ninguém acreditasse que ela o havia roubado, que se lembraria da transação e saberia que ele tinha pegado o dinheiro que estava faltando; que, da parte dele, pegar o cheque de volta tinha sido um ato de loucura, como dobrar a aposta já dobrada no pôquer, quando tudo o que se tem na mão são dois pares. Ao mesmo tempo, havia uma vantagem em ter feito algo tão ultrajante, tão estupidamente louco. Se ele fosse apanhado, tudo pareceria aquilo mesmo: uma loucura, uma façanha impensada, pela qual ele deveria ser repreendido, talvez levar uns tapas na mão, mas nada pior que isso. Sabia que deveria voltar à loja de imediato, devolver o dinheiro, devolver o cheque, dizer que não sabia o que lhe dera na cabeça — ajoelhar-se diante da garota e do proprietário. Mas não queria fazê-lo. Queria ficar com os cinqüenta dólares, ou talvez cem, se houvesse um jeito de não precisar fazer outro cheque. No fim, seria a sua palavra contra a dela, e a dela não podia valer o mesmo. Era só uma balconista com peitos grandes e uma boca grande, que ele apanhara numa máquina de fliperama e que topara pegar no seu pau no primeiro encontro. Antes da lojinha de miudezas, ela havia trabalhado no Branca de Neve, lavando a roupa da universidade inteira. Era por isso que sabia tudo das manchas que os rapazes de Harvard deixavam nos lençóis, e tinha sido assim que as pontas daqueles dedos gorduchos e quentes haviam se tornado tão incrivelmente macias. Água fervendo e lixívia tinham feito as linhas desaparecerem, até ela não ter mais impressões digitais. Não era alguém com quem ele gostaria de ser visto; tinha deixado isso claro na única vez que a mostrara a Gil.

Bom, ele ficara com o dinheiro e, quando lembrava a mesada miserável que a mãe lhe mandava — menos da metade do que Gil recebia dos pais, que não eram ricos, não moravam numa casa bacana como a de sua mãe e seu pai —, a raiva por terem feito com que sentisse necessidade tão mesquinha vinha à tona, às vezes bloqueando a vergonha. Ainda assim, não tinha sido por causa do dinheiro. Afinal, ele nunca batera a carteira de Gil nem roubara os livros de que precisava para as aulas, em vez de comprá-los na Coop and Schoenhof's, nem revendera livros roubados para o livreiro perto da Central Square, o que era coisa que as pessoas faziam. Tinha agido por impulso. Havia mais ressentimento do que ganância no que fizera — pensar que o melhor que conseguia era aquela putinha das imediações, que nem topava fazer serviço completo. Mas, tão logo compreendeu a confusão que aprontara e suas possíveis conseqüências, invadiu-lhe a sensação mais poderosa que o fez ir adiante, uma sensação de fatalidade, de ser levado, não sabia para onde, por uma força que não podia e não queria controlar. As cartas eram o que eram; tinham de ser jogadas até o fim.

Que nesse episódio, e em certos outros, sem conexão aparente com esse, ele pudesse estar, na verdade, abusando da sorte, mergulhando de cabeça rumo à catástrofe, feito um piloto de provas num muro de concreto, isso só lhe ocorreu quando, sócio ainda bastante recente na Wood & King, ele estava voando para Nova York, de volta de uma sessão de recrutamento no campus de uma universidade do Sul, onde a firma jamais tentara contratar advogados antes. A não ser que o que ligasse os episódios fosse nada mais que malignidade, qualidade única, capaz de voltar um homem contra si próprio, seus vizinhos e, claro, Deus. Que sensação de alívio! Pernas esticadas, um segundo bourbon duplo sobre a mesinha aberta à sua frente, estava se deleitando com o conforto de seu assento de primeira classe. A ressaca da manhã, em razão da qual telefonara para a companhia aérea e trocara seu vôo para Nova York por outro, mais tarde, se fazia presente apenas num vago, não de todo desagradável, aguçamento da sensibilidade e da vivacidade. Pudera espalhar seus papéis na poltrona ao lado e examinava os currículos dos estudantes que entrevistara, bem como suas próprias anotações. Laverna Daly! Título: "Uma pequena biografia", o currículo exibia impressão com qualidade profissional e trazia uma foto colorida presa ao canto superior direito. Não lhe fazia justiça. Ela tinha trabalhado como cenógrafa em companhias teatrais de verão e pequenas companhias de repertório, até passar dos trinta e decidir estudar Direito. O resto era o que se podia esperar: notas máximas e "excelente" nas matérias mais tranqüilas, ensinadas por embusteiros — direitos humanos, ordem jurídica internacional, problemas legais das mulheres e um curso sobre situação carcerária —, notas passáveis nas disciplinas difíceis, as que contavam para Schmidt e na W & K: contratos, tributação, direito civil, direito corporativo, seguros. Por outro lado, tinha a seu favor um diploma em estudos renascentistas, outorgado com a mais alta distinção por Berkeley, além de um ano na universidade de Grenoble e o que afirmava ser total fluência em francês e italiano. Aquela havia sido sua última entrevista de trinta minutos, de uma maratona de dois dias de entrevistas, estendendo-se das oito da manhã até às seis da tarde, num cubículo sem janela do prédio da administração. A demanda por um contato com o recrutador da W & K fora tão grande que ele concordara em encaixar entrevistas adicionais durante o café-da-manhã e o almoço, na lanchonete da faculdade de Direito.

Schmidt havia lido o currículo de Daly, junto com os demais, na noite anterior. Ela não tinha chance: as boas notas estavam no lugar errado; era um axioma na W & K que estudantes que começavam tarde a estudar Direito, depois de abandonar alguma infeliz carreira anterior, não davam certo como advogados; e, por fim, desconcertara-o a lista de "Interesses pessoais", em itálico, ao final da segunda página — culinária, dança moderna e poesia. Era uma perda de tempo, culpa do sistema de sorteio da universidade, que assim designava estudantes para as sessões muito concorridas de entrevistas. Aquela moça podia bem estar se candidatando ao programa espacial. O fato, porém, foi que ela o surpreendeu. Schmidt tivera dificuldade em manter os olhos abertos durante as duas entrevistas anteriores. Mas, tão logo ela começou a falar — informando, conforme ele pedira, as circunstâncias e a decisão judicial relativas ao processo mais recente que ela estudara e que chamara sua atenção —, ele se animou, reconhecendo nela um senso notável para a estrutura da argumentação jurídica, aliado a uma segurança em nada arrogante. E ela seguiu se saindo tão bem que ele não a interrompeu ao final do tempo previsto; na verdade, ponderava se seria melhor para ela convidá-la de imediato, e por conta própria, para uma bateria de entrevistas no escritório em Nova York, ou solicitar ao comitê de contratações que expedisse o convite. Em teoria, apenas os candidatos mais fortes deveriam ser convidados no ato pelo entrevistador. No papel, ela não exibia qualificações para tanto, e ele poderia não conseguir convencer o comitê, que iria ler a ficha dela com os mesmos olhos com que ele o fizera; por outro lado, se ele a pusesse porta adentro, ela podia se sair muitíssimo bem.

Escute, ele disse, vou assumir um risco calculado com você. Se eu apenas desse uma olhada nas suas notas e coisas do tipo, deveria dizer a você que este nosso encontro foi muito bom, que vou fazer um relatório favorável a meus sócios e que espero poder, no futuro, convidá-la para uma visita a nosso escritório, embora a competição aqui na faculdade seja bastante acirrada, e assim por diante. Em vez disso, vou arriscar meu pescoço e convidar você agora mesmo para uma visita a Nova York, porque quero lhe dar a chance de superar o seu currículo, conversando pessoalmente com meus sócios, do mesmo modo como conversou comigo. Não fique esperançosa demais e não me decepcione.

Não foi um rubor. Ela ficou vermelha mesmo e começou a dizer a Schmidt que era a realização de seus sonhos, que era o primeiro convite que recebia de uma firma de ponta, ao que ele a interrompeu.

Ligue para esta senhora. Aqui está — ele escreveu nome, telefone e deu a ela o papel —, melhor telefonar logo do que deixar para depois. É ela quem agenda as entrevistas. Seria vantajoso estar na primeira leva de candidatos.

Ela se levantou, apertou-lhe a mão e, então, perguntou: Você conhece a cidade? Já esteve aqui antes?

Schmidt respondeu que era a primeira vez.

Então, eu poderia te convidar para jantar comigo? Você deve estar hospedado no University Arms. Passo para te pegar em uma hora.

Agora que ela estava em pé, Schmidt olhou-a de um outro jeito. Estava tudo certo: as roupas que os estudantes sentiam-se obrigados a usar em entrevistas ficavam bem nela; sapatos normais, de salto alto. Já estava cheio daquelas mulheres com sapatos pesados, desenhados por podólogos dementes. Na verdade, não tinha planos, e jantar com uma estudante considerada promissora o bastante para uma entrevista em Nova York estava dentro das regras. Como se tratava de uma mulher, ele supôs que seria melhor se não jantassem a sós, embora a idéia tivesse sido dela. Portanto, respondeu: Eu adoraria, mas sou eu quem está convidando. Aliás, se você quiser chamar outros estudantes — ou algum professor —, fique à vontade, por favor.

Ela produziu um pequeno ruído, que soou como um oh oh, e disse Não, ninguém. Acho que só nós dois será mais legal. Você não acha?

O jantar, Schmidt descobriu, seria no apartamento dela. Queijos, frutas e vinho, apenas. Tudo bem para ele? Ela estava cansada dos restaurantes empetecados perto do campus e de comida do Sul falsificada; se fossem sair, teriam de ir longe, a algum local fora da cidade, e ela não estava certa de que aquilo fazia muito o estilo dele. Ou talvez fizesse. A polícia armava um inferno, se pegava um estudante dirigindo depois de alguns drinques e, de todo modo, ela preferia recebê-lo em casa. Em casa, como ele mais ou menos esperava, viam-se velas, almofadões e tapetes marroquinos, taças de vinho grandes e pesadas. Ela pediu licença para trocar de roupa e vestir uma calça jeans e um top amarrado às costas, que lhe deixava a barriga à mostra. A trilha sonora era Vivaldi. Depois dos queijos, ela perguntou se ele fumava. Schmidt respondeu que sim, charutos, de preferência, não cigarros.

Isso a fez rir. Quero dizer fumo de verdade, corrigiu ela. Você sabe. Vou enrolar um para você.

Era mais ou menos toda a maconha que ela tinha, o bastante para um baseado. O primeiro de Schmidt. Fumaram meio deitados lado a lado no tapete, as costas apoiadas num pufe. Ela aninhou a cabeça no ombro dele. Rápido, o braço de Schmidt a envolveu e ele brincou com a barriga à mostra, acariciando o umbigo. O fumo, tanto quanto ele sabia, não o estava afetando, mas o tesão era insuportável. Estava com medo de ejacular.

Ei, eu não consigo, se não estiver chapada, disse ela de repente, simplesmente não dá. Dói. Você tem mais no hotel?

Não, ele respondeu, não dá para a gente conseguir mais? Você não pode ligar para alguém? Não tem um lugar onde a gente possa ir comprar?

Na agenda dela, havia toda uma lista de números com marquinhas cifradas ao lado. Ela pôs os óculos e começou a telefonar. Enquanto isso, sóbrio de novo, o membro já não túmido, ele parou para pensar. Lá estava ele, numa sala fedendo a maconha, com uma mão dentro da blusa e a outra no meio das pernas de uma estudante de Direito seminua, à procura de trabalho em sua firma, massageando-a enquanto ela ligava para cada traficante da cidade, atrás de mais maconha. O retrato fiel de um sócio da W & K em viagem de recrutamento. Devia estar doido. Além disso, os telefones ou estavam ocupados ou não atendiam. Uma coisa não podiam fazer, decidiu: começar a rodar os bares à procura de um fornecedor.

Laverna, murmurou ele enquanto ela discava, isso é uma perda de tempo. Por que em vez disso a gente não toma um drinque de verdade?

Por ela, tudo bem, rum com coca-cola, rum puro para ele, enquanto esperavam por um sujeito para quem ela havia deixado um recado. Tirara a calça jeans e fizera com que ele se despisse também, mas mantinha a calcinha. Não havia meio de ele comer a moça até que ela conseguisse ficar chapada. A cada gole de rum, ele ligava menos para a trepada. A ereção preocupante já se fora para bem longe, divertindo-se sozinha. Ele ouviu sua própria voz, como se fosse algum boneco de ventríloquo, falando sobre o gosto e o cheiro do suor dela. Ei, quero que você sue mais, ele coaxou, o que era chover no molhado, uma vez que os dois já estavam suando em bica. Por fim, esvaziada a garrafa, com os dois já mergulhando a intervalos cada vez menores num sono de roncar, e depois de uma manobra de contorcionista que a colocou por cima, deslizando o torso para cima e para baixo entre as pernas dele, Schmidt sentiu o molhado, a descarga, o frio pegajoso.

Agendou uma viagem de dois dias a Boston, de forma a coincidir com a visita dela à Wood & King, em Nova York, tendo pedido a Jack DeForrest, seu melhor amigo na firma à época, que a ciceroneasse de um sócio a outro, o que, normalmente, teria sido responsabilidade de Schmidt. Era uma escolha segura: Jack era totalmente cego para tudo que não envolvesse problemas legais ou a política interna da firma. Schmidt deixou com ele um bilhete para Laverna, escrito com cautelosa afeição e impessoalidade, o tipo de coisa que não podia comprometê-lo, mas serviria para acalmá-la, caso necessário. Não a queria hostil. Uma semana depois, para seu horror, uma oferta de emprego foi enviada a ela. Cerca de um mês se passou, período durante o qual Schmidt refletiu sobre a inconveniência da eventual presença dela na firma, mesmo que ela agisse como se nada tivesse acontecido. Então, recebeu, em primeiro lugar, cópia de uma carta que ela enviara ao comitê de contratações, declinando da oferta; depois, uma carta endereçada a ele, tão afável quanto o bilhete que ele escrevera a ela, dizendo que, no fim, acreditava que seria mais feliz trabalhando para o governo e que estava indo trabalhar no Departamento de Justiça. Ficaria feliz em vê-lo, caso ele fosse a Washington algum dia. A idéia de tê-la disponível — não em Nova York, mas perto dali, e fora do contexto da W & K — deu-lhe possante combustível para sonhos eróticos à luz do dia. No fim, os sonhos foram suficientes. Ele respondeu desejando-lhe sorte, mas não fez menção de ir procurá-la.

E sua tão louvada retidão avassaladora? Schmidt achava que era questão de ênfase, quando não de definição. Não havia dúvida de que ele dera na cabeça de colegas e clientes com demandas que seu honrado senso de justiça fazia quanto à prática do Direito. Se estava ou não em condições de atirar a primeira pedra, isso lhe parecia outro assunto. Se chegaria um dia em que todos os pecados seriam revelados, ele sabia de um capaz de fazê-lo desejar que seu túmulo tivesse permanecido lacrado por toda a eternidade. O financiamento de indústrias petroquímicas espalhadas pela costa do golfo do Texas deflagrara uma série de contratos que vinculavam o fornecimento de matéria-prima a uma gigante do petróleo, uma companhia com crédito suficiente para garantir um empréstimo de vários bilhões de dólares. Quanta matéria-prima tinha de ser comprada e paga num dado período de tempo, e o nível dos pagamentos a serem efetuados, mesmo na eventualidade de o produto não estar disponível, tudo isso era determinado por disposições contratuais que se estendiam por uma centena de páginas. No meio delas, como o caroço de uma fruta carnuda, havia uma série de fórmulas algébricas, expressando o que tinha sido decidido em palavras durante as negociações, bem como definições outras, de rara complexidade. De rara beleza, reivindicava Schmidt, que tinha sido seu principal formulador, na qualidade de advogado do consórcio de instituições que estava proporcionando o empréstimo de longo prazo. Quando chegou o momento de dar forma final aos documentos, Schmidt assumiu uma atitude benevolente no tocante às alterações de última hora solicitadas pela companhia de petróleo — desnecessárias em sua maioria, na opinião dele —, acreditando que era boa política dar aos advogados dela a oportunidade de mostrar que nem sempre cediam aos emprestadores e a Schmidt.

Uma dessas alterações, referente a uma mudança numa das fórmulas, e apresentada solenemente pelo sócio-presidente da firma de advocacia que era a principal consultora jurídica da gigante do petróleo, lançou Schmidt num estado de divertido espanto. Prefaciou-a uma menção pessoal a ele, lembrando os muitos casos difíceis em que o distinto advogado e Schmidt tinham trabalhado juntos, com tão bons resultados. Havia um pequeno problema: o resultado da alteração, se um tribunal desse o contrato por alterado, seria injusto e prejudicial à companhia de petróleo. O amigo de Schmidt, advogado da companhia de petróleo, estava cometendo um erro grotesco: tinha girado cento e oitenta graus e apontava, agora, para o lado errado. É certo que não teria sido gentil, da parte de Schmidt, chamar a atenção para o problema de imediato, diante do numeroso grupo reunido em volta da mesa, incluindo executivos da companhia de petróleo, mas ele podia ter dito, por exemplo, que iria considerar o pedido e, então, explicar, primeiro a seus clientes, depois, em particular, ao amigo, por que a mudança não deveria ser feita. Em vez disso, passou a mão sobre os olhos, como para afastar uma dor de cabeça incipiente, e sussurrou ao assistente que anotava as alterações a serem feitas que fizesse aquela sem discutir. Em seguida, pediu licença e deixou a sala de reuniões por alguns minutos, para dar uma volta no corredor, enquanto seu coração batia agitado. Como era fatal, a mudança foi feita, e os contratos finais, assinados no dia seguinte, em meio a grande pompa, a incorporaram. Schmidt esperou, até ter certeza de que era o único a saber que os contratos continham um erro. Foi então que, depois de comunicar ao principal emprestador que assim faria, ele escreveu uma carta ao advogado da companhia de petróleo, informando que autorizara a alteração por uma questão de cortesia, embora houvesse duvidado de imediato de sua propriedade. Agora, porém, que tivera tempo de estudá-la a fundo, estava certo de que não se tratava de alteração que o colega ou a companhia de petróleo pudessem almejar. Explicou por quê, e informou que já tinha recomendado a seus clientes a assinatura de uma emenda que corrigisse o erro, restituindo o texto original. A emenda foi assinada. O eminente advogado da companhia de petróleo pronunciou-se, oral e verbalmente, com eloqüência acerca da notável, e mesmo exemplar, capacidade de análise de Schmidt, aliada a retidão bastante rara na profissão nos dias atuais. Diversos membros do consórcio de emprestadores também aproveitaram a ocasião para escrever, expressando orgulho por ter Schmidt como seu advogado e enviando cópia de suas cartas para o velho Dexter King, ainda o sócio-presidente da firma à época.

Podia ser que a dra. Renata não tivesse o dom ou a experiência necessária para demolir uma testemunha, forçá-la a contar tudo, revelando até mesmo aquela falta que deveria ter permanecido enterrada para sempre. Mas Schmidt tinha de admitir: ela não era nenhuma perna-de-pau, quando se tratava de fazê-lo examinar a própria consciência. Tudo bem, ele era um abismo. Talvez mais fundo e escuro do que Jon Riker. Para ele, pouco importava. O fato era que nunca fora apanhado. Empenhava-se em evitar praticar o mal. Seus próprios pecados não eram motivo para não exigir que Riker fosse honesto com Charlotte. No máximo, podiam atenuar-lhe o desdém.

# 11.

Estavam na cama, Carrie assistia ao jogo dos Knicks, Schmidt lia. Tinha abandonado o *Phineas redux*, incapaz, pela primeira vez, de compartilhar o entusiasmo de Trollope por Phineas, Lady Glen ou Mr. Plantagenet Palliser, e também de sentir que, através de tempo e espaço, damas e cavalheiros ingleses, de verdade, eram seus companheiros de armas. Em vez do *Phineas*, tinha passado para *The awkward age*, de Henry James, que estudava frase a frase, quando não palavra por palavra, lutando para certificar-se de que estava entendendo corretamente o palavrório diabólico, regado a xícaras de chá: o vírus da corrupção, espraiando-se a partir da sala de visitas da sra. Brook, de fato não poupara ninguém, nem a encantadora Nanda ou mesmo o sr. Longdon, com quem Schmidt teria gostado de trocar figurinhas acerca de mais de um assunto. Estava também acariciando Carrie com os pés, sob as cobertas. Já fazia algum tempo que ela passara a ir para a cama de pijama, recusando-se a despir-se quando faziam amor. Também o sexo entre os dois seguia agora um curso diferente. Ela era sempre afetuosa e atenciosa, mas, quase todas as vezes, sem exceção, forçava-o a gozar antes que ele fizesse menção de penetrá-la. É assim que eu quero, amor, murmurava. Ei, eu quero assim, não corte o barato. Qual o problema? Seu rapazinho gosta, com certeza. Ou, então, mantinha as pernas fechadas. Não havia meio de abri-las.

De fato, qual era o problema? Não era uma pergunta que ele estivesse ansioso por fazer. Aninhando-se mais perto dela, ele enfiou a mão direita, livre, por dentro da calcinha. Àquilo, ela não resistia; na verdade, começou a mexer os quadris, ajudando-o e ajustando-se ao ritmo dele. Muito rápido, ele a sentiu gozar. Era o intervalo comercial. Ela se deitou de lado e disse: Continua lendo, panaca; depois, cobriu com sua boca a de Schmidt e retribuiu o favor. Gostou? Vamos, me diz, não é bom? Quando ele gemeu um sim, ela disse: Viu como é gostoso assim? Agora, volte para a sua leitura. Quero ver TV.

Carrie, disse ele, talvez a gente devesse sair daqui um pouco, no Natal, durante as férias da faculdade. Pensei em irmos para Paris, ficar lá até o fim do ano, e depois fazer alguma coisa mais emocionante. Ir para o Egito, por exemplo. Parece que pararam de atirar nos turistas. Podíamos aproveitar a pausa. O Mike Mansour poderia arranjar as coisas para a gente.

Schmidt andava pensando em como gastava seu dinheiro e na opinião desfavorável de Mike Mansour sobre seu estilo de vida. Mike não estava de todo errado. Considerando-se o dinheiro que separara para Charlotte, tendo nomeado a si próprio como fiduciário, com poder para decidir sobre sua distribuição, e a Gil Blackman como seu sucessor — aliás, tinha de encontrar outro, mais jovem, em vez de deixar a escolha a cargo da W & K, caso Gil morresse ou ficasse louco —, e considerando-se também o dinheiro que estava deixando diretamente para Carrie, não havia motivo para que não gastasse mais, propiciando a Carrie e a ele próprio gozar a vida. Sabia que jamais iria fazer nada muito extravagante. Ainda que os mercados tivessem uma performance ruim, ele possuía o bastante em Letras do Tesouro para viver o resto da vida com grande conforto. A questão ainda não resolvida era se o sr. Mansour deveria ser o sucessor de Gil. Não havia deixado dinheiro suficiente para que Mike se sentisse tentado a roubá-lo — o que, de todo modo, era de se esperar que o responsável pelo patrimônio fiduciário, da parte do próprio banco, não permitisse —, e Mike poderia, de fato, agir com sensatez no tocante a investimentos e quando lançar mão ou não do capital principal. Era assunto a discutir com ele. Sim, estava em condições de começar uma vida de prazeres irresponsáveis.

Ih, respondeu Carrie, mas o Natal é bem quando vai estar todo mundo na propriedade que Mike está tentando comprar na República Dominicana. Vamos ser convidados.

Ah, e como você sabe disso?

O Jason me contou. Você não quer ir? Vai ser divertido. Vai ter um belo de um barco para visitar as outras ilhas e vai dar para fazer mergulho também. Eu estou doida para aprender mergulho. O Jason me disse que é superlegal.

Suponho que o Mike vai convidar um monte de gente.

Tudo bem. A casa é grande.

Sei.

De repente, Schmidt queria erguer os joelhos até a altura do peito, enfiar a cabeça embaixo do travesseiro, fingir que não estava ali e que aquilo não estava acontecendo com ele. Não havia nada mais natural. Aquela garota cheia de vida e o guarda-costas viking, com mãos enormes e de uma força brutal, um sujeito de espantosa delicadeza, quando não pretendia machucar; claro, era o parceiro ideal para tudo o que ela estava louca para fazer — dançar, mergulhar, praticar o triatlo e outros prazeres em que ainda nem pensava, vôo livre, talvez, e corridas de motocicleta. E cama. Talvez ainda não o tivessem feito na cama, apenas numa toalha estendida sobre uma duna ou no banco de trás do Ranger que

Jason dirigia quando não estava em serviço. Não havia como mantê-la afastada de Jason. Não era dinheiro que ela queria, dele, Schmidt, de Mike Mansour ou de qualquer um dos companheiros jeitosos de Mansour, aos quais não havia faltado oportunidade de sussurrar ao ouvido dela nas festas, ou de se afastar com ela para o cantinho distante de um deque enorme, onde, sem serem vistos ou ouvidos, reforçavam a proposta com uma carícia repentina e hábil. Se estava dormindo com Jason, a ignomínia estava no que tinham acabado de fazer, nos serviços que ela não recusava. Mas talvez não estivesse dormindo com ele; tudo poderia estar apenas na cabeça dela, e na dele. Não ir para a cama nua, não deixar que ele a penetrasse, essas podiam ser formas de purificação e de oração, e não a maneira de ela ser honesta com dois homens ao mesmo tempo.

Carrie, ele disse, você tem visto o Jason com muita freqüência.

Não, não tenho. Ele está viajando com o Mike Mansour.

Sei disso, amorzinho. Quis dizer quando ele está por aqui. Anda conversando bastante com ele. Com certeza, ele te mantém informada! O que está havendo entre vocês? Não tenha medo de me dizer; desta vez, não vou perder a calma.

Meu Deus, Schmidtie, você nunca está satisfeito? Acho que não consegui fazer você se sentir bem agora há pouco, não é?

Conseguiu, sim, amor, mas você sabe que não estamos fazendo amor como antes.

É, tenho mantido você longe do meu traseiro!

Ela dissera aquilo num tom sombrio. Afastou-se dele tanto quanto a largura da cama permitia e, embora o jogo na TV ainda não tivesse terminado, pôs-se a mudar de canal, até que encontrou luta livre feminina. Havia um pacote de bolacha doce no criado-mudo a seu lado. Ela começou a comer uma atrás da outra, mastigando de boca aberta.

Ah, Carrie.

O que foi? Ficou ofendido porque te disse do que você mais gosta? Fazer, tudo bem, mas falar é feio?

Amorzinho, você sempre me disse que queria. Contou que era o que fazia com o sr. Wilson. Estou errado?

É, mas agora não quero. Quer saber por que eu deixo? Porque sei que é só isso que você quer. Do meu corpo inteiro!

Schmidt respirava com cuidado, não confiando na ação automática dos pulmões. Um instante de desatenção, e estaria morto.

E com aquele homem, com o sr. Wilson?

Deixe o sr. Wilson fora disso. Ele me ensinou a fazer as coisas. Eu fazia tudo o que ele dizia. Agora, me deixe em paz.

Em seguida, acrescentou — e ele pôde perceber pela voz que ela estava chorando: Está tudo bem. Pode ler. Vou dormir.

Schmidt a ouviu soluçar no meio da noite, quando acordou com a bexiga cheia. Tentou abraçá-la, mas ela o empurrou, Me deixe em paz ou vou-me embora desta cama, de modo que ele foi até o banheiro na ponta dos pés, tomando cuidado para não fazer barulho ao urinar, como se houvesse um estranho do outro lado da porta; pegou uma pílula para dormir e voltou para a cama, segurando-a nos dedos, sem querer tomá-la antes de saber se estava tudo bem com ela e se não havia nada que ele pudesse fazer. Na verdade, ela respirava tranqüila. A não ser que estivesse fingindo, tinha adormecido. Ele tomou a pílula e não acordou mais até às oito. Já tinha passado a hora de Carrie se levantar, uma vez que ela tinha aula dali a uma hora, mas ele viu que o despertador não estava no lugar de costume. Isso significava que ela o tinha enfiado embaixo do travesseiro, para não ouvi-lo tocar. Ele não iria interferir. Em geral, perder uma aula não era coisa com que ela se importasse tanto assim. Para ele, falar com ela sem nova explosão era questão de vida ou morte. Não podia continuar como estava, não depois daquela noite. Tamanha crosta de ressentimento e amargura, e ele pensava que eram amigos, que só havia boa vontade entre eles. Schmidt cumpriu suas expedições matinais. Em meio à correspondência, entre as contas e os extratos de aplicações, havia uma carta de Charlotte. Teria de ficar para mais tarde, quando ele esperava sentir-se mais calmo. E, esforçando-se para tanto, ele espremeu as laranjas e pôs a mesa do café-da-manhã. Depois, esperou, os olhos no jornal.

Por fim, ela apareceu, o rosto taciturno e inchado, como se não tivesse pregado os olhos.

Você me deixou dormir demais.

Eu sei; achei que precisava descansar.

Um pouco. Mas eu tinha de ir à aula.

Ela comeu e bebeu em silêncio. Schmidt permaneceu quieto também, fumando um charuto até que ela terminasse.

Docinho, ele disse, não fomos dormir felizes ontem à noite. Você chorou de madrugada. Será que a gente poderia conversar sobre isso? Tentar consertar o que quer que esteja errado?

Ela hesitou. Depois, disse: É que não sei o que fazer. Não sei o que dizer. Você é bom para mim e, meu Deus, Schmidtie, eu amo você. Mas está tudo tão confuso.

Você me ama mesmo?

Ele sabia que era uma pergunta tola, mas a necessidade de consolo era tão urgente que não conseguiu evitá-la.

É, amo mesmo. Vem cá.

Ela tirou os cotovelos da mesa, girou na cadeira, sentando-se de lado, e livrou-se das mangas do roupão de banho, de modo a ficar nua da cintura para cima.

Está gostoso e quentinho aqui na cozinha. Vem cá, você pode me beijar e me tocar. Não é melhor assim?

Seria desconfortável inclinar-se; ele puxou uma cadeira ao lado dela. Se pelo menos pudesse se afogar nela, fazer com que os bicos dos seios penetrassem sua carne. Na boca de Carrie, sentiu o gosto de tudo o que ela havia comido: os flocos de arroz com açúcar mascavo, o croissant que ela gostava de guardar para o fim, a geléia de laranja. Você me faz tão feliz, sussurrou nos cachos dos cabelos.

Você me faz bem também. Merda, eu não queria magoar você. Não queria que acontecesse nada disso. Não sei o que fazer.

Não sabe o que fazer com quê, meu amor?

Com o que estou sentindo. Como eu disse. Amo você, você tem sido bom para mim, mas eu não sou como você, e você é velho. Quer dizer, está legal, tem boa saúde e tudo, mas, Deus do céu, Schmidtie, você é mais velho que meu pai. Aí, conheço o Jason, porque você me leva para visitar esse sujeito rico para quem ele trabalha, e, de repente, lá está o cara. Ele é o tipo de pessoa com quem eu gostaria de estar, e o que é que a gente faz? Eu não sei. Ei, você quer ver por que ando indo para a cama de pijama?

Ela enfiou os braços de volta nas mangas do roupão e desatou o cinto. Olha aqui, disse, apontando para onde começavam os pêlos.

Lá estava, logo acima do púbis, um C azul entrelaçado com um *J* também azul, sobre um coração vermelho de fundo.

Não queria que você visse. Fizemos num cara superlegal em Riverhead, depois do triatlo. O Jason também tem, só que maior, bem aqui.

Ela apontou para um ponto na parte superior da coxa.

É bonitinho, não é?

Muito, disse ele, sentindo-se estranhamente distante dela e de si próprio. Vai aparecer, eu acho, se você usar biquíni.

Pois é, a idéia é essa mesmo. Você sabe, como se fosse uma aliança.

Ela começou a soluçar de novo e pegou o lenço dele. É tão difícil, Schmidtie, você não imagina como.

O que é difícil? O amor?

O que fazer, você não entende? É que, se o Jason e eu quisermos ficar juntos, ele tem o emprego como chefe da segurança do Mike, e aí, como é que vai fazer comigo? Sou a namorada do melhor amigo do patrão dele. Como é que eu fico? E, como eu disse, ainda amo você.

Schmidt estava começando a entender. Amor de cozinha, atrapalhado por um arranjo entre cozinha e sala de estar. Não fazia diferença nenhuma, mas perguntou assim mesmo: Você e o Jason são amantes? Ou seja, você dorme com ele?

A julgar pelo olhar que ela lhe lançou, ele fora tão obtuso quanto temera ser.

Honestamente, Schmidtie, estou na sua cama toda noite, não estou? Trepo com ele quando posso. O que não é muito. De qualquer maneira, não quero misturar vocês. Entende o que estou dizendo?

Entendo, sim. Ele ama você? Vocês querem mesmo ficar juntos, querem, por exemplo, se casar?

Ele diz que quer, respondeu ela, olhando para baixo, num gesto que ele tomou como demonstração de uma modéstia que não pode ser ensinada e que era tão bela quanto todo o encanto que ela possuía.

E você?

Carrie sorriu.

Está bem, disse Schmidt. Isso é muito difícil, mas acho que pode ser resolvido, se vocês dois quiserem mesmo. Enquanto isso, você acha que quer continuar morando aqui comigo? Você pode?

Você quer saber se eu posso? Achei que você ia me mandar embora. Tipo pode dar adeus à casa e tudo o mais. Você sabe. Adeus, faculdade, carro. Você está mesmo dizendo que eu posso ficar aqui?

Estou.

Mesmo eu estando com o Jason, como disse a você? Ei, Schmidtie, escute, se você me deixar continuar aqui, a gente ainda pode ficar junto. Brincar um pouco. Você sabe, como ontem à noite. Por mim, tudo bem. Não vou ser nenhuma peste, eu juro. O Jason sabe que eu amo você. Só que é diferente. O jeito como eu amo ele é diferente.

Agitação e descrença extraordinárias: ele imaginava se ainda era capaz de pensar direito. Portanto, pelo amor de Deus, não meta os pés pelas mãos. E quem é você, afinal? A polícia da moralidade? Aceite a oferta. Ela estará na sua casa e na sua cama. Nada mais importa. A vergonha da situação não é problema seu.

Você pode ficar, com certeza, disse a ela. Agimos naturalmente e vamos ser legais um com o outro, está bem assim?

Depois que ela saiu para a aula de laboratório, Schmidt hesitou quanto ao vinho tinto que restara na garrafa, aberta na noite anterior; serviu-se, porém, de bourbon e apanhou uma faca para abrir o envelope com a carta de Charlotte. Suas mãos tremiam. Ele depôs a faca, olhou a cozinha em torno, onde tudo estava no lugar, em boa ordem, e tentou de novo. Havia dois cartões dentro do envelope. O de cima era uma variante da tradicional comunicação de mudança de endereço. Anunciava, *urbi et orbi*, que, a partir de uma data já passada havia mais de uma semana, Charlotte voltava a morar no apartamento que fora seu e de Jon. O número de telefone era aquele que Schmidt conhecia. Ela podia também ser contatada por fax. Não dizia de onde estava se mudando. O número do fax era novo, e, tendo-o sublinhado, para se lembrar de acrescentá-lo a sua agenda de endereços, Schmidt pôs de lado o pedaço de papel. O outro cartão anunciava que Jon se tornara membro de uma firma nova-iorquina que ostentava o nome de cinco sócios, quatro deles judeus, ao que tudo indicava, e um italiano. Aquilo só podia ser notícia boa. Schmidt jogou o cartão no cesto de lixo. Não lhe pareceu já ter ouvido falar da tal firma —

teria de pedir informações ao bibliotecário da W & K —, mas Grausam, o primeiro dos nomes, com certeza era o camarada que sempre aparecia listado nos cursos sobre falências promovidos pela Ordem dos Advogados, e o italiano, Mazzola, cuidava de divórcios. Bom, tinham conseguido um especialista do primeiro time para as falências — aliás, de excelente desempenho nos tribunais em geral, a se dar crédito a Jack DeForrest. A Wood & King também começara pequena. Um único advogado, o venerável sr. Wood! Logo, talvez, Jon e seus sócios estariam competindo com a W & K. Não era exatamente o tipo de firma a que Jon Riker aspirava, quando Schmidt o recrutara em Yale, mas, que diabo, o sujeito era mercadoria com defeito e tinha sorte de ter encontrado alguém disposto a correr o risco de chamá-lo. Schmidt supôs que se tratasse de uma daquelas firmas que comem o que conseguem caçar. Riker teria de encontrar clientes. Quando se sai de uma firma de ponta, as melhores fontes são os ex-colegas, que irão repassar causas demasiado pequenas ou de orçamento apertado, e, vez por outra, um bom projeto de um cliente tradicional, a que não se pode atender em razão de algum conflito de interesses — a não ser que se queira marcar pontos com uma firma grande, enviando o cliente para ela, o que significa correr o risco de que a firma grande roube o cliente e fique com ele. A esperança era que Riker ainda tivesse amigos na W & K, a despeito da decisão unânime de mandá-lo para a rua. Talvez alguns dos sócios que se sentissem culpados pelo que tinham feito. Schmidt tornou a examinar o envelope, chegando mesmo a sacudi-lo. Não, nenhuma nota pessoal ficara presa lá dentro, nada, nadinha, nem uma palavra.

Ótimo. Era como a reabilitação de uma falência, habilmente arranjada pelo especialista em falências que era seu genro. Não havia nada que Schmidt precisasse fazer — a não ser anotar o número do fax, de utilidade duvidosa, uma vez que ele não tinha fax —, e ninguém estava lhe pedindo coisa alguma. Schmidt adentrara um estado de expansão da liberdade individual. Era, sem dúvida, o caso de promover nova libação. O líquido amarronzado ainda não havia encostado em seus lábios quando o telefone tocou. Quem poderia ser? O assistente do sr. Mansour? O assistente do sr. Blackman? Algum policial aposentado, com voz mal-humorada, solicitando contribuição para a reunião dos delegados aposentados? Ah, mas não, surpresa! Schmidt reconheceu a voz de Renata Riker de imediato, mas esperou até que ela se identificasse, antes de pronunciar um cumprimento.

Você não está encantado?, perguntou ela.

Ele mentiu: Com o quê?

Charlotte. Jon. Os dois! Você estava certíssimo, o Jon conseguiu um emprego, uma sociedade numa firma de Nova York da qual ele gosta. Estou tão feliz! Tão ou mais feliz do que quando ele conseguiu a sociedade na Wood & King. E ele e Charlotte se reconciliaram. Oh, Schmidtie, isso é tão bom, tão certo. Você vem para Nova York, comemorar?

Minha cara Renata, acabo de receber a notícia de você, neste minuto; não ouvi nada sobre comemoração. Na verdade, estava sentado aqui, tomando um drinque tranqüilo.

Você está dizendo que eles não te ligaram?

Não ligaram.

Era agradável estar de volta ao terreno sólido dos fatos incontestáveis.

Isso é feio, muito feio, mas você tem de perdoá-los: tem sido uma correria muito grande. Claro, eles estavam hesitantes quanto a reatar — quer dizer, a Charlotte estava hesitante; o Jon não tinha nenhuma dúvida —, até o aparecimento dessa sociedade; depois, nessas últimas semanas, você pode imaginar! Tantos planos a fazer, organizar a volta deles à vida de antes. Estavam muito nervosos quanto à reação dos amigos.

É claro.

Só sei que disse a eles que ligassem para você, e foi culpa minha não ter me certificado de que telefonariam. Mas, por favor, por favor, não fique aí, pensando coisas ruins. Pensamentos negativos têm um poder enorme! Schmidtie, somos uma família só de novo!

Havia sido bom ter tomado aquele segundo drinque. Deu-lhe a determinação de que precisava para fazer algo que, com toda a sinceridade, nunca tinha feito antes, nem mesmo com aqueles delegados de polícia que o faziam sair do banheiro para atender o telefone. Schmidt desligou.

Naquele mesmo dia, já tarde da noite, vestindo pijama e roupão de banho, ele levou uma escada até o quarto e tirou uma caixa da última estante do armário embutido. Lá estavam elas, embrulhadas em papel de seda. Ficou surpreso com o cuidado que havia tomado ao guardá-las. Desembrulhou uma a uma, as fotografias que contavam a história de sua família, desde retratos de Mary até os instantâneos que ela tirara nos últimos meses de vida, quando já haviam se mudado para Bridgehampton, e ela tentava tocar a vida como sempre fizera; a doença ainda não tinha apertado suas garras. Schmidt havia guardado as fotos quando da chegada de Carrie, a fim de que não dirigissem seu olhar crítico para a cama. Agora, podiam voltar. À exceção das fotos de Charlotte, depois de conhecer Jon, e daquelas de Charlotte e Jon juntos. Por um momento, pensou em dispô-las na sala de estar, onde nunca se sentava, porque preferia a biblioteca; mas já havia lembranças demais por ali, e de todos os tipos. Tampouco as queria em seu closet. Guardou-as de volta na caixa, sem se preocupar em embrulhá-las de novo no papel de seda, e, muito cansado para esquadrinhar o sótão à cata de um local apropriado, decidiu que a caixa passaria a noite num dos quartos vazios da casa. O cômodo de que mais gostava, mais até do que de seu próprio quarto, era aquele que havia sido de Charlotte e, depois, dela e de Jon, bem em frente, no hall.

Carrie estava nele. Schmidt parou diante da porta. Nem um único raio de luz, nenhum som. Dormindo feito um bebê.

Ela havia ligado da faculdade, depois de uma aula, e contado que tinha falado com Jason. O sr. Mansour estava em Nova York e iria jantar num restaurante, de modo que os colegas de Jason poderiam substituí-lo. Se ele viesse a Bridgehampton, poderia dar uma passadinha em casa, assim, para dar um oi? Schmidt concordou, disse que era o que teria sugerido. Ei, disse ela entre risadinhas, vou comprar umas pizzas para nós. Vai ser como nos velhos tempos, lembra? De fato. Doeu nele vê-la chegar em casa feito um furacão, toda atarantada e ansiosa, preocupada em onde pôr a mesa — se na cozinha, porque era só uma pizza, ou na sala de jantar, porque era como um grande evento —, que conjunto de pratos e talheres usar. A sala de jantar, opinou ele, com a melhor toalha de mesa, talheres de prata e copos de cristal. Ela gostou da idéia. Legal, como nos velhos tempos, como a primeira refeição que ela fizera naquela cozinha, à época em que ele foi mais feliz. Com que beleza assumiram seus papéis: Schmidt, o ogre tombado; sua amante juvenil, mais experimentada que Hécate e, no entanto, tão pura quanto uma vestal, o corpo recém-marcado com a insígnia do invasor, os cabelos cheios de almíscar e dos segredos que ele sussurrara em espasmos de insuportável prazer; o herói loiro destinado a conjurar o feitiço. O garoto o mataria, da mesma forma como Schmidt tinha matado o sr. Wilson. Restava saber o método escolhido para a execução, mas cada coisa a seu tempo. Se ele explicasse tudo ao garoto, esclarecesse as circunstâncias, talvez pudesse ser um único golpe no pescoço, o truque da misericórdia de que tanto se gabava o sr. Mansour, executado na biblioteca. O corpo sem vida tombaria no sofá Chesterfield, aguardando ali, em meio aos odores da deterioração, pelo coro das carpideiras, suas faxineiras polonesas. A não ser que, com justiça, inesperadamente enfurecido pela história revelada por Schmidt, Jason venha a optar por decepar-lhe as mãos, os pés, o pênis, esmagar-lhe o crânio e lançar as vísceras no lago à beira do jardim, para deleite dos caranguejos reunidos no fundo viscoso. Quanto o garoto sabia? Ela havia contado também a ele sobre as práticas de iniciação do sr. Wilson, sobre sua transformação em "o homem", o fétido vagabundo a quem ela serviu com amor até o fim? Quanto o estômago de Jason era capaz de agüentar?

Puxa, sr. Schmidt, este é bom mesmo, disse Jason. Não acho que o sr. Mansour serve vinho melhor do que este. Pelo menos, nenhum que eu tenha provado!

Pela terceira vez, Schmidt pediu para ser chamado de Schmidtie. Conquistar a benevolência do moço e reduzir o ridículo. Afinal, não era o pai da noiva.

Escute, Jason, prosseguiu, é muito bom que estejamos todos aqui, nós três. Foi uma decisão muito boa essa de vir me ver. Você sabe o que sinto pela Carrie. Ela tem sido boa para mim, me fez muito feliz, mas é muito jovem. Eu sempre soube que as coisas iriam mudar. Fico contente que seja você. Estive observando você na casa do sr. Mansour — enquanto você me observava — e acho você legal. Desejo toda a sorte do mundo a vocês dois.

Obrigado, obrigado mesmo, sr. Schmidt.

Schmidtie. E, daqui para a frente, como vai ser? Vocês já pensaram nisso?

Carrie interveio. Não temos nenhum plano, Schmidtie. A gente meio que acabou de se juntar.

Por favor, deixe o Jason responder.

É difícil, sr. Schmidt. Ganho bem com o sr. Mansour, mas o senhor viu como é. Estou com ele, tipo, o tempo todo, e, se ele viaja, eu vou junto. Isso é uma coisa. A outra é que, se ele descobrir sobre a Carrie e eu, estou na rua. Essa é a regra com ele.

Acho que ele tem lá sua idéia do que anda acontecendo.

É, eu sei, às vezes ele curte espetar o senhor. Mas isso é porque, por enquanto, ele deve achar que fizemos alguma coisa sem o senhor saber. Posso garantir que, assim que estiver tudo às claras, vai ser diferente.

Talvez eu possa falar com ele.

Que nada, não vai adiantar. Ele é muito rígido. Com os empregados, quero dizer. Eu não sou exceção.

Você poderia pedir demissão e arranjar outro emprego, suponho.

É, na área de segurança. E aí é, de novo, o mesmo problema. Se a gente não tem folga, não tem vida. Tenho pensado em abrir uma empresa de segurança por conta própria. Conheço um monte de gente de confiança, caras bem treinados, e podia trabalhar para pessoas que não têm uma infra-estrutura como a do sr. Mansour ou daquele amigo dele, o sr. Perle. E mesmo esse tipo de gente poderia gostar da idéia. Se livrariam de ter de cuidar disso. Tenho economizado para montar o negócio, mas ainda não cheguei lá. E falta muito. Ele riu.

Você acha que segurança é um bom negócio?

Ah é, sim. Demanda, tem.

Bom, seria alguma coisa em que valeria a pena eu investir? Quer dizer, se ajudar.

Nossa, sr. Schmidt, eu não sei; nunca pensei em alguém me ajudando.

Não ficou claro para Schmidt se Jason tinha mais alguma coisa a dizer, porque Carrie interveio.

Vocês dois piraram. Pare com isso, Schmidtie.

Tudo bem, mas o Jason tem alguma outra idéia?

É, tenho, eu entendo bem de bicicleta. Pensei em tocar uma loja de bicicletas, mas não sei. A concorrência é muito dura. Conheço um sujeito que tinha uma loja na estrada para Montauk. Era da polícia, sabe o que faz, mas, depois de dois ou três anos, desistiu e se mudou mais para o norte. A loja vai indo, mas é isso: vai indo e só.

E você, Carrie, o que acha?

Não sei, Schmidtie. Acho que não depende de mim.

Então, se estou entendendo, você não se importa que a Carrie continue morando aqui? Por enquanto? Comigo?

Cara, não, não me importo, não. Quer dizer, seria bárbaro, se o senhor acha que tudo bem, sr. Schmidt.

Schmidt olhou bem para o rosto de Carrie, mas ela parecia estar estudando a textura da toalha de mesa e não olhou nos olhos dele, que decidiu se concentrar na pizza e, a seguir, no sorvete. As permutas que a proposta de morar na casa dele implicavam eram numerosas. Schmidt não achava que poderia discuti-las com ele na presença dela, nem com ela, enquanto Jason estivesse ali. Talvez nem houvesse como discuti-las. Carrie contribuiu para aumentar a perplexidade de Schmidt, pedindo aos dois que ficassem com ela na cozinha, enquanto lavava os pratos. Ele imaginara que ela talvez os tocasse para a biblioteca, a fim de poder arrumar a cozinha em paz, ou que encontraria algum outro jeito de deixá-lo a sós com Jason. Mas talvez ela fosse mais esperta. Quando terminou de lavar a louça, ela disse a Jason que estava na hora de ele ir embora, e avisou Schmidt que voltaria logo; queria despedir-se de Jason. A despedida acabou se revelando longa. Schmidt imaginou-a tendo lugar no carro de Jason ou nos aposentos dos empregados, na casa de Mike Mansour, se aquilo era permitido nas dependências em questão ou se podia ser feito às escondidas.

Apagou as luzes da cozinha e ficou esperando na biblioteca. Durante sua última visita ao shopping, tinha comprado um CD com *As bodas de Fígaro*, para substituir a fita cassete, já gasta. Os LPs não haviam feito a viagem do apartamento em Nova York até Bridgehampton. Na verdade, ele não sabia ao certo se tinham sido jogados fora, vendidos ou doados a alguma feira de caridade.

Pouco importava; já não tinha um toca-discos em que pudesse ouvi-los. A facilidade para localizar as faixas no aparelho de CD era uma comodidade adorável. No quarto ato, ele encontrou a ária "Aprite un po' quegli occhi" e a pôs para tocar diversas vezes, embora soubesse que, ainda que Carrie fosse uma bruxa e o houvesse enfeitiçado, a questão não era bem essa; ele não tinha sido enganado e ninguém precisava abrir seus olhos. Era apenas um modo de desabafar, já que, como Figaro — e Almaviva! —, sentia pena de si mesmo. *Basta!* Serviu-se de um brandy e estava pensando em tomar mais um quando ouviu a porta da frente bater. Carrie dando uma busca no hall de entrada, subindo as escadas e descendo de novo. Tinha vestido o pijama de seda preta que ele lhe dera para marcar o início do novo ano na faculdade. Estava descalça. Sentou-se no sofá Chesterfield, na diagonal da cadeira em que ele estava.

Ei, tomei um banho.

Aquilo, Schmidt pensou, podia ser apenas porque estava frio lá fora.

Estou limpinha.

A primeira hipótese havia sido posta em dúvida, mas não necessariamente descartada.

Schmidtie, você vai falar comigo?

Vou, só estou tentando acordar. Ou coisa assim. Acho que não sei o que pensar da conversa com o Jason. Não entendo em que pé vocês estão. Achei que ele teria alguma idéia — de como vocês vão viver juntos, se vão casar ou não. Enfim, uma perspectiva de vida em comum. Não ouvi nada sobre isso.

É pesado para ele. Você sabe, quando ele saiu da polícia, estava no departamento de investigações — o tom da voz dela subiu ao final da frase, como uma interrogação, porque ela não sabia o que estava falando ou se estava dizendo a coisa certa. Ele saiu porque Mike Mansour paga muito bem. Muito mesmo, talvez o dobro do que o Jason estava ganhando. Mas, é como ele disse, o Mike pode mandar ele embora. E aí, o que ele vai fazer?

E você, o que pensa?

Eu já disse, Schmidtie, não sei. É assim: quero ficar com ele, mas não quero pressão. É doido.

Será que você está tentando descobrir se é bom mesmo estar com ele?

Oh, era bom, sim, ela respondeu, mas não havia como estar com ele, a não ser quando estava de folga, e aí, tinham de encontrar um lugar para ficar a sós. Ao que, então, ela se contorceu no sofá, como se estivesse com muita coceira. Schmidt começou a entender que, se pensava que tudo o que tinha a fazer era dizer sim a um pretendente à mão de sua amante juvenil, estava enganado. Nesse caso, a pergunta tinha de ser endereçada ao sr. Schmidt: como é que ele ficava? Schmidtie acreditou saber a resposta.

Carrie, eu já disse que você pode ficar aqui, comigo, principiou ele. Como um membro da minha família. Nada vai mudar quanto a isso. Mas você e eu não podemos dormir juntos, se você está dormindo com o Jason. Eu sei que já disse uma vez, há muito tempo, que não estava pedindo que você fosse fiel, mas isso foi antes de eu te amar tanto, antes de a gente viver junto. Portanto, se você quer ficar com o Jason, podemos ser grandes amigos; como eu disse, você será parte da minha família. Ou, se o que você teve com o Jason acabou, podemos continuar a ser como éramos antes. Você decide, amorzinho.

Ela veio se sentar no braço da cadeira dele e envolveu-lhe o pescoço num abraço. Com o Jason, não acabou. Mas eu te amo, Schmidtie. Como eu disse, quero ficar aqui. Enquanto você me deixar. Ei, ainda posso dormir na sua cama? Se eu dormir de calcinha e você, de cueca? Jura?

# 12.

Tão logo Gil Blackman desembarcou no aeroporto Kennedy, vindo de Los Angeles, e entrou em seu carro, telefonou para Schmidt.

Voltei, ele disse, acabei de chegar. Que tal almoçarmos amanhã, naquele lugar em Bridgehampton, como se chama? Vou passar a noite em Nova York, mas saio assim que acordar. Precisamos conversar.

Uma tal ansiedade, da parte do grande cineasta, para ver seu velho e antiquado colega de quarto e faculdade era acontecimento sem precedentes na história recente. Era necessário voltar ao tempo em que Gil precisava dele de fato, como quando decidiu se separar da primeira mulher e, não conhecendo ainda os advogados especializados em divórcios celebrados nas páginas dos tablóides, pediu ajuda a Schmidt.

O'Henry's, disse Schmidt, com muito prazer. Encontro você lá, à uma.

Já não havia razão, pareceu a Schmidt, para evitar aquele boteco, que, além de hambúrgueres, dera ultimamente para servir lagosta e sanduíches de *chicken-salad* no pão sírio, acompanhados de cubinhos de abacate. Menos razão ainda, com certeza, se ele fosse sozinho encontrar o glamouroso sr. Blackman, sem Carrie. E, mesmo que ela concordasse em ir com ele, decerto o passado já prescrevera *de facto*. Ainda havia o dono para se lembrar dela — e do barato que era comer a moça, a se dar crédito a Bryan —, e Pete, o barman, inocente até prova em contrário. Os garçons, um bando de aspirantes a atores e atrizes, sem qualquer talento visível e com modos excessivamente domésticos, eram quase todos novos, posteriores a Carrie. Mestiços como ela, em sua maioria. Ah, cauterizar a ferida com desdém, obliterar o passado: o modo como, ao trazer sua comida, ela costumava se curvar sobre a cadeira vazia em sua mesa e falar com uma voz tão rouca que o corpo dele empenhava-se todo em ouvir; como, por vezes, ela deixava a mão roçar seu ombro, ao passar apressada; como aquela criança esbelta, galante, de rosto moreno, vinda dos bairros pobres, o deixava amá-la.

Quando Schmidt saiu para o encontro com Gil, a criança já estava ao volante de seu carro, a caminho da aula de artes plásticas, acelerando perigosamente, ele podia apostar, pelas estradas secundárias desertas. Desenho com modelo vivo! Ele podia desenhá-la de olhos fechados — cada linha, sombra ou cavidade. Eram as últimas semanas de faculdade; logo, o semestre chegaria ao fim. O que fazer em relação aos feriados de fim de ano era assunto que a preocupava, estava claro. Tão logo fora convidado, Schmidt aceitara a proposta de Mike Mansour para passar os feriados em sua Shangri-la da República Dominicana. Era o que ela havia dito que queria, mas agora, ir para lá como a namorada de Schmidt, como se nada tivesse mudado, enquanto Jason arrastava malas da pista de pouso para o carro, dirigia até a casa da praia, tornava a arrastar malas até o quarto, observando o patrão e seus convidados a se divertirem na água ou se refestelarem à mesa — aquilo tudo era duro, e até humilhante. Cenas dos eventos no quarto compartilhado por Carrie e Schmidt — na realidade, evento nenhum, há uma espada entre eles — desfilariam diante dos olhos de Jason, por trás dos óculos de sol espelhados. E os olhares divertidos de Mike Mansour! Quanto ele sabe de fato, quanto confidenciará a dois ou três convidados escolhidos, a notícia espalhando-se! É um problema para Schmidt também, embora pequeno, não mais que uma leve alfinetada. Mas, feitas as contas, tinha dito a ela: A gente diz ao Mike que não vai. Não é nenhum transtorno para ele ou para seus planos; essa espécie de festa é como um piquenique, ninguém fica contando os convidados, não numa casa como aquela. Em vez disso, vamos para Paris, e para o Egito, se ainda der, ou, se não, para o Marrocos. La Mamounia, Fez, os dois, você decide. Mas a criança quer mesmo ir à tal casa de Mike Mansour, porque nunca esteve numa casa assim, nunca voou num jato particular nem megulhou num mar azul e dourado, de cima de um iate enorme. E, sobretudo, talvez, porque Jason vai estar lá. Ela não se cansa da cabeça e do rosto perfeitos, com aqueles cabelos loiros, os olhos azuis, o nariz arrebitado, os dentes brancos e, acredite se quiser, covinha no queixo; isso tudo sem considerar os ombros fortes, o peito de um discóbulo e, Deus do céu, os bíceps. Há, claro, muito mais a cantar, características que Carrie conhece em detalhes, mas nas quais Schmidt prefere não pensar. Tudo bem, disse a ela, se você não quer desistir da viagem, nós vamos. A questão mais interessante talvez seja o que pensa Jason, o que ele quer? Ser um tipo forte e calado não é o mesmo que não ter opinião. O garoto é um enigma para Schmidt. Deve haver algum tipo de teste para seguranças armados; com certeza, tem-se de passar por testes de inteligência, antes de se tornar um investigador em Nova York — supondo-se que Carrie tenha entendido direito —, e seria improvável que Mike Mansour o tivesse contratado se Jason fosse burro. Talvez seja uma modalidade especial de inteligência, com aptidão para aquele tipo de pegada que esgana e para as revistas rápidas: a Schmidt, ele não parecia tão inteligente quanto Carrie. Mas Schmidt tem um respeito algo sobrenatural, talvez excessivo, pelo cérebro de Carrie. Inteligência alçada a um nível mais elevado, pela sensibilidade e pela intuição: uma combinação invencível.

Por fim, Schmidt desiste de Jason. Talvez não haja nada no cerne desse enigma, a não ser a diferença de classe. Ele diria que o garoto tem a postura e a atitude de um criado, se o uso desse substantivo ainda fosse permitido. Seria interessante, porém, entender o que ele pensa sobre sexo. Carrie fica em casa todas as noites, a não ser quando sai com Schmidt e nas poucas vezes, muito poucas mesmo, em que diz a ele que vai ao cinema com Jason. Schmidt acredita que ela vê o filme de fato, porque conta a ele depois, exibindo uma sinistra aptidão para imitar o barulho de explosões, balas sibilantes e carros perseguindo carros. Ademais, não chega em casa tão tarde. Uma rapidinha no banco traseiro, ou talvez na parte de trás de um daqueles furgões que as equipes de segurança usam, tomado emprestado para a noite? Uma coisinha ou outra entre as aulas na faculdade e a volta de Carrie para casa, para o jantar? Podia ser, antes de o frio chegar para valer. Todas aquelas dunas desertas, com o cheiro forte de grama-da-praia. As possibilidades restantes são o eterno banco traseiro do carro, um quarto de motel alugado por hora, se isso é possível no condado de Suffolk, ou o apê de algum chegado. Schmidt não sabia da existência de ninguém do tipo. Não, dividir com Carrie o quarto equatorial — decerto, com o ar-condicionado ligado — não será um problema para ele. Ela já pegou o costume de ir até o quarto dele, de qualquer forma, embora ele tenha comprado um aparelho de televisão para o dela, para os jogos de hóquei a que ela assiste. Podia muito bem ter dado a ela sua TV, porque não a liga nunca, mas não quis que ela pensasse que ele estava se privando de alguma coisa. Carrie, pois, entra de mansinho no quarto dele, tarde da noite e bem quietinha, quando ele já fechou seu livro e está quase dormindo. Com freqüência, ele não se dá conta da presença dela, até que ela o abraça e pressiona o corpo contra o dele. No começo, Schmidt protestava, dizendo que aquele não era o trato que haviam feito, mas ela respondia Querido, é sim, estamos de cueca e calcinha, me deixa ficar, eu gosto. Em tudo o mais, ele a trata como a uma filha, uma filha a quem ama e que o ama também, mas, afinal, ela não é sua filha. Nem um pouco. É sua Hécate.

Uma hora em ponto. O sr. Blackman atrasou-se. Questão de minutos. Telefonou de seu carro. O sr. Schmidt não vai reclamar, contanto que possa beber de imediato seu martíni seco com uma azeitona. Passado tanto tempo, ele saboreia agora os prazeres da aposentadoria, livre de obrigações. Se quer um martíni antes do almoço, beba. Dois martínis? Tudo bem. Do mesmo modo, não há necessidade de se irritar com o fato de ter de esperar. É um tempo que se ganha para si mesmo, para refletir sem ser incomodado e observar os semelhantes mais ativos. Nessa época do ano, não comparecem em grande número para o almoço no O'Henry's. Das monstruosas Irmãs Esquisitas, viúvas de escritores outrora residentes no East End, que costumavam ir lá todo dia, às vezes em companhia de um intelectual igualmente idoso e esquálido, duas estão mortas. As sobreviventes se foram de mala e cuia para alguma espelunca ainda desconhecida de veranistas e turistas, ou estão de cama, ou pobres demais para os preços recém-inflacionados, ou simplesmente não estão ali porque não é o dia de se encontrarem. As conexões de Schmidt com os mexericos locais tornaram-se demasiado tênues; ele não seria capaz de arriscar um palpite. Na verdade, não há ninguém que ele conheça no restaurante, a não ser pelo barman e o rosado corretor de imóveis, comendo no balcão com uma tremedeira dos diabos. O restante de seus companheiros de almoço parece composto de corpos aposentados, em nada mais ativos do que o seu, provavelmente exadvogados e ex-médicos para quem, como no caso dele, a casa de veraneio transformou-se em residência oficial. Se ainda fosse sócio do Tênis Clube, com seu teimoso anacronismo, tão infenso a judeus e gente como Carrie, o clube em que aquela boa gente provavelmente jogava golfe, poderiam ser seus amigos. O privilégio, porém, talvez não compensasse o preço da anuidade. Mas, *en garde*! Empurrada com vigor maior do que o habitual, a porta da frente se abre e, com suas passadas largas, Gil Blackman adentra o restaurante.

Schmidt levanta-se da cadeira. Contrariando o costume, eles se abraçam. Já sentados, começam a pedir o almoço — nada mau, considerando-se que, tão logo se vêem, já o hábito lhes confere humor excelente e expansivo.

Schmidtie, seu pilantra, disse o sr. Blackman, eu consegui. *Chocolate kisses* está pronto. Todas as vezes que mostramos o filme, a reação foi fantástica. E não estou falando daquele povo chato dos estúdios, mas de gente de verdade! É bem possível que a gente esteja com um sucesso nas mãos. Pergunte à Elaine. Ou até ao seu melhor amigo, o Mike Mansour. O sujeito está felicíssimo. Nem notou que não aceitamos uma única das sugestões que ele deu. Vou te contar, parece um sonho. Você ainda tem um *smoking*? Tem? Mas que pergunta idiota... Bom, deixa ele prontinho, então, porque você vai à estréia das estréias. Com Carrie, é claro. Vamos comemorar!

Que Deus te abençoe. Isso é mesmo fantástico. Uau, você é o máximo.

Sou mesmo. A propósito, a Elaine chega hoje à noite. Ela quer que você venha jantar amanhã. Você pode?

Com o maior prazer. Não trocaria por nada.

Ótimo. A propósito, você tirou o Mike do sério — quer dizer, nada grave, mas é que o cara está pirando. Sem brincadeira.

Ããã?

Está mesmo. Perdeu o rumo. Primeiro, oferece a você a presidência não sei das quantas, o posto mais alto lá da fundação dele. Você sabe que ele é louco por aquilo. A fundação vai ficar com a maior parte do dinheiro dele, porque ele deixou de fora os filhos e por aí vai. Ele achou que você ia cair de joelhos e chorar de felicidade, gratidão, fosse o que fosse. Em vez disso, você deu um fora nele. Parece que ele pôs Holbein para achar um jeito de te cantar e fazer você mudar de idéia. Aliás, eu acho que você é doido. É uma oportunidade e tanto. A maior de todas. Além disso, e isto ele me contou como segredo absoluto — tenho de admitir, nunca pensei que ele tivesse alguma sensibilidade ou tato —, está preocupado com a possibilidade de a Carrie e o gorila-chefe dele, aquele sujeito loiro, você sabe, o Ajax nórdico, estarem tendo alguma coisa. Acha que você percebeu, mas não tem certeza. Enfim, não sabe o que fazer. Demitir o cara, porque está contrariando as regras; deixar quieto, não balançar o barco sem necessidade, porque pode não ser nada; falar com você, para perguntar o que quer que ele faça; e assim por diante. É engraçado, acho que o Mike Mansour é vidrado em você — não estou dizendo sexualmente, o sujeitinho é esquisito mesmo, mas não nesse sentido. Sabe de uma coisa? Ele gosta da sua companhia. E aí, o que você me diz?

Quer saber? Estou perdido — completamente. Essa história da fundação é patacoada. Não, é esquisito mesmo. Claro, vou aceitar o emprego, se ele de fato pretende me oferecer. Pensei que ele estivesse me gozando, por isso fiquei na minha, para não dar uma de idiota presunçoso. Agora, esse Holbein? O que ele me escreveu, eu pensei que fosse uma carta me dispensando. Se essa é a idéia que ele faz de cantar alguém para fazer alguma coisa, melhor dar uma examinada na cabeça dele.

Você vai ver o Mike amanhã à noite. Aí, pode acertar as coisas.

Vou tentar. Juro.

Pois faça isso. Se não fizer, vou pensar que é melhor mandar examinar sua cabeça.

Schmidt fez um gesto de concordância. Teria de contar a Gil sobre Carrie. Omitindo uma coisa ou outra.

Essa história da Carrie é bem complicada, disse. Ela está tendo um caso — falando francamente, não tenho muita certeza de que ainda está — com o tal Ajax. O nome dele é Jason, aliás. Conversei com ela sobre isso, de um modo gentil, com calma, porque não posso culpá-la. Ela não tem nem vinte e cinco anos! Aí, ofereci a ela a possibilidade de ficar comigo, se quisesse — como amiga, sem sexo, sem problemas. Ela gostou. Ainda está gostando, acho. Depois disso, recebi a visita do Jason. Simpático. Educado, não me espancou nem nada, só devorou metade de uma pizza grande. Expliquei a situação e, num certo sentido, tentei ver se ele levava a Carrie com ele. Não estou dizendo que necessariamente esperava que ele pedisse a mão dela — e por que para mim, afinal? —, mas pelo menos que a levasse da minha casa para a dele, ou fosse qual fosse o arranjo possível entre eles. Mas não consegui nada. Nada. Nem mesmo mordeu a isca, quando perguntei se ele queria começar um negócio no qual eu pudesse investir. Ou talvez ele tivesse dado uma beliscada, se a Carrie não tivesse interferido como um trator. Até rosnou para ele!

Incrível.

É uma garota notável. Percebi de imediato que não queria que eu comprasse o Jason para ela. Dá para acreditar? Como é que se faz para criar uma garota como essa? Por exemplo, onde foi que a Mary e eu erramos com Charlotte? De um jeito ou de outro, essa quer que eu compre tudo e todos para ela.

E como estão as coisas?

Depende do ponto de vista. Objetivamente, tenho de admitir que podiam estar piores. Parece que ela e o Jon se reconciliaram e voltaram a se juntar. Ele se tornou sócio de uma dessas firmas pequenas e abusadas, que está tentando se estabelecer, mas ninguém sabe o que vende.

Você disse abusada, Schmidtie, e eu conheço seu código. Quer dizer judia, não é?

Adivinhou. Por outro lado, sabe como fiquei sabendo? Charlotte me mandou dois cartões, um anunciando que estava se mudando de volta para o apartamento dos dois, o outro comunicando a entrada de Jon como sócio na tal firma. Nem a mais mínima nota pessoal. Nadinha. O relatório completo, eu recebi da inefável dra. Renata.

Minha Nossa Senhora!

Exato. E essas são as novidades. Você entende? Você sempre foi um homem de imaginação. Todas aquelas personagens nos seus filmes, que você consegue bolar, sentir. O que pensar de uma filha como essa? Você a viu crescer, de uma certa distância, é claro, mas, ainda assim. Sabe que ela foi amada, por mim e pela Mary. Verdade que a Mary foi melhor nisso do que eu. A Charlotte tem cérebro; teve todas as oportunidades; nunca negamos nada a ela. Por que me trata assim? E, fazendo isso, está tornando a vida dela menos agradável, o que ela com certeza percebe. Por que ela é tão ruim?

Bom, não vou te surpreender se disser que já andei virando e revirando esse tema na minha cabeça — não quanto a Charlotte, mas em relação a minhas gracinhas e também à querida Lillyzinha adotiva. Na verdade, o mais perto que cheguei de tratar disso num filme foi quando fiz *Rigoletto*. É engraçado, não é? Eu era muito jovem naquela época para chegar ao menos perto de alguma resposta, e, de todo modo, não estava exatamente diante de uma folha em branco! A Gildinha é uma figura e tanto, também como filha, se você parar para pensar. A garota que trepa e canta demais! A verdade é que não tenho uma resposta, só algumas observações. Primeiro: não acho que o principal está na criação.

Tem alguma fatalidade genética atuando aí — não me pergunte o que é, não entendo bulhufas de genética. O ponto é que, cada vez mais, não vejo a criação, do modo como você e eu entendemos a coisa, e as circunstâncias da infância em geral como os fatores decisivos na força de caráter e na serenidade de um filho. Porra, na capacidade de ser feliz e ter um bom caráter. Segundo: fico imaginando se a classe alta — se você me permite o desplante de me incluir aí, junto com minhas duas esposas — não perdeu o jeitão de criar os filhos. Sei que isso contradiz o que eu disse antes, mas para testar minha hipótese basta você ir até a confeitaria aí ao lado, pedir um belo sorvete de passas ao rum e ficar observando as garçonetes, todas muito jovens. Que idade têm, catorze? Dezesseis? Duas ou três delas talvez não tenham nem treze. Estou fora de forma para avaliar a idade da garotada. Você vai ver aqueles magníficos sorrisos verdadeiros, um brilho nos olhos, uma polidez digna do palácio de Buckingham, trabalham feito burro de carga e sem sentir pena de si mesmas. Quem são os pais dessas meninas? Nunca perguntei, mas aposto que são os nativos mais estabelecidos, o pessoal que trabalha em escritório, ou gente que está só um pouquinho melhor de vida. O pequeno empreiteiro que faz serviço de pintura, o dono da loja de ferragens, talvez o sujeito que faz dedetização. Pessoas que, de algum modo, conseguiram um equilíbrio entre as próprias expectativas e o esforço pessoal, delas e dos filhos. E um espaço para o sentimento de conquista pessoal e de gratidão. Falando francamente, eu amo essa gente. Tem algo disso na Carrie também, acho. Terceiro, e essa é a parte mais bizarra, de cortar o coração: notei que ser bom para os filhos não traz nenhuma recompensa. Dá para ver isso nos casais divorciados. A mamãe ou o papai que eles tratam com ternura e respeito não é a mãe ou o pai que se arrebentou pelos veadinhos — sempre responsável, sempre presente quando eles precisam —, mas, ao contrário, o "genitor" horripilante, aquele que nunca pára de fazer cena, que dá a eles, como presente de casamento, uma gaiolinha comprada pelo reembolso postal ou meias de lã. Enfim, os filhos têm medo desses pais ou mães horrorosos. Andam na ponta dos pés perto deles, com medo de provocar um ataque de fúria. Já é alguma coisa — mais do que você ou eu conseguimos. Bom, e o que você vai fazer quanto à Carrie?

Não sei. Cada vez mais, acho que a decisão é dela.

Naquela noite, Schmidt contou a Carrie sobre *Chocolate kisses* e o convite para jantar nos Blackman. Ela se dava bem com Gil. Na mesma hora, telefonou para cumprimentá-lo, mas só conseguiu falar com a secretária eletrônica e, depois, ficou pensando. Era fácil perceber. Ela se encolhia no sofá grande da biblioteca, as pernas sob o corpo e os braços cruzados sobre a cabeça, como se nadasse de costas feito um bebê. Passado algum tempo, disse que iria à cozinha, dar um telefonema. Quando voltou, pensou mais um pouco e Ei, Schmidtie, tudo bem para você se eu não for ao jantar? Falei com o Jason. Ele não vai levar o Mike amanhã à noite. Eu gostaria de me encontrar com ele. Pegar um cinema ou coisa assim.

Estava tudo bem, ele respondeu.

Você liga para eles?

Ligo, mas não agora. Prefiro não ter de deixar recado.

Não vai esquecer?

Não, eu juro. Mas você pode pregar um lembrete no telefone da cozinha, se quiser. Não vai ser nada de especial, você sabe. Ele disse que iam convidar só o Mike Mansour. Vão dizer à Chinelos Azuis de Feltro que ponha a mesa para quatro, em vez de cinco.

Mas é especial para mim. Não quero ferrar você com seus amigos.

Não se preocupe.

Schmidt foi até ela, ajoelhou-se e beijou-lhe as mãos, porque ficara claro como ela se sentia numa arapuca e como, na verdade, talvez estivesse imaginando se não ferrara as coisas para ela própria. Pobre andarilhazinha! Ele acreditava que podia ajudá-la de tantas maneiras, mas temia que, ao menor movimento em falso, algumas dessas maneiras, talvez todas, fossem recusadas. Se, por exemplo, ela ao menos mudasse de idéia e concordasse em se casar com ele. Schmidt sabia que a chance estava próxima de zero, mas que ainda havia alguma. Também para ela seria melhor se passasse ainda uns poucos e decentes anos ao lado dele, de um modo em nada diferente daquele como estavam vivendo; depois, ela poderia, então, deixá-lo, mas com um belo acordo, se era o que ela queria. Pensão ou algum capital, tanto fazia. Alguns poucos anos nem sequer arranhariam sua aparência ou seu corpo, e ela era capaz de aprender rápido muita coisa — não apenas na faculdade. Preocupara-o que ela se tornasse um peixe fora d'água, caso viesse a ser sua esposa. E seria, de fato, assim como havia sido como sua amante. Mas um cantinho da cortina se erguera, e ele pudera espiar como seria a vida dela como sra. Jason. À parte as qualidades dele como garanhão — Schmidt estava disposto a supor que tais qualidades estariam pelo menos na média e, portanto, dada a idade de Jason, eram superiores às suas — e a alegria de orar no templo de seu corpo, nada havia que pudesse recomendar numa vida daquele tipo. Talvez Schmidt devesse renovar oficialmente o pedido de casamento. Calma, Schmidtie, repreendeu a si próprio. Você ainda não aprendeu, a começar por Charlotte, que crianças querem estar com outras crianças e fazer o que as outras crianças fazem, mesmo que mamãe e papai tenham coisas muito mais interessantes e, acima de tudo, mais refinadas para fazer?

Talvez porque Carrie tivesse pedido dispensa do jantar, e, portanto, a luz dos candelabros não transformaria num teatro de sombras chinês o movimento nervoso de seus longos dedos de prestidigitadora, os Blackman decidiram adicionar a sua mesa um adorno de outro tipo. Convidaram Caroline e Joe Canning, um casal de escritores que tinha uma casa no caminho para Sag Harbor e o hábito despreocupado de demonstrar em público o carinho que sentiam um pelo outro, aliado a pétrea, ainda que polida, indiferença por todas as demais pessoas. No caso de Joe, aliás, essa polidez era apenas intermitente. Sua camada de boas maneiras era bastante mais rala do que a de Caroline, e sua própria pessoa era, sem dúvida, o principal alvo de sua atenção. Lord Harry, Schmidt disse a si mesmo. O que Gil está tentando fazer? Impressionar o Mike? Não vai funcionar; ele não sabe quem são os dois. Conseguir um contrato para o romance de Joe? Para isso, não precisa convidá-lo para jantar: um telefonema para o agente resolve. Ou seria um contrato para o livro de Caroline? Este último era uma biografia da mãe de Luís XIV. Precisariam transformá-lo na história secreta dos Três Mosqueteiros! Schmidt apertou a mão de Caroline e notou que os dedos dela eram tão longos quanto os de Carrie, além de quentes e agradáveis ao toque. Ao contrário das outras mulheres que ele costumava ver em torno do presunto defumado e do queijo brie nas festas de 4 de Julho dele e de Mary, Caroline tinha ficado mais bonita com o passar dos anos. Isso se devia a seu porte, e a sua risada, capaz de arrastar consigo o interlocutor, irresistível, mesmo que não se tivesse entendido a piada. A pergunta intrigante era, antes de mais nada, como Canning, de quem Schmidt se lembrava da faculdade como um idiota com pretensões literárias, conseguira que aquela mulher magnífica se casasse com ele, depois dos divórcios de ambos, quando os dois já deviam estar lá pelos quarenta e tantos, e como conseguira mantê-la a seu lado. Não podia ser pela beleza ou reputação dele — ela possuía luz própria suficiente —, e ele não tinha dinheiro. Além disso, à época do casamento, ainda não tinha escrito o romance sobre a vida inventada de sua avó, que lhe rendeu indicação para todos os prêmios literários, dos quais até ganhou uns poucos. Era um não-sei-quê ocupadíssimo, da diretoria da maior companhia de seguros de Nova York. Dependendo do ponto de vista, o casamento havia sido uma tremenda sorte ou uma tremenda injustiça.

Segurando um drinque que parecia vodca, Canning estava à espreita entre um grande vaso chinês e Gil e Mansour, sem parecer ter sido incluído na conversa dos dois. A proximidade física de ambos, porém, talvez lhe servisse de apoio, como um aparador ao qual se encostar ou um artefato na parede, apto a se tornar alvo de prolongado exame. Schmidt sentiu os olhos de Canning passarem correndo por ele. Era típico. Sem se deter, caminhou na direção de Gil e Mansour e cumprimentou os dois.

Meus parabéns!

Aceito de bom grado. Gil contou a você como trabalhamos juntos? Você não acreditou que eu tinha essa capacidade, hein?

Não, quer dizer, sim, acreditei, sim.

*Pas de problème*, a pergunta que a gente tem de se fazer é Tenho talento ou é apenas força de vontade, um estranho acaso? O que você acha, sr. Canning?

Joe, me chame de Joe, por favor. Não faço idéia. Não vi seu trabalho.

Vai ver. Gil vai lhe conseguir um convite para a estréia. Quero você lá. Sua esposa também, claro. Depois você me diz o que achou. Schmidt vai estar lá, com a namorada, espero. A propósito, Gil estava me contando sobre seus livros. Você devia dar uma comissão a ele. Comecei a ler um no avião, voltando da Costa Oeste, e ele está em cima da minha escrivaninha agora, no escritório. Qual é o título mesmo?

Depende de qual você está lendo.

É aquele sobre o sujeito mais velho, que está comendo uma garota novinha. Ha, ha, ha! O que todos nós queremos.

Gil riu também.

Todos os livros dele, à exceção do primeiro, são sobre isso.

Então não quero ler o primeiro. Schmidtie, você conhece o Joe? O sr. Canning?

Schmidt e Canning cumprimentaram-se com um gesto de cabeça.

Não estou brincando.

Estivemos todos juntos na faculdade, Gil explicou, mas o Joe é mais novo. Estava dois anos atrás da gente.

Sei. Uma reunião de ex-alunos de Harvard. Eu estudei na Universidade de Nova York, que me ensinou o que eu precisava saber naquela época. Agora, o que não sei é porque não preciso. Joe, você devia conversar com o Schmidtie sobre seu tema preferido. Ele é um especialista na matéria. Comer garotinhas! Vocês estão me matando de rir. Vamos nos juntar às damas.

Evidentemente, Canning chegou à mesma conclusão de Schmidt: não havia um modo aceitável de se despedir e ir embora de imediato. Ele foi o primeiro a se recompor e quebrar o silêncio. Eu sinto muito sobre Mary. Podia ter dito isso antes a você.

Não temos nos visto.

A perda não é grande. Estamos compensando esta noite.

Elaine pôs o sr. Mansour à sua direita e o sr. Canning, à esquerda, dando Caroline ao sr. Mansour, o que deixou Schmidt entre Caroline e Gil. O pontapé inicial de Canning o preocupava. A não ser que tivesse entendido mal, tinha sido uma grosseria insolente. Gratuita, ou havia uma razão? Schmidt teria gostado de perguntar a Caroline, mas a mesa era pequena demais, e o ouvido de Canning, tinha certeza, aguçado. Seu próprio silêncio pesava sobre Schmidt. Era uma pena; desejou ter recusado o convite para aquele jantar. Carrie poderia ter ido encontrar Jason assim mesmo, mas, se era para comer e beber naquele isolamento, Schmidt teria preferido fazê-lo em casa. Naquele momento, participar da conversa geral era desnecessário e mesmo impraticável. O sr. Mansour estava interrogando Canning sobre a arte da ficção.

Caroline, Schmidt murmurou sob a proteção da voz tonitruante que cobria a sua, você ouviu o que o Joe me disse, pouco antes de nos sentarmos?

Ela fez que sim com a cabeça.

Não sei o que pensar. Por que me atacar desse modo? O que eu fiz a ele?

Absolutamente nada. O melhor é não prestar atenção. Metade do tempo, ele nem sabe o que está dizendo. Podia estar querendo dizer que preferia estar em casa, trabalhando. Ou coisa do tipo.

Ela riu.

Perdoe-me, como você sabe, não li suas obras-primas, retumbou o sr. Mansour. Só o começo do romance que eu tinha no avião, antes de começar a telefonar. A Elaine diz que seu primeiro livro é o melhor. Você também acha?

O que importa o que eu penso, se você não leu?

Embora Canning tivesse respondido, apenas Caroline, que tinha de viver com ele, e Schmidt pareciam ter ouvido o que ele dissera. Sua voz era baixa e ele não se dava o trabalho de forçá-la.

Então, qual a resposta?

Acabei de dar.

Joe, Caroline interveio, o Mike Mansour não ouviu o que você disse. Ninguém ouve, Mike. Ele disse que não importa o que pensa, porque você não leu o romance.

Nisso ele tem razão, disse o sr. Mansour, e riu.

Caroline riu também. Ha, ha, ha!, responderam Elaine e Gil, Elaine adicionando um Ha, ha! extra, depois que Gil já havia parado. Ela sempre fora uma anfitriã bastante atenciosa.

É nele que você descreve o sexo com garotinhas?

Ora, garotinhas... É de um jeito muito artístico! Se você ler o que escrevo — o que não recomendo com grande ênfase —, vai ver. Talvez ache divertido, Canning respondeu, aparentemente convencido de que estava gritando.

Divertido!, exclamou Elaine. Não dê ouvidos a ele. É um grande escritor. Você sabe, capaz de revelar tanta coisa! Gil vive pensando em filmar um dos romances.

Ele nunca me contou, e é meu sócio. Vou querer ser consultado. Essas revelações de que a Elaine acabou de falar, quer dizer, me desculpe perguntar na presença da sua esposa, mas seus livros são autobiográficos?

Eu escrevo romances.

Mas, se revela tanta coisa neles, só pode ser sobre você, coisas que você fez.

Não necessariamente. Pode ser coisa que eu sonhei, não acha? Por que você se importa com isso?

Gil, vamos conversar de novo, você e eu, sobre o que fazemos com seu amigo Joe. Talvez o nosso pessoal possa bolar um pacote. Faça um projeto, para que eu possa examinar melhor. E, sr. Canning, obrigado pela cortesia.

Depois, na varanda dos fundos, Mansour passou um braço em torno de Schmidt e disse: Eu odeio esse cara, o Canning. Ele estava tentando me humilhar. Isso não combina comigo.

É um porco-espinho.

É um veadinho, você quer dizer. E acho que é anti-semita também.

Aí, acho que você pode estar errado. Ele é cem por cento judeu.

Meu Deus, mas com esse nome! Tudo bem, então é um judeu anti-semita. A mulher é outra coisa. Divina! É o tipo de mulher com quem você deveria estar, Schmidtie, entende o que estou dizendo? Tremenda classe. Você pode levar uma mulher dessas aonde quiser.

É.

Tenho a impressão de que é boa de cama também. Para essas coisas, sou sensitivo. Ha, ha! Como você. Mas a mulher tem tudo. Até para mim estaria bom. Como é que um imbecil daqueles foi encontrar essa mulher?

É o que estou me perguntando também. Sorte de imbecil?

Deve ser. Quero mudar de assunto. Com todo o respeito, a pergunta é: Por que você disse não à minha fundação? Em primeiro lugar, preciso de você; em segundo, você me ofendeu.

Mas não fiz isso, Mike, verdade, não tive a intenção. Acho que fiquei espantado.

Está bem. Então você topa. Vou mandar Holbein enviar a papelada. Quando você pode começar? Logo no início do ano? O que for melhor para você.

O braço do sr. Mansour reocupou seu posto no ombro de Schmidt. Ele prosseguiu: Você vem passar os feriados na minha casa. Vamos dizer, começa assim que a gente voltar. E, escute, preciso falar com você sobre alguém que você sabe muito bem quem é. Eu te ligo.

Schmidt retribuiu o apertão do sr. Mansour e disse Obrigado, Mike, obrigado mesmo. Você não pode imaginar como fico feliz.

O mini-BMW de Carrie não estava na entrada nem na garagem quando ele chegou em casa, mas as luzes estavam acesas aqui e ali, ao acaso. Ele foi de cômodo em cômodo, apagando algumas luzes, acendendo outras. Ainda havia esperança; a qualquer momento, poderia ouvir as rodas do carro dela no cascalho. Mais meia hora se passou. Ele foi para a cama.

# 13.

Como foi o filme?, Schmidt perguntou na manhã seguinte. Ela não tinha aula, mas, mesmo assim, estava de pé, e a mesa do café estava posta.

Normal. Não, não foi normal. Uma porcaria. E o seu jantar?

Ele riu. Medíocre. Não, entre medíocre e normal. A comida estava boa. Os pratos chineses de sempre. Gil e Elaine, de normal para baixo. Tinha um outro casal, que Gil deve ter convidado no seu lugar. Dois por um, acho. Ela é simpática, mas nunca suportei o marido. Depois da faculdade, ele foi trabalhar numa companhia de seguros e lá ficou até se aposentar. Mas, por volta dos cinqüenta e poucos, começou a escrever romances. Muita gente não gosta dos livros dele. Politicamente incorretos e por aí vai, com grandes cenas de sexo. Para quem gosta... E, claro, o sr. Michael Mansour. Ele, achei de normal para cima. Primeiro, se meteu numa discussão literária com o romancista; depois, me ofereceu um emprego. Acho que a oferta é para valer. Quer que eu dirija sua fundação! Espera que eu comece logo depois dos feriados na República Dominicana. Precisamos conversar sobre isso, querida. Eu mais ou menos disse a ele que aceitava, mas isso vai significar algumas mudanças no modo como estamos vivendo.

É, imagino que sim.

O rosto dela se fechou. Tinha sido um erro não ter conversado antes sobre a fundação, mas, de início, quando o emprego pareceu lhe ter sido oferecido pela primeira vez, ele não quis que ela o visse fazendo papel de bobo e, depois, ficou com medo de fazer papel de bobo ele próprio, se demonstrasse ainda ter esperança de salvar o emprego. Além disso, com as coisas tão no ar entre ele e Carrie, Schmidt mal conseguia fazer planos, sobretudo um plano com uma gama tão grande de variáveis.

O que eu quero dizer é que, provavelmente, vou ter de arranjar algum tipo de apartamento em Nova York e ficar por lá durante a semana — ou, de todo modo, durante algumas semanas, talvez a maior parte delas —, e vou precisar visitar escritórios no exterior. Esse tipo de coisa. Mike disse que quer que eu dê uma olhada nos escritórios na Europa, logo que eu começar. Eu disse que vou, porque faz sentido. Mas essas não vão ser viagens longas. Posso fazer intervalos entre elas e voltar para casa, para descansar e me divertir um pouco.

Schmidt esperou, para ver se ela diria alguma coisa, mas Carrie não disse nada. Talvez fosse ficar emburrada.

Não acho que você se importaria em ficar aqui, sozinha, durante o semestre na faculdade, prosseguiu. O resto do tempo, você poderia ir comigo para Nova York ou nas viagens. Pense só em todos os lugares que a gente pode conhecer!

Uma olhadela rápida, para ver como ela estava reagindo. Nenhuma mudança. Era como se estivesse em posição de lótus, meditando. Schmidt serviu outra xícara de chá para si mesmo, café, para Carrie, e voltou a seu jornal. De repente, ela começou a falar.

Você não vai precisar arranjar apartamento. Já tem um para você, na Park Avenue. Vem junto com o emprego. Está mobiliado, mas você pode levar sua própria mobília, ou eles redecoram tudo para você.

A informação sobre a mobília foi proferida em tom tão neutro que podia significar tanto considerável respeito quanto desdém pela generosidade com que ele seria tratado.

Como é que você sabe disso?

O Jason me contou. Ele esteve lá com o Mike. O Mike queria ter certeza de que o apartamento era bom o bastante para você.

Ah, e quando foi isso?

A primeira vez que foram até lá? Não sei, antes do dia de Ação de Graças. E logo que ele voltou de Los Angeles. Estão reformando os banheiros. Ele quer que você tenha um bidê.

Pelo amor de Deus! O que mais você sabe?

Bastante. É que o Jason fala com a Bernice. Caramba, eles vivem falando uns com os outros.

Bernice era a secretária-chefe de Michael Mansour, que Schmidt conhecia sobretudo pelo telefone e do almoço de Ação de Graças, ocasião em que ela pareceu encarregada da administração da casa, mudando os cartões com os nomes das pessoas na mesa e dando ordens a Manuel.

Ela disse que o Mike está muito preocupado com você e com esse emprego. Ele acha que você é competente e tudo, e que seria bom para você.

Então, por que está preocupado?

Quem sabe? Diz que talvez o Schmidtie tenha se acostumado a não trabalhar. Que poderia pedir demissão ou coisa assim.

Acho que vou ter de me cuidar e provar que ainda sou um trabalhador ativo e aplicado. Carrie, por que você não me contou tudo isso antes?

Ela brincava com seus flocos de arroz e se serviu de mais café. Puxa, Schmidtie, não sei. Você também não me falou nada. Não é a mesma coisa?

Sem dúvida, ela tinha razão. Ele fez que sim.

Está bem, pelo menos estamos conversando agora. Tudo bem para você? Quer dizer, ficar sozinha durante a semana?

Imediatamente, ela estava a seu lado, pondo os braços em torno do pescoço dele. Chega para lá, panaca. A mesa está atrapalhando. Quero me sentar no seu colo. Está bom assim? Schmidtie? Você não vai ficar furioso ou coisa assim, vai?

E por quê? O que aconteceu, ou o que você fez?

Daquele jeito que você fica furioso quando é sobre o Bryan...

Era tão bom tê-la junto do corpo, sentir a respiração em seu rosto, quando ela falava, que ele só conseguiu encolher os ombros.

Ele não fez nenhuma cagada, eu juro.

Tudo bem. Conte o que você quiser. Estou pronto.

É meio difícil achar por onde começar, você sabe. O Bryan está morando em Springs, fazendo bicos. Tipo, durante o verão, estava lavando janelas e reformando piso de deques. Alugava uma máquina elétrica que espirra água e remove todo o bolor; depois, ele lixa a madeira e pinta o revestimento.

Não, eu não sabia.

É, ele fez um bom dinheiro no verão e conseguiu alguns bons clientes. Tipo, gente que comprou casa e não tem ninguém trabalhando fixo. Ele toma conta das casas quando as pessoas estão fora, como costumava fazer, dando uma ordem ou cuidando dos carros. Caramba, aquele cara pode fazer qualquer coisa com as mãos.

É, sei, ele e suas mãos...

Schmidtie, você não é justo com o Bryan. Ele mudou. Juro.

Ela balançava no colo dele.

Eu sabia que você ia ficar assim.

Está bem. Não vou. Continue, por favor.

Tudo bem, se você prometer... Tudo bem. O Bryan anda trabalhando para um cara que tem uma marina em Three Mile Harbor. Ajudando na doca, na oficina e com os barcos também. Consertos em geral, você sabe. Ele sabe fazer isso também, tipo, se o sujeito não quer levar o barco para um estaleiro de verdade. O cara é velho e quer vender o negócio para ele, ou arranjar um sócio, talvez dois, que possa comprar a marina, com o tempo. Está até disposto a ajudar o novo dono a se estabelecer. É um bom negócio.

Imaginei que seria. Você viu o lugar?

Vi, sim, com o Bryan e o Jason. É legal.

E que idade tem o sujeito?

Ah, é bem velho, sessenta e cinco, talvez. Mas como é forte! A mulher dele tem artrite, e eles querem ir para algum lugar quente, sei lá, Arizona? A entonação dela subiu ao final da frase, sinalizando que estavam no terreno da fantasia. A questão é que, se você cuida dos barcos para os clientes, tem de estar lá no inverno. É quando a mulher fica ruim da artrite. O cara não tem filhos.

Um desgraçado de um sortudo, pensou Schmidt.

Então, Jason pensou que, se tivesse a marina, podia montar um negócio, conseguir uns barcos para alugar, assim, para grupos, dar umas aulas, talvez, você sabe, ensinar a pilotar barco, velejar. No verão, todo mundo quer fazer isso.

Ah, então ele é marinheiro, além de assassino treinado.

Corta essa, Schmidtie, o Jason é da Nova Escócia. Foi criado para ser pescador. É o que o pessoal dele faz. É superlegal. E aí, o que você acha?

Talvez fosse só isso. Agüenta firme, Schmidt disse a si mesmo, não é o momento de se precipitar e espantá-los. Vá com calma. Essa só pode ser a chance deles e, se estão pensando em abrir um negócio, é melhor que usem a cabeça.

O que eu acho? Como eu disse, imagino que seja um bom negócio. Claro que ajuda o fato de o Jason entender de barcos e consertos, além de, paralelamente, saber fazer outras coisas, como pilotar um barco ou velejar. Mas ele precisa pensar bem. Dar aulas, você sabe, não é coisa para uma pessoa só, ainda mais com os barcos para cuidar. Você precisa de pessoal, seguro, talvez até de uma licença. Não sei sobre a licença, nunca cuidei desse assunto.

Seu discurso resultara pomposo, em vez de simpático, mas isso não parecia importar muito.

O Jason pensou nisso. Ele tem sido muito cuidadoso.

Isso é bárbaro. Depois, tem de analisar o negócio em si. O que o tal ancião possui de fato, se tem alguma hipoteca e de que tipo, quanto vale a marina, de verdade, e assim por diante. É provável que o Jason tenha pensado nisso também. Mas tem uma coisa que me incomoda. O Bryan. Como é que o Jason quer o Bryan com ele nesse negócio? Um garotão que traficava drogas e se meteu em alguma encrenca na Flórida? Isso combina com o sr. Barra Limpa? Essa é a primeira questão. Agora, a segunda. Quanto o Jason sabe sobre você e o Bryan? Nada? Tudo? Mais ou menos a metade? Se sabe, ele se importa? Se não, que tipo de surpresa vai ter e como vai reagir? Por favor, responda a pergunta, srta. Gorchuck.

Sacanagem, Schmidtie, eu sabia que você ia ficar puto por causa do Bryan. Legal. Tudo bem. É, eu contei a ele, sim. Contei tudo, assim como contei sobre você. Pronto. E contei sobre o sr. Wilson. Puxa, às vezes eu não entendo você. O que pensa que eu sou?

Uma jovem e magnífica mulher. É só que é difícil conversar sobre essas coisas e, portanto, quase todo mundo se sente tentado a minimizá-las. Não teria sido boa política nesse caso. Agora me explique por que o Jason quer esse cara.

Está bem. O Bryan está limpo agora. Está tudo certo. Foi o que o Jason disse, e ele sabe das coisas. Era do departamento de narcóticos. Esse troço na Flórida foi titica de galinha. Não foi nada. O Jason verificou. E quer o Bryan porque o cara sabe trabalhar mesmo e sabe o que está fazendo. Que tal?

Titica de galinha. Era a expressão que Bryan usava. Schmidt resistiu a apontar para a coincidência e disse: Parece bom. Tenho de admitir. Obrigado.

De nada.

Num gingado, ela se levantou do colo dele e voltou para sua cadeira, do outro lado da mesa. Ei, quer ouvir mais uma? O Mike Mansour disse que, se o Jason acertar as coisas, ele vai comprar uma lancha enorme e, você sabe, dar para o Jason cuidar. Tipo, para poder dizer para um cliente: Não se preocupe, até o sr. Mansour deixa o barco aqui!

Nada mau mesmo. Então, o Mike sabe desse plano.

Sabe, o Jason falou com ele. O Mike disse que ia mandar seu pessoal, um contador ou coisa do tipo, dar uma examinada nos livros. Como você sugeriu.

Schmidt deveria se alegrar, mas não pôde. A sentença definitiva, o juízo final, fora proferido, no último grande litígio que lhe restava na vida. E, como se não bastasse, o braço longo e poderoso do sr. Mansour o havia empurrado para o lado. Os moços já tinham recebido todo o aconselhamento que ele poderia ter dado.

Ótimo para o Mike. Ele vai investir no negócio?

Disse que, se o Jason precisar, ele faz um empréstimo. Eu não sei. O Jason acha que pode conseguir dinheiro no banco.

Isso é mesmo fantástico. Acho que tenho de te fazer uma outra pergunta. O que esse plano vai significar para você, pessoalmente?

Schmidtie, eu quero viver com o Jason. O sr. Mansour disse que, se começar a contar o aviso prévio desde já, ele libera o Jason antes do Natal. A gente iria visitar os pais dele. Com certeza, vai estar muito frio!

Na Nova Escócia? Acho que não. Não tanto assim. De qualquer modo, você conhece a música: "I've got my love to keep me warm!"

É isso aí. E eu vou ajudar, trabalhando no escritório. Quero terminar a faculdade também.

Bom, ao que parecia, isso era tudo. Dessa vez, foi ele quem se levantou, gingou pesadamente até a cadeira dela, deu-lhe um beijo no topo da cabeça e, depois, outro. Ela o abraçou, como se em resposta. Tudo isso é de uma estranha castidade, pensou Schmidt. Nesta cozinha, nesta casa. Quando olhou para Carrie, viu que ela estava chorando. Não, meu amor.

Tudo bem. Vou pegar um lenço de papel.

Quando ela voltou, seu rosto exibia um belo vazio.

Ei, posso dizer uma coisa?

Ele fez que sim.

Schmidtie, eu não dormi com o Mike Mansour. Nunca. Não é uma façanha? Que sujeito esquisito! Me fez, mesmo, perder todo o interesse. Acho que tive muita sorte.

Schmidt estendeu sua xícara, apontando para a cafeteira, quase cheia. Chá uma ova!

Ela se ocupou do café, enchendo as xícaras dos dois, pondo leite na dela.

Ei, acho que você e eu também não vamos mais, não é? Que pena para o seu pauzinho, hein, Schmidtie?

Ele assentiu de novo.

Então, o que você me diz? Agora você pode, quer dizer, se quiser.

Claro, ali estava, a mudança nas circunstâncias. Ele devia ter compreendido de imediato. O que quer que fizesse, estava sozinho, e ela também.

Docinho, ele disse, acho que devo a você um milhão de dólares.

Você estava falando sério? Vai fazer isso, mesmo?

É claro. Estou pondo meu dinheiro onde, antes, punha a boca. Oh! Oh! Oh!

Foi ela quem riu primeiro, mas, depois, ele riu também, uma risada incontrolável, e a maravilha era que tinha começado a se sentir bastante bem. Na verdade, tinha se enganado quanto ao mérito da sentença: também ele fora libertado.

Escute, disse, posso dar esse dinheiro a você bem rápido. Eu gostaria. Você vai pôr o dinheiro no negócio? Falo com o Jason? Eu quero vê-lo, de qualquer forma — dar os parabéns. Por que não? Bebendo um champanhe. Nós podíamos estourar uma garrafa de champanhe, como quando lançam um navio.

Não contei ao Jason, Schmidtie. Se você for mesmo fazer isso, não acha melhor que fique entre nós? É coisa que posso contar a ele depois. A marina é coisa certa, você sabe. Ele e o Bryan não acham que precisam de dinheiro para isso. Você poderia arranjar as coisas, tipo, para mim? Ela deu uma risadinha. Investir meu dinheiro, para dias difíceis?

Para um advogado aposentado da área financeira, Schmidt estava gastando um bocado de tempo com heranças. Envolvendo seu próprio dinheiro, aliás. Mas, enfim, encontrara uma beneficiária satisfeita. Os feriados de fim de ano já haviam começado, época em que, até onde a memória de Schmidt alcançava, Dick Murphy e os outros colegas de fundos e patrimônios da Wood & King não se dispunham a trabalho nenhum, fosse em razão dos almoços cada vez mais longos, da cantoria de músicas natalinas ou de outras atividades igualmente proveitosas, aliadas às demandas de clientes sem consideração, ávidos por fazer às pressas, antes do final do ano, doações que os livrassem dos impostos, e tendo adiado até o último minuto a dor de se separar de seu dinheiro. A própria lembrança dessa indisposição dos colegas provocou-lhe no humor um acesso de malvadeza. Ainda mais tratando-se de trabalho para sócios aposentados. Schmidt recorreu à derradeira ameaça — tiraria seu testamento e o patrimônio fiduciário de Charlotte, tiraria sua herança, portanto, das mãos da Wood & King. Que outra firma poderia querer um cliente como ele, que decerto não iria deixar nenhum advogado rico, disso ele não tinha idéia. Mas apertara o botão certo. Murphy não apreciou a perspectiva de ouvir Jack DeForrest mencionar o assunto num almoço da firma. Os sócios podiam fazer perguntas, pelo simples prazer de alfinetar Murphy, mesmo que se lixassem para Schmidt, vivo ou morto. Uma semana depois, Schmidt pegou o carro e foi com Carrie para Nova York — não que fosse necessário levá-la para ver Murphy, uma vez que não havia nada para assinar, a não ser autorizações para investimentos e cartões de banco que podiam ser remetidos pelo correio, mas levou-a apenas para que ela sentisse que o que ele havia feito era real e irreversível, merecedor de uma tal expedição. Queria, também, se divertir um pouco. Deixar que a recepcionista e que Murphy dessem uma boa olhada — DeForrest também, por que não?, pensou Schmidt de início, mas apiedou-se. De fato, Carrie não merecia aquilo, embora a tentação de exibi-la àquele bundão, em vias de experimentar por conta própria as alegrias da aposentadoria, fosse quase irresistível. Em aparência, ela era tão boa quanto o milhão de dólares que ele acabara de lhe dar; na verdade, tinha um aspecto ainda melhor do que aquela quantia em qualquer moeda que fosse. Nenhum monte de dinheiro jamais tivera um aroma tão doce ou um corpo que exalasse calor tão bom e sereno. Quando se deslizava a mão para pegá-la pelo braço, pouco acima do cotovelo, por exemplo, e guiá-la pelo corredor, dava vontade de parar, tomá-la pelos ombros, girá-la e, com os lábios, abrir os lábios dela, beber deles até o fim do mundo. Ele tinha sido abençoado, três, quatro vezes abençoado. Mas até cisnes moribundos precisam comer, antes de rumar para o extremo leste de Long Island. Schmidt decidiu que a levaria para almoçar em seu clube, onde ela jamais estivera e onde, assim supôs, jamais teria oportunidade de estar no futuro. Rituais e cumprimentos para mitigar as escoriações da alma: apertar a mão dos porteiros joviais no vestíbulo, apresentar a eles a srta. Gorchuck e registrar o nome da srta. Gorchuck no grande livro de visitas; acenar para conhecidos com os quais costumava almoçar à mesa dos sócios; escalar o carpete verde da escadaria até o salão de refeições, detendo-se no percurso para mostrar a Carrie toda a *memorabilia* do clube, os retratos dos antigos presidentes e de outros notáveis, reluzindo em suas belas vestes de casimira preta.

Este lugar é legal, ela disse, já à mesa. Você vai vir bastante aqui quando se mudar para a cidade?

Não acho que vai ser uma mudança de verdade. Será mais como acampar entre um fim de semana e outro. Mas vou vir aqui, sim. Pode-se comer e, enquanto isso, lembrar a um monte de outros velhotes excêntricos que a gente ainda está vivo. Dois coelhos com uma só cajadada. Se o segundo coelho vale uma cajadada, é questão em aberto.

Você vai querer ver gente de novo.

É provável, vou sentir sua falta.

Ei, mas vai me ver nos fins de semana. Se quiser.

Ela remexeu os ovos à Benedict, experimentou o vinho e pôs o copo de volta na mesa.

Será que tem água mineral? Qualquer uma serve.

Claro. Vou beber seu vinho, então, e você dirige na volta.

Ele sabia, sem dúvida, que, bebendo ou não vinho, ela iria querer dirigir, ouvindo rádio AM e pulando de uma estação para outra, enquanto ele cochilava. Mas sentia-se agradecido e feliz.

Isto é que é vida!, prosseguiu. Mas, antes, vamos fazer umas boas compras. Quero te dar alguma coisa bonita, presente de Natal — andei pensando num casaquinho de pele, para a Nova

Escócia. Assim, você pode deixar seu agasalho vermelho lá em casa. Fica como um troféu de prata que ganhei.

O pé dela encontrou o dele, embaixo da mesa.

Pode fazer isto, aqui? Ela deu um risinho. Ei, ninguém está olhando. Fico imaginando o que mais você pode fazer... Schmidtie, você se lembra de tudo. Usei aquele agasalho vermelho da primeira vez que fui te visitar — no meio da noite. Era uma menina atrevida! Você quase me deu uma porrada.

Porque pensei que você fosse um ladrão, arrombando minha casa. E estava certo. Você era. Arrombou meu coração.

Foi? Então, me deixa guardadinha nele.

Se ao menos ele mantivesse o direito a tomar velhas liberdades. Apertou o pé dela.

Schmidtie, a gente pode falar sério um minuto?

O sorriso que se esparramava de orelha a orelha fez-se tímido.

Quero te contar uma coisa. Queria te contar ontem, quando voltei da faculdade, mas achei que, sei lá, devia esperar até depois de a gente ter falado com os advogados. Eu sei que parece loucura, mas não queria que fizesse diferença, tipo, caso você quisesse mudar de idéia ou coisa assim. Quer que eu te conte agora? Está bem. Depois da aula, fui ao hospital.

Ela esperou pelo efeito que as palavras produziriam nele.

Vamos lá, Schmidtie, adivinhe só!

Não sei. Não fazia idéia de que você estava com algum problema. Você não me contou.

É, eu sei. Estava preocupada. Foi por isso. Já tinha ido duas vezes ao hospital.

Carrie, meu amor, é para eu me preocupar? Bom, tarde demais, já estou preocupado. Me conte o que está acontecendo.

Mas, ao dizer aquelas palavras, ele já tinha entendido. Não havia necessidade de contar. Aquela era uma conversa que seguia um padrão tão fixo quanto o do minueto. Que estranho que ele devesse ser o parceiro errado a curvar-se agora diante dela, tendo completado seu sossegado giro. Ela já tivera aquela mesma conversa, ao telefone da necessidade, com o sr. e a sra. Gorchuck? Jason já falara com seus pais e irmãos marinheiros? Mike Mansour e Bryan podiam competir pelas honras avunculares, mas, com certeza, ele, Schmidt, tinha todas as chances de se tornar o avô excedente.

Não, está tudo bem. É só que, dá para acreditar? Schmidtie, estou grávida! Ei, ouviram o coração do bebê!

Amorzinho, isso é maravilhoso! Ele tomou a mão dela e beijou. Meus parabéns, para você e para o Jason! Que coisa mais fabulosa. Posso fazer uma pergunta idiota? Como aconteceu? Pensei que você estivesse tomando pílula.

Ela ficou vermelha. Eu meio que menti para você. Tomei, sim, tipo, a maior parte do tempo. Mas, no verão, achei que estava ficando com uma barriguinha! Ei, imagine a barriguinha que vou ter agora. Aí, parei. Achei que não ia acontecer nada. Não tomava pílula quando estava com o Bryan. Ou com o sr. Wilson. Caramba, tinha o maior medo.

E quanto ao dono do O'Henry's, os garçons, os ajudantes e todo o resto?, pensou Schmidt. Corpos são só corpos. Chega de perguntas por enquanto, e de confissões.

Bom, você tem sido uma garota de muita sorte — do começo ao fim! Acho que a coisa a fazer agora é começar logo a preparar o casamento. Quero que a noiva se pareça com uma noiva quando eu dançar com ela.

Carrie deu uma risadinha e se escondeu atrás do guardanapo. Schmidtie, quero esperar um pouco com essa história de casamento. Não quis conversar sobre o bebê até ter certeza de que estava tudo bem. Acho que está tudo bem agora, é o que o médico diz. Já passei do terceiro mês. Você está entendendo? É que o Jason deu em cima de mim logo depois daquela vez que você ficou puto com a história do Mike.

O salão estava se esvaziando. Estava tudo bem, embora a voz dela ecoasse. Não havia ninguém nas mesas próximas.

Fui dançar com ele. Você não quis me levar, lembra? Gostei dele, mas não tinha certeza. Então, estava trepando com vocês dois. Aí, minha menstruação não veio, e eu fui fazer o teste. Menino, vou te contar: estava muito confusa. A coisa estava ficando muito séria com o Jason, tipo, eu sabia que ele era o cara para mim, mas ainda estava transando com você. Meu Deus, Schmidtie, neste momento, não saberia dizer se estaria me casando com o pai certo. Foi por isso que não conversei com você ontem.

Claro. Agora ele entendia aquilo também, a delicadeza desnorteante dela. Achou que ele tinha todas as chances. Porque, com certeza, tinha razão: era bem possível. Será que a candidatura de Jason era tão forte quanto a dele? Nos romances que havia lido sobre o assunto, a mulher sempre parecia saber, mas eram apenas romances. Uma coisa estava clara para ele. Se dissesse uma palavra, extraída do ilimitado *savoir-faire* que adquirira numa vida inteira de contribuição à causa do controle de natalidade, uma única palavra acerca de aquele ser o momento certo para agir, e ela voaria em seus olhos com o garfinho de sobremesa em punho.

Amor, disse ele, que coisa mais extraordinária. Acho que vou precisar de outra taça de vinho. Para brindar a você — e ao bebê. Você contou ao Jason?

Contei, ontem à noite. Quando nos encontramos.

Sim, mas o que eu estou perguntando é se você contou sobre não saber?

Ela fez que não. Ele não é como você, não está louco para se casar. Não é, tipo, a prioridade número um dele. Por mim, tudo bem. Então, acho que vou ficar quieta até o bebê nascer. Se você quer saber o que eu acho, ele vai ser lindo e ter a cara do Jay. Mas, se tiver cabelo ruivo e um narigão — ih, vou ter de dizer que foi a cegonha que trouxe. Talvez o Jason não ligue. Quem sabe?

Schmidt não achou que devia contar a ela de imediato sobre a existência de métodos mais precisos para descobrir a resposta para aquele enigma em particular. Haveria muito tempo para isso. Ademais, também nesse assunto, era provável que não lhe dissesse nada que ela já não soubesse. No passado, ele desejara ardentemente ter netos. Se Charlotte e Jon tinham de fato se reconciliado e conseguissem manter o casamento por tempo suficiente, aquele desejo ainda podia ser satisfeito. Ele preferia não se perguntar se a questão da união de ambos lhe propiciaria mesmo as alegrias que costumava imaginar, além da satisfação abstrata de saber que Charlotte não estava num beco sem saída. Era mais fácil prever o sofrimento e o pesar de permanecer à margem da vida deles. Mas um filho dele próprio, naquele momento, naquela idade — iria levar mais do que os seis meses restantes, e sabe-se lá quanto tempo mais, até o aparecimento de traços familiares mais definidos, para ele se acostumar com a idéia.

Você não acha que seria mais prudente contar a ele sobre essa sua dúvida? Para que ele não pense, mais tarde, que foi enganado? Que fez coisas que talvez não tivesse feito se soubesse? Como largar o emprego com o Mike e começar o negócio com a marina, só para dar um exemplo, ou como morar junto, vocês dois? Aliás, é isso que vocês pretendem fazer?

Havia também a questão, menor, ou nem tão menor assim, da visita aos marinheiros, na Nova Escócia. Schmidt decidiu não mencioná-la.

Merda, Schmidtie, pare com isso. Um bebê é um bebê. O Jason sabe sobre você. Ele me ama. Então, tudo bem. Se o bebê não for dele, é meu, e ele vai ser o padrasto.

Posta daquela maneira, a idéia era intolerável para Schmidt, mas ele ficou quieto. Afinal, era improvável que viesse a requerer a custódia.

De qualquer maneira, o Jason já estava cheio de administrar a segurança do Mike, prosseguiu ela. A gente quer a marina. Vamos lá, Schmidtie, relaxe. Escute, você acha que a gente pode morar na sua casa da piscina quando voltar da visita à família dele? Assim, enquanto procura uma casa perto de Three Mile Harbor?

Ele sorriu um sim.

Uau, Schmidtie, mal posso esperar para contar para o Jason. Posso ligar do seu carro, quando a gente for embora?

Em casa, havia um recado na secretária eletrônica. A Bernice do sr. Mansour estivera pensando se o sr. Schmidt poderia passar na casa da praia, às onze da manhã seguinte, para um café. O sr. Mansour desculpava-se por não poder convidar o sr. Schmidt para ficar para o almoço. Ele viajaria de volta para Nova York. O sr. Schmidt podia ligar de volta, confirmando, mesmo que fosse tarde. Ela ou Vicky estariam no escritório. Ir ver o sr. Mansour naquele momento, com ou sem café, não estava na lista dos desejos de Schmidt. Estava prestes a informar Bernice ou Vicky, quem quer que atendesse o telefone, de que estava ocupado o dia todo (atento ao pendor do sr. Mansour para a insistência e a seus hábitos noturnos) e de que estaria ocupado durante toda a manhã seguinte também, quando a consciência de uma nova realidade interveio. Mike Mansour já não era o bilionário excêntrico com quem ele andava, quando sentia vontade; tinha se tornado seu possível empregador e, como tal, podia convocá-lo daquela maneira. Schmidt ligou para dizer ao sr. Mansour que podia contar com sua presença.

* * *

Era um dia gelado e sem uma única nuvem no céu. Schmidt dirigiu até a praia principal, deixou o carro no estacionamento e caminhou para oeste pela areia, que, na beira do mar, era tão macia e firme quanto a calçada da Quinta Avenida, onde Mary e ele haviam tido seu apartamento. O prédio tinha um ascensorista, um homem atarracado com um sotaque eslavo, careca, olhos protuberantes e amistosos, e uma tal carência de dentes frontais que o fazia babar quando falava — em suma, o tipo de homem que podia ter emigrado para os Estados Unidos com nome falso, depois de uma carreira como guarda em Treblinka ou Auschwitz, ou como interno ali —, além do simpático hábito de responder ao agradecimento pelo transporte seguro até o nono andar: O prazer é meu, e Obrigado, cavalheiro, ou Obrigado, minha senhora, dependendo do passageiro. Ah, todos eles zombavam de John, o ascensorista, e todos o amavam, Mary, Charlotte e o próprio Schmidt, sempre se lembrando de lhe comprar um presentinho no Natal, uma gravata ou luvas de lã, além da caixinha dada a ele e ao resto do pessoal. Um dia, apareceu um substituto cheio de espinhas no elevador, a cujo cheiro todos teriam de se acostumar. Onde está o John? Hoje não é a folga dele. Ah, o John morreu. Não havia ninguém a quem pudessem dar os pêsames ou uma pequena quantia em dinheiro. Uma igreja ortodoxa em alguma parte do Queens cuidou do funeral. Tinha sido um modelo de empregado, e um exemplo para Schmidt imitar e ter sempre em mente.

Instalado numa cadeira Eames, em seu estúdio, telefones sobre uma mesinha lateral, ao alcance da mão direita, o sr. Mansour era cem por cento negócios, depois de Manuel ter servido café e o bolo cortado em cubinhos que acompanhava o magnata de galho em galho, entre uma refeição e outra. Aqui está, ele disse, seu contrato de trabalho. Holbein me explicou ponto por ponto.

Gostaria de contratar você antes do Natal. A questão é se você quer que algum advogado reexamine o contrato, antes da assinatura. Nós pagamos o advogado.

Me dê alguns minutos para ler, e eu te digo.

Leia, examine. Não tenha pressa.

Ao contrário das conversas telefônicas do sr. Mansour, o documento não era longo. Durante uma pausa entre um telefonema dado e outro recebido, Schmidt disse a Mike: Isto é bastante generoso. Não preciso que um advogado me diga isso. Assino agora, se você quiser.

Vamos lá. Você está tomando a decisão certa. Como se diz: *merde!* Vou estar a seu lado o tempo todo. Você terá uma grande experiência de aprendizado. Vamos brindar a seu sucesso. Depois, tenho de sair. Estamos fechando a compra de uma propriedade em Miami. Um negócio fabuloso. Arranquei dos caras.

Schmidtie, o sr. Mansour disse, depois de uma pausa e de ter olhado ao redor, aparentemente para se certificar de que Manuel havia deixado a sala, o Jason me contou que você vai deixar que ele e a Carrie fiquem lá na sua casa da piscina depois do Natal, enquanto procuram um lugar para morar. Não vou dizer que não é da minha conta, porque você precisa da minha ajuda. Não deixe que eles fiquem muito tempo. Fixe um prazo. Digamos, até antes da Páscoa. Então, se ainda estiverem lá, você pode dar mais um mês a eles. O Jason e a Carrie vão conseguir encontrar algum lugar que possam pagar, mas não será tão bom quanto a sua casa. E — ha, ha! — o aluguel não vai ser de graça. Você precisa tirar os dois de lá antes de aquele bebê nascer, ou eles nunca mais vão embora.

Schmidt assentiu.

Não é problema, mas isso não é tudo. Você devia dar algum dinheiro àquela garota, para torná-la independente. Não sei ao certo se você está em condições de fazer isso, mas acho que está. A questão é: O Jason deve ficar sabendo disso? Na minha opinião, melhor não. Entre outras coisas, vai começar a tocar o negócio como se o tal dinheiro fosse dele. O negócio é bom, mas ele tem de ficar de olho nas margens, o que significa ficar de olho nas despesas operacionais. A outra coisa é que, neste momento, ele sabe que você e a Carrie estiveram juntos e aceita isso. É só você dar o dinheiro a ela — e será mais do que um ou dois mil dólares —, e ele imediatamente vai começar a pensar que pode ter alguma coisa a mais nessa história. Uma vez polícia, sempre polícia. Você não consegue tirar isso do cara!

De novo, Schmidt assentiu. Era bom ver que, do seu jeito, Carrie não ficava atrás do grande magnata. Schmidt disse Obrigado, já cuidei do assunto, e exatamente da maneira como você está me recomendando.

Viu só? Está ficando esperto. É porque está andando com um judeu esperto. A propósito, você acha que poderia convidar os Canning para ir à República Dominicana? Em meu nome? Aquela sra. Canning — como ela se chama mesmo, Caroline? — é uma mulher atraente. E brilhante também! É o tipo de mulher de quem eu poderia ir atrás.

# 14.

Em meados de fevereiro do ano seguinte, Schmidt deu início ao giro que Mike Mansour lhe havia solicitado, visitando os escritórios da fundação na Europa Central e do Leste, e nas novas repúblicas que se haviam destacado da União Soviética. Tão logo travou conhecimento direto com as diversas equipes e Centros da Vida, ele não teve dúvida: o sr. Mansour tinha acertado na mosca ao decidir, já de início, que as populações daqueles países, dada a natureza das catástrofes que haviam enfrentado desde a Grande Guerra, necessitavam de melhores centros de pesquisa e melhor formação em ciências humanas com ainda maior urgência do que precisavam de novos hospitais, orfanatos, aumento da oferta de moradia, siderurgia moderna, computadores pessoais ou melhoria do serviço telefônico. Schmidt não podia, porém, deixar de lamentar um certo viés que acompanhava esse clamor pela vida, uma tendência que, assim esperava, talvez pudesse ser atribuída a Eric Holbein e à escola econômica em cujas fileiras militava. O fracasso da alternativa comunista era inquestionável, as soluções propostas pelos mestres de Holbein podiam ser sadias, mas

Schmidt achou irritantes os slogans sobre capitalismo de mercado que os centros eram instruídos a repetir — como parte de sua atividade, de resto louvável —, incapaz, ele próprio, de compartilhar da convicção, alardeada com tão alegre entusiasmo, de que expulsar da face da Terra o Estado proprietário e administrador, entregando as chaves por toda parte a recém-forjados capitães locais das finanças, constituía a premissa necessária para uma ressurreição, e menos ainda para a boa vida. Dormindo mal, atacando o frigobar de hotel em hotel, ele imaginava: em vez de se preocupar sobre se sua mais nova contratação iria acabar se demitindo, por ter-se desabituado do trabalho, o sr. Mansour não deveria ter perguntado a si próprio se seu protegido ainda estava disposto a defender, com o necessário ardor de advogado, as posições de seu empregador? Será que ele, Schmidt, havia se tornado demasiado independente? A questão, sentia, não demandava resposta imediata, e, de todo modo, nem ele poderia dá-la sem antes descobrir qual era, exatamente, a posição do sr. Mansour — se, de fato, era possível sabê-lo.

Sua última escala era Praga, sede do primeiro dentre os centros europeus, ali instalado pouco depois dos acontecimentos que conduziram Václav Havel à presidência. O centro se mudara recentemente para novo endereço, na ladeira íngreme e histórica que leva ao castelo. Em meio ao cheiro de cimento fresco e ao ruído de serras e martelos, as antigas moradias de pequenos funcionários da corte que ladeavam a rua estavam sendo convertidas em escritórios e residências chiques, destinadas a homens de negócios estrangeiros e aos novos-ricos tchecos. Nos países que já visitara, Schmidt descobrira que as entrevistas que efetuava com os diretores dos centros e seus auxiliares, durante o horário de expediente, logo assumiam o caráter de um catecismo — perguntas e respostas igualmente previsíveis e monótonas. Não foi diferente em Praga. Se pretendia furar o bloqueio, era melhor esperar pelo momento de maior relaxamento — no seu caso, podia ser de torpor —, induzido em igual medida pela degustação de iguarias nacionais e pelas variantes de vodca ou conhaque de ameixas que Schmidt lhes dispensava, bem como pela rápida troca de idéias acerca da sociedade americana e de suas deficiências. Somente então havia alguma chance de penetrar o cascão de evasivas e desconfianças construído ao longo de anos esquivando-se de informantes e engabelando chefes despóticos. Outra barreira erguia-se também, um misto de ressentimento pela imerecida boa sorte de Schmidt, outorgada a ele pelo simples fato de ser americano, e de determinação em não deixar que esquecesse em território de quem estava pisando agora, e quem definia as regras segundo as quais ele tinha de jogar. Ainda assim, Schmidt acreditava que, de modo geral, aquelas pessoas eram boas. Tinham se mantido tão decentes quanto isso era compatível com não se meter em nenhuma encrenca muito séria, e com a obtenção de um mínimo de conforto e prazer: de fato, uma vez relaxadas, a disposição daquelas pessoas para discutir noite adentro qualquer assunto que não pusesse em questão seu próprio desempenho e suas prerrogativas sugeriu a Schmidt que guardavam oblíqua semelhança com os desafortunados *intelligenti* que ele costumava encontrar em Dostoievski e Gogol. Estava a caminho de uma dessas refeições, com o diretor do centro de Praga, quando tropeçou no paralelepípedo histórico da rua e torceu o tornozelo. A dor foi tão aguda que Schmidt pensou tê-lo quebrado. Muitas horas e radiografias mais tarde, viu-se com uma faixa enrolada em um tornozelo que fora oficialmente declarado torcido. Na manhã seguinte, estava de posse de uma bengala entalhada, que o diretor lhe contara ter pertencido ao próprio pai. Pediu encarecidamente a Schmidt, em nome da recém-estabelecida amizade, que ficasse com ela.

Protegendo ao máximo a perna ruim, e pensando se devia substituir a bengala por uma muleta, viajou de Praga a Paris, a fim de participar de reuniões patrocinadas por uma organização internacional e, também, de retomar o fôlego. Mike Mansour havia dito — ou ordenado — a Schmidt que ficasse no hotel que ele próprio utilizava, de modo que, em vez do estabelecimento na margem esquerda do Sena que ele e Mary freqüentavam, Schmidt viu-se num palácio cintilante de mármore e bronze polido, e, ademais, em acomodações que, alugadas em caráter permanente ao sr. Mansour, davam para uma imensidão composta do céu e, abaixo dele, da grande praça pública, bem como, logo além, do rio inacreditavelmente estreito e dócil, e jardins estendendo-se de ambos os lados. Era o início da tarde. Schmidt foi até o terraço, aquecer-se ao sol. Chovera a manhã toda, e um belo cheiro de primavera pairava no ar, a despeito do tráfego rodopiando lá embaixo. As lembranças que tinha de Paris, desde sua primeira estada ali, como estudante, eram sobretudo de longas caminhadas. Sempre tinha vagado incansável pela cidade, ignorando calor, chuva, fadiga e as bolhas que se formavam com tanta facilidade acima do calcanhar, onde o sapato apertava o tendão; algumas vezes, descobria ou revisitava um monumento ou lugar; outras, caminhava pelo simples prazer de passar o tempo em determinado *quartier*, em geral sem obedecer a plano algum, contente em se perder, até que o adiantado da hora ou a recusa das pernas em carregá-lo forçavam-no a se deter e examinar os maravilhosos detalhes dos mapas à disposição em cada estação do metrô. O grande ponto vermelho marcava o lugar onde estava. O resto era simples.

Num dia assim, em abril, parecia-lhe inconcebível não sair a caminhar até as bancas dos *bouquinistes*, na outra margem do rio, talvez seguindo, depois, pela rue St. Jacques, passando pelo Panthéon até a Val de Grâce, uma de suas edificações favoritas em Paris, antes de voltar ao Luxembourg. As possibilidades eram inúmeras. Tinha de admitir que, na verdade, havia certa doçura em suas circunstâncias atuais: daquele assento na primeira fila, podia ver a cidade que amava e evocar imagens que o moviam, sem submetê-lo às inconveniências de seu corpo ferido e fatigado, da confusão nas ruas ou das alterações no panorama urbano, que, em contradição com aquelas imagens, iriam frustrá-lo ou interferir em sua felicidade — sendo as cidades propensas a mudanças mais rápidas do que as do coração humano. Além disso, mancando ou não, iria sair logo. Podia seguir sua trajetória do próprio terraço. Cambaleando ao longo da place de la Concorde até a rue St. Florentin, ele se deteria para contemplar a mansão em que, triunfante com a derrota de Napoleão, Talleyrand recebera o czar Alexandre I. Depois, assim que um sinal vermelho detivesse o tráfego assassino — apenas pelo tempo suficiente para que alguém em suas condições atravessasse a rue de Rivoli —, abriria caminho até as Tulherias. Charlotte iria encontrá-lo na *bassin*, já forrada, assim esperava ele, de barquinhos de brinquedo.

Em fevereiro, antes de deixar Nova York rumo a Sófia, Schmidt tinha enviado seu itinerário a ela, com endereços, telefones e números de fax nos quais poderia ser encontrado. No topo da folha, escrevera: para o caso de você precisar falar comigo. Tinha feito aquilo por questão de princípio e de ordem. Não esperava que ela o procurasse. Não tinha havido nenhum contato entre os dois no Natal, absolutamente nada, desde que ele recebera aqueles dois cartões impressos, a não ser pelos telefonemas que continuava a fazer a ela. A invariável pergunta — Como está você? — respondida com um: Mesma coisa. Isso é bom. Tchau. Se Gil Blackman tivesse perguntado, Schmidt não teria sustentado que a consciência do pesar era constante; longe disso, tocava sua vida normal por dias a fio, sem necessariamente se lembrar de Charlotte. Era apenas quando alguma coisa — ouvir a palavra "filha", por exemplo, ou a visão de uma jovem mulher de idade e porte semelhantes, numa rua ou restaurante em que entrasse — o fazia pensar nela, ou quando sua mente não estava toda voltada para algum outro assunto, ou quando dirigia conscientemente seus pensamentos para Charlotte, somente aí se apercebia de que estava de luto.

Carrie, ao contrário, demonstrou ser pródiga correspondente. Jason tinha instalado um fax na casa da piscina. Era raro o dia em que não chegava um fax dela, na fina caligrafia escolar que Schmidt tanto admirava, quando ela anotava os pedidos no O'Henry's, sem um único erro de ortografia. Sua educação não fora um desperdício. Tivesse Schmidt podido conhecer o sr. e a sra. Gorchuck, se ao menos soubesse seu endereço, ficaria contente em enviar-lhes um cartão falando da filha, talvez anexando uma carta dela como exemplo. Era assim que ela o mantinha informado do desenvolvimento tranqüilo do feto, incluindo-se aí a batida do coração e os chutes tremendos; da alegria incessante de Jason ante a perspectiva de se tornar pai; da compra da marina; da miríade de consertos que Bryan, às vezes com o auxílio de Jason, fazia na casa, e que, ela tinha certeza, Schmidt iria adorar, quando voltasse; do modo como ela cuidava da saúde do Volvo, dando uma voltinha com ele toda semana; e também — assunto das perguntas mais freqüentes de Schmidt e das detalhadas respostas dela — do progresso físico e moral de Sy, forma abreviada de Sião, o gatinho siamês, aproximando-se rapidamente da época de ser castrado, que ela e Jason haviam dado de presente a ele, quando do retorno de Schmidt dos feriados na República Dominicana.

Carrie e Jason haviam se mudado para a casa da piscina em meio às duas semanas que Schmidt passara na propriedade do sr. Mansour. Ele supôs que, se estivessem em casa, tinham de estar acordados, porque as luzes estavam acesas; nesse caso, era estranho que não tivessem vindo recebê-lo, mas era possível que houvessem saído, deixando as luzes acesas, como era seu próprio costume. A idéia de bater à porta deles ou chamá-los não o atraiu. Era uma noite bastante gelada, de um frio incomum em Bridgehampton; Schmidt ainda sofria os efeitos de uma queimadura de sol, que conferira a sua pele uma tonalidade de azinhavre, e a saudade de Carrie era tanto maior, pensou, porque, pela primeira vez, depois de um feriado numa casa cheia de gente, se via totalmente sozinho. Pelo menos, ela organizara a correspondência dele, que jazia em asseadas pilhas sobre a mesa da cozinha: contas, revistas, lixo e tudo o que ela não tinha certeza do que era. Ele tomou um banho, vestiu roupas limpas e quentes e serviu-se de um bourbon. Cada um desses remédios produziu o efeito desejado. Animado, ele se serviu de uma segunda dose e pôs-se a examinar a correspondência não categorizável. Não seria um projeto muito longo. Sua barriga roncava de fome, mas ele decidiu que não iria jantar atum nem qualquer outra iguaria schmidtiana que encontrasse na despensa. Era melhor arrastar-se até o O'Henry's do que suportar a humilhação de os dois virem a flagrá-lo — se, de fato, tivessem saído e acontecesse de retornarem bem quando ele estivesse comendo —, em total solidão, atacando ovos cozidos ou o que quer que, fazendo uso de um garfo, conseguisse extrair de uma lata. Estava prestes a sair quando ouviu a campainha, a porta da frente sendo aberta em seguida e a voz de Carrie: Schmidtie, somos nós, viemos dar um oi! Ei, Jason, feche a porta. Você está deixando o frio entrar. Claro, ela abrira a porta com a chave. Carrie vestindo roupa para gestante! Schmidt não conseguia tirar os olhos do vestido.

Não precisa ficar espantado, panaca. Estou grávida, lembra? Temos um presente para você. Uau, você nem notou.

Jason estava carregando uma espécie de sacolinha vermelha de mão. Carrie a tirou dele, depositou-a na mesa da cozinha e abriu o zíper de uma bolsa lateral. Num instante, Schmidt viu o que era: um gatinho cor de areia, olhos azuis manchados, orelhas, patas e rabo marrons, e uma cara alegre, sugerindo que, preparando-se para o carnaval, o bichinho decidira vestir uma máscara veneziana marrom.

Você não vai pegar no colo?

É claro.

Schmidtie, é um siamês! Tem pedigree e tudo. Jason, mostre ao Schmidtie. Um príncipe siamês! Vai te fazer companhia.

Ora, se não era seu próprio bichano. Não havia nada que pudesse fazer, percebeu; nem pensava em desistir daquela coisinha quente e macia, com o coração pulsando forte, que, de pronto, lhe lambera a mão e ronronara, como se a curva do braço de Schmidt sempre houvesse sido seu lugar. Fez a objeção óbvia: quem iria tomar conta do gato quando ele estivesse viajando — como estaria, logo, logo, por algumas semanas? A questão já fora resolvida; eles tomariam conta, e, depois, quando se mudassem, Bryan assumiria o posto. Tinha sido uma compra conjunta e um presente conjunto, mas Bryan encontrara o criador, espiara no cesto e escolhera aquele rapazinho. Não deveria ter sido surpresa descobrir, ainda, que a mente de Bryan andava trabalhando rápido. Quando viesse tomar conta do gato, não ficaria na casa da piscina, porque Schmidt poderia precisar dela para convidados. Mas tinha o espaço em cima da garagem, que podia ser ajeitado e serviria muito bem, e ele não incomodaria Schmidt. Será que tudo bem? Schmidt fez o que se esperava dele. Assentiu.

Aquele era seu primeiro gato. À época em que partiu para a Europa, Schmidt julgava discernir no falante animalzinho não apenas inteligência — prova contundente dos muitos recursos à disposição do cérebro alojado naquela cabecinha era o fato de o gato responder aos assobios de Schmidt e de ter dominado tão bem a topografia de sua nova residência que saía a galope para qualquer ponto da casa imensa onde, segundo seus misteriosos cálculos, Schmidt normalmente estaria num dado momento, lá chegando antes do próprio dono —, mas distintas qualidades morais. Sy cuidava para que fosse alimentado, quando sentia fome. Disso não havia dúvida. Primeiro, pulava para uma cadeira e, dela, para a mesa da cozinha, acompanhando cada movimento de Schmidt que pudesse resultar no aparecimento de comida em sua tigela, por vezes erguendo-se delicadamente sobre as patas traseiras, para observar melhor, e acenando com a longa e fina pata dianteira. Mas seu interesse na companhia do dono não parecia determinado apenas nem sobretudo pela fome. Pela pura satisfação que o gatinho extraía de sua companhia, no entendimento de Schmidt, Sy se aninhava no colo dele ou numa cadeira próxima, quando Schmidt estava lendo; ou, então, se Schmidt estivesse ocupado na cozinha, alojava-se num cesto sobre a geladeira, que ele, notando o interesse do gato por aquele posto de observação, forrara com um velho suéter. E, pela mesma razão, corria a encontrá-lo na porta da frente, qualquer que fosse a hora do dia em que chegava em casa. Essa última demonstração de amizade era a que Schmidt achava a mais tocante de todas. Entre as qualidades morais, que haviam feito crescer em Schmidt um misto de lealdade e ternura pelo animal, incluía-se também o amor de Sy pelo prazer e a insistência no respeito aos pactos. Assim, pela manhã, se Schmidt estava se barbeando, o gatinho aparecia no banheiro, saltava para a tampa do vaso, sentava-se e ficava esperando pela escovação. Se, por acaso, tendo acabado de passar o creme de barbear, por exemplo, Schmidt lhe dissesse: Espere um pouquinho, por favor, o gemido ultrajado de Sy não deixava dúvida quanto a seu orgulho ferido — algo desconhecido, cuja importância não admitia, recebera a prioridade devida ao compromisso que Sy assumira e, de sua parte, cumprira. Schmidt não tinha dúvida de que, quando sozinho em casa, Sy condescendia em, de fato, beber a água fresca que sempre lhe era servida. Nunca a bebia, porém, se ele estivesse por perto. Convocado por miados de um timbre que Sy lhe ensinara significarem sede e que lembravam o pacto firmado, Schmidt acompanhava o gatinho à torneira mais próxima, de preferência a de uma banheira, onde, uma vez tendo Schmidt reduzido o fluxo da água ao fio mais tênue, o gato se sentava, tombava a cabeça com ceticismo, ronronava aprovação e começava a beber. Sy era dotado de misteriosa autoconfiança, não almejava recompensa alguma e exibia refinamento em cada gesto: quaisquer que fossem os fatos, Schmidt o considerava um presente de Carrie. Ansiava por sua vida futura com Sy. Em seu relacionamento mútuo, nenhum deles havia ainda cometido um pecado. Tábula rasa. Uma vez, no passado, lhe havia sido concedido escrever numa tábua limpa: a de sua filha. Esperava sair-se melhor com o gato.

A mensagem que recebera dela em Praga havia sido tão inesperada que, assim que lhe foi passada pelo funcionário do hotel, Schmidt ficou com a boca seca por um momento. Trazido de volta à razão, ao se dar conta de que um fax exibindo o nome dela como remetente não poderia ser aquele que o avisaria de um acidente ou de algo terrível que a tivesse por vítima, Schmidt abriu o envelope e leu. O texto não era um ataque; era uma surpresa diferente, comunicando que ela e Jon estariam em Paris mais ou menos à mesma época que ele, comemorando um aniversário. Ela se perguntava se ele, por acaso, gostaria de encontrá-la, talvez levá-la para almoçar. Ele, por sua vez, se perguntava que aniversário seria aquele. Decerto, não de casamento nem do dia desastroso em que Jon fora acusado de negligenciar um segredo de justiça. Eram perversos o bastante para comemorar a data em que haviam tido início suas infidelidades, ou aquela em que tinham sido descobertas? Tanto fazia: ele descobriria logo. O fato grandioso era que ela havia pedido para vê-lo. Schmidt respondeu de imediato. Uma semana depois, levantou-se para recebê-la no restaurante em que pedira Mary em casamento, e ela aceitara, a uma mesa próxima da janela através da qual podiam ver o jardim do Palais Royal.

Você está linda, ele disse.

Obrigada. Quem escolheu este conjunto foi a Renata. Achei que você ia gostar.

O nome de Renata não estava entre aqueles que Schmidt esperava ouvir de imediato. Um instante se passou, até que ele dissesse Mas que simpático.

Quando ela tornou a falar, havia uma farpa em sua voz que o assustou. E é mesmo. Não acho que você se dê conta de quanto Renata tem feito por mim. É como se fosse a mamãe, se ainda estivesse viva.

Você é uma garota de sorte, ele respondeu; vamos pedir o almoço.

Charlotte contou-lhe, em rápida sucessão, que Jon estava em Paris a negócios, o que era, em parte, o motivo de estarem ali; que ele estava feliz com a nova firma, e que ela poderia mudar de emprego, tão logo surgisse alguma proposta atraente. Agora que estava de novo com Jon, sentia-se ainda mais desconfortável rodeada de pessoas que sabiam sobre Harry Polk. E mal suportava topar com ele, cada vez que arriscava sair de seu escritório. Existia uma possibilidade de um dos museus querer alguém com sua experiência, para organizar eventos especiais — festas para estréias, exposições e jantares para os grandes patrocinadores. Ela achava que iria gostar de fazer aquilo.

Schmidt murmurou assentimento. Talvez fosse alarme falso: o almoço ainda podia seguir seu curso, acompanhado apenas de uma conversa inofensiva. Abrir um tipo de precedente que poderia ajudá-los a conviver melhor. Ele contou a ela que quase quebrara o tornozelo em Praga.

Quantos anos você tem, pai? Indo para os sessenta e quatro? Sessenta e cinco? Acho que está chegando lá. É meio cedo para ter problema de equilíbrio, mas, se tiver, melhor começar a usar uma bengala.

Schmidt apontou para a bengala, encostada à cadeira vazia.

O que eu quero dizer é usar o tempo todo, respondeu ela. Foi o que o médico disse ao pai do Jon. Bom, vejo que deixei passar o seu aniversário. Aliás, obrigada pelo cheque que você me mandou quando fiz trinta. Acho que nunca te agradeci. Me desculpe.

Me desculpe você também.

Ei, você não me perguntou que aniversário estou comemorando. Aposto o que você quiser que não sabe. Sabe?

Schmidt fez que não.

Isso mostra a atenção que você me dá. Tente adivinhar.

Verdade, não faço idéia. Me diga, por favor.

Ela deu uma risadinha desagradável. Que surpresa... É o aniversário da festa que você deu para aqueles idiotas da companhia de seguros e os debilóides do escritório. Foi quando eu conheci o Jon! Não admira que tenha se esquecido. Você provavelmente desejaria que nunca tivesse acontecido.

O tornozelo, que se mantivera quieto e satisfeito desde que ele se sentara, começou a latejar. Schmidt se agachou e o massageou um pouco, entre o polegar e o indicador. Não, não fazia sentido deixar que ela o alfinetasse.

Escute, Charlotte, ele disse, a comida aqui é mesmo deliciosa. Não vamos estragar nosso almoço com um bate-boca. Por que não comemos em paz e, depois, discutimos qual o problema entre você e mim, quando estivermos no cafezinho? Como hoje é meu dia de folga, pode ser até que eu tome um brandy. Enquanto isso, me diga como vai indo o Jon no novo emprego ou, se preferir, vamos falar sobre o tempo, o mercado de ações ou cinema.

Ele empregara o mesmo tom de voz, a mesma dicção deliberada que se mostrara tão eficaz ao longo daquele verão em que ela estava para fazer dez anos e tinha acessos regulares de raiva depois das aulas com o pônei — chorando e chiando de forma tão incontrolável que Mary e ele chegaram a pensar que ela estava ficando com asma —, se uma garota em particular, um ano mais nova e com metade da sua altura, ganhava uma voltinha mais animada no pônei ou era elogiada de forma mais calorosa que ela, pela série de pequenos saltos que estavam aprendendo. Resposta pavloviana a um estímulo? Memória involuntária? Para Schmidt, pouco importava. Ela começou a exaltar as virtudes da nova firma de Jon, contando como era engraçado, considerando-se os anos que ele passara na W & K, e sobretudo o fato de jamais ter tido outro emprego, a não ser como treinador na escolinha de futebol, como era, pois, engraçado o modo como se envolvera de imediato no trabalho, não se importando com as muitas horas diárias, muito mais do que as que cumpria na outra firma, com os sócios berrando e gritando uns com os outros, porque parecia uma grande família — sócios, associados, secretárias, todos. Não como os cavalheiros — ela pronunciou a palavra com desdém — na W & K, que mal podiam esperar para condená-lo e nem pensaram em lhe dar uma chance.

Talvez, pensou Schmidt. Num almoço em Nova York, em janeiro, uma ou outra palavra que Lew Brenner deixara escapar — sutil e cauteloso como era — poderia eventualmente sugerir semelhante interpretação. Schmidt sorriu para Charlotte: Isso é excelente. Tudo está bem quando termina bem. Desejo sorte e muita felicidade ao Jon. Agora, vamos conversar sobre o assunto adiado: você e eu. Por que você me trata tão mal? Não tenho ninguém neste mundo, a não ser você.

Está esquecendo a Carrie, disse ela com uma risadinha.

Deixe a Carrie para lá. Me responda, por favor.

Você quer mesmo saber? Porque sinto que nunca tive um pai. Você era casado com a mamãe, nem sempre a tratou direito e, nos poucos momentos em que não estava no escritório, ficava aqui e ali pela casa. É verdade que pagou pela minha educação, ou talvez a mamãe tenha pagado uma parte. Tanto faz. Isso é tudo a que eu tinha direito? Quando foi que você agiu como um pai? Eu não sabia o que era uma família, por isso achei que era meio normal — talvez só a mamãe devesse ser um ser humano. Agora eu sei. Vi os Riker, quando estão juntos. Você sabia que eles conversam uns com os outros? O Myron sabe o que vai pela cabeça do Jon, o que o Jon faz, o que ele quer. E é a mesma coisa com o irmão dele. Não é só a Renata. Eles têm um pai a quem recorrer. Até eu posso recorrer a ele. Dá para imaginar? Com você, é nada. Pois bem, agora eu te disse o que é. É isso que me deixa zangada. Que me engasga. Que me faz querer vomitar.

Schmidt olhou em torno, deu com os olhos nos do maître, pediu outro café e um brandy — já que ela não queria nem um nem outro —, e pensou no que poderia dizer a ela.

Charlotte, arriscou enfim, isso tudo é mesmo verdade? Eu me lembro de tantas conversas, tantos passeios a um ou outro museu, ópera ou concerto, de tantas vezes que a ajudei, quando você não sabia o que fazer — até com a lição de latim. Ou dos dias que passei com você na praia. Aquele era eu, não era a mamãe. Ensinei a você sobre as ondas. Ou a jogar tênis. Quem mais levava você de carro ao estábulo? Tudo isso não pode ter sido à toa ou insignificante. Eu não entendo.

Dá para notar. Não estou dizendo que você não fez todos esses gestos. A questão é que eles foram só isso. Sua cabeça estava em outro lugar. No seu glorioso escritório de advocacia. Na mamãe. Ou em alguma outra mulher que você estava comendo por fora. Você sabe que, em toda a sua vida, você nunca, eu disse nunca, teve nada a me dizer? Nenhuma dica, nenhum ensinamento. Claro, você foi bárbaro na mecânica das coisas. Que trem ou avião eu deveria pegar. Me levar até o trem ou avião. Mandar me buscar na chegada. Certificar-se de que a srta. Schmidt está levando os *traveler's checks* certos. Ora, nem era você quem fazia isso. Era a maldita da sua secretária! E você acha que posso esquecer o que você fez à mamãe?

Não havia nada que ele pudesse fazer. Melhor despedir-se. Mas interromper aquela conversa, pensou, o condenava a pesadelo maior do que levá-la até o fim.

Meu amor, disse ele, nunca deixei de lamentar o episódio com sua *baby-sitter*. Agora que sei que você percebia o que estava acontecendo, me arrependo ainda mais. Mas a mamãe me perdoou. Ficamos juntos — disso não tivemos dúvida por um único momento, ela queria tanto quanto eu — e tivemos um bom casamento. Até o fim. Suponho que você saiba o bastante agora sobre homens, mulheres e sexo para entender essas coisas. Elas podem ser perdoadas. Às vezes, são. Afinal, parece que você e o Jon perdoaram um ao outro.

Ela interrompeu: Não temos filhos, lembra?

Eu sei muito bem que vocês não têm filhos, e isso, com certeza, tornou mais fácil esse ano que passou. Mas, por favor, me deixe terminar. O resto, nem sei que nome dar a tudo isso — meu fracasso em te ensinar mais ou te ouvir melhor, verdade, não sei o que dizer —, isso é coisa que sempre me preocupou mais do que você pode imaginar. Escute, eu sou eu, não sou outra pessoa. Durante todos aqueles anos que você mencionou, eu, na verdade, estava trabalhando muito duro. Tentei ser um advogado de sucesso, como suponho que o Jon está e vai continuar fazendo, mesmo depois que vocês tiverem filhos. E não sou uma pessoa fácil ou comunicativa. Não sou como a mamãe. Não sou como os Riker. Mas tentei, e tentei muito, ser bom para você, talvez você tenha até notado que eu te amo. Claro, é o meu amor, e não o de outra pessoa, não o amor de algum pai ideal. Você não pode me aceitar como eu sou?

Se disser que sim, não sei aonde isso vai nos levar. Não vai ser a nenhum lugar que você gostaria. É o que eu penso.

Ele pediu a conta e pagou.

Mas você devia ter alguma intenção quando pediu para me ver. Me diga o que era. Neste momento, não tenho a menor condição de adivinhar.

Ela assentiu. Estou péssima também, disse, só queria dizer a você o que penso.

Ela ficaria em Paris por mais alguns dias, contou a ele; depois disso, ela e Jon desceriam de carro até Nice, devagar, fazendo muitas paradas, e, de lá, pegariam o avião para Nova York. Ele ouviu com atenção e pediu a ela que o encontrasse no dia seguinte, num banco de praça. Não achou que poderia arriscar convidá-la para outro almoço.

Ele chegou cedo, escolheu uma cadeira perto da *bassin*, toda banhada de sol, e ficou esperando. Tinha lido o jornal pela manhã. De todo modo, ter-lhe-ia parecido grotesco trazer um, ou mesmo um livro. Era muito melhor desenhar linhas e círculos na areia, com sua bengala. Viu-a já de longe, andando rápido, balançando um livro de bolso feito uma maletinha de médico em miniatura. Tão maravilhosamente americana: ele admirou os jeans, a jaqueta marrom de camurça, os óculos escuros, que ela usava como os antigos óculos de motociclistas, puxados para trás, sobre os cabelos. Era provável que não o tivesse visto, pensando que sua sugestão do banco de praça tivesse sido literal. Antes de se levantar e acenar para ela, viu também que os sapatos marrons de amarrar haviam sido engraxados, como costumavam ser quando ela saía para as aulas de equitação.

Vamos sentar aqui, ele disse. Este solzinho está bom. Aquece meus ossos velhos, todos muito agradecidos por isso.

Fico contente.

Ele continuou desenhando suas linhas e círculos.

Pai, ela disse, de repente. Não tenho muita certeza de que você me acha grande coisa também. Vamos fazer um trato. Eu te aceito como é, você me aceita como sou. Por enquanto. E vamos ver o que acontece.

Feito, ele disse, e estendeu a mão.

Quase de imediato, ela o deixou, para ir se encontrar com Jon na pirâmide do Louvre. Schmidt permaneceu em sua cadeira por um bom tempo, porque não havia pressa; depois, manquitolando cuidadoso, deixou as Tulherias e voltou pelo mesmo caminho até a rue St. Florentin. Não havia táxi no ponto. Ele seguiu adiante, aos sobressaltos, até o tornozelo se aquecer e a dor se transformar numa dorzinha chata e idiota, rumo à rue St. Honoré, onde virou à direita. Dois ou três quarteirões adiante, ficava o apartamento da viúva de um sócio mais jovem, que fora responsável pelo escritório da W & K em Paris, se aposentara cedo e morrera. A viúva o convidara para um chá. Ele alcançou o portão do edifício e deteve-se diante dele, examinando as plaquinhas de bronze polido, incerto sobre se, afinal, apertaria o botão ao lado do nome dela.

ESTA OBRA FOI COMPOSTA EM ELECTRA PELA SPRESS E IMPRESSA
PELA PROL EDITORA GRÁFICA EM OFSETE SOBRE PAPEL PÓLEN SOFT
DA COMPANHIA SUZANO PARA A EDITORA SCHWARCZ EM OUTUBRO DE 2002